DUBACH WITTERT MORD

TÖDLICHER POLIT-POKER

da

NORBERT HOCHREUTENER
HEINZ RAMSTEIN

DUBACH WITTERT MORD

TÖDLICHER POLIT-POKER

Weltbild

Alle in diesem Buch beschriebenen Personen und Vorkommnisse sind frei erfunden. Ähnlichkeiten mit lebenden Personen und Institutionen sind nicht beabsichtigt und wären rein zufälliger Natur.

Weltbild Buchverlag
– Originalausgaben –

Lektorat: Susanne Dieminger
Umschlag: Johannes Frick, Neusäß
Satz: Uhl + Massopust, Aalen
Umschlagabbildungen mit freundlicher Genehmigung:
© Shutterstock 120246481_Comp2_ISO

Besuchen Sie uns im Internet: www.weltbild.ch

ISBN 978-3-03812-563-1

2016 2015 2014

Die letzte Jahreszahl gibt die aktuelle Ausgabe an.

TEIL I

1

Ein Sonnenstrahl, der durch das grüne Dach über mir durchgedrungen war, weckte mich. Ich drehte mich zur Seite, achtete darauf, keine allzu hastigen Bewegungen zu machen, da der alte Holzliegestuhl im privaten Teil des Hotelgartens recht brüchig geworden war, genoss das melodische Blätterrauschen unserer Kastanienbäume, die würzige Luft vom See und das Gefühl, heute höchstwahrscheinlich nicht mehr besonders gefordert zu werden.

Ich hatte mir zusammen mit meiner liebreizenden Freundin Nina ein kleines Paradies in Ascona am Lago Maggiore aufgebaut. Unser Hotel mit 20 Zimmern und einem gut frequentierten Restaurant warf bereits einen ansehnlichen Ertrag ab und versprach uns eine einigermaßen gesicherte finanzielle Zukunft.

Wenn da nur nicht mein unruhiger Geist gewesen wäre. Trotz einiger angegrauter Haare, die meine wachsenden Geheimratsecken an den Schläfen elegant umrahmten, und des nicht mehr zu kaschierenden Bäuchleins fühlte ich mich noch durchaus fit. Sowohl geistig als auch körperlich. Während Nina fleißig und mit größtem Erfolg bemüht war, meine physischen Ansprüche auf bestmögliche Weise zu befriedigen, blieben meine intellektuellen Wünsche doch eher vernachlässigt. Ich hatte mir zwar den Posten eines Tessiner

Korrespondenten für einige Zeitungen des Deutschschweizer Limmat-Aare-Verlags erworben, aber die paar Meldungen und Kleinkommentare, die jede Woche anfielen, waren eher geeignet, meine Journalistentriebe ungebührlich wach zu halten, als den geistigen Ambitionen eines ehemaligen Medienprofis gerecht zu werden.

Wie dem auch sei, mein herrliches Schicksal als Mitbesitzer eines Kleinhotels und Alleinzuständiger für das Wohl meiner Freundin konnte mich nicht restlos glücklich machen. Da halfen auch Abwechslungen durch Arbeit in der Küche, wenn ein Kochgehilfe ausfiel, oder in der Rezeption wenig, und zudem drängte sich die Pendenz einer geregelten gemeinsamen Zukunft mit Nina immer mehr in den Vordergrund. Ich hatte meiner Lebensgefährtin vor einiger Zeit den längst fälligen Heiratsantrag gemacht und sie wartete nun mit zunehmender Ungeduld auf die Einlösung meines Versprechens.

Damit war wieder einmal Schluss mit der Siesta eines entspannten Fünfzigjährigen.

Ich fluchte kurz in bestem Tessiner Dialekt, den ich mir in den letzten Jahren angewöhnt hatte, um mich im Touristenort von Passanten und italienischen Gästen gebührend abzuheben. Ohne allerdings von den Einheimischen deshalb als Vollmitglied ihrer eingeschworenen Gemeinschaft anerkannt zu werden. Denn dazu bräuchte es entweder einen Generationenrückblick als Dorfangehöriger oder eine absolut irre Karriere als publikumswirksam auftretender Künstler oder besonders erfolgreicher Geschäftsmann. Beide Attribute fehlten mir, und so begnügte ich mich mit den wohlwollenden Blicken der Asconesen, die meinem anerkannten Status als Lebenspartner der einheimischen Nina galten.

*

Am Abend erhielten wir Besuch.

Hausfreund Enrico Bartali hatte sich für einen Brasato unseres Kochkünstlers Antonio angemeldet. Der schräge Vogel aus Locarno brauste mit seinem Maserati Sportwagen, den er sich seit der Übernahme des Tessiner Sportwettengeschäfts leisten konnte, pünktlich um sieben Uhr heran, umarmte mich kurz und Nina umso länger, zwinkerte mir dann zu und sagte: »Wie schön, euch so harmonisch wiederzusehen.« Zu meiner Freundin gewandt, fügte er völlig unnötigerweise hinzu: »Hat unser Marco in letzter Zeit keinen Ausbruchversuch mehr unternommen?«

Als Nina ihr hübsches Köpfchen schüttelte, meinte Enrico: »Wie könnte er auch. So ein wundervolles Nest würde nur eine sehr kranke Krähe verlassen.«

Wir scherzten, freuten uns am schönen Herbstabend und widmeten unser ganzes Interesse dem Tessiner Rotwein, einem feinen Merlot Selezione d'Ottobre. Als ich Maseratifahrer Bartali wegen seines Alkoholkonsums zur Vorsicht mahnte, grinste er nur: »Ich werde laufend über die Anordnungen des Tessiner Polizeikommandos orientiert. Heute Abend sind zwei Fahrzeugkontrollen im Großraum Locarno vorgesehen, die ich mühelos umfahren kann.«

Wie der Kerl zu solchen Informationen kam, war mir ebenso schleierhaft wie die meisten seiner offiziellen und inoffiziellen Aktivitäten. Diese waren offenbar mit gewissen Risiken verbunden, denn Bartali ließ sich bei Ausflügen außerhalb seines Heimrayons gelegentlich von zwei Leibwächtern begleiten.

Als ich ihn damit aufzog, sah er mich nur nachdenklich an.

Nina holte eine neue Flasche Merlot. Enrico wartete, bis sie außer Sicht war, und sagte dann leise: »Es gibt einige neue Risiken, die mir im Geschäft Sorgen machen. Seit Kurzem sind Hackerorganisationen am Werk, die das vom Internet abhängige Business in seinen Grundfesten erschüttern. Und zudem machen sich in Europa politisch extreme Gruppierungen breit, die nicht vor Erpressungen und anderen Gewalttaten zurückschrecken. Das bringt große Unsicherheiten, gerade in meinem Gewerbe.« Er blies seine Backen auf, sah auf und ließ imaginären Rauch in die Abendluft entweichen. »Diese Leute sind mit allen Wassern gewaschen. Auch ich blieb von ihren Machenschaften nicht verschont. Sie haben sich sogar Zutritt in meine Datenbank verschafft.«

Bevor meine Freundin zurückkehrte, raunte mir Bartali noch zu: »Damit sind auch deine Daten, die in meinem Archiv lagerten, möglicherweise in falsche Hände geraten. Du solltest dich also ebenfalls vorsehen.« Er grinste frech.

Um Nina nicht zu beunruhigen, wechselten wir das Thema. Unser exotischer Hausfreund begann schließlich sogar mit meiner Freundin zu flirten, was sie mit Geduld und der Erfahrung einer langjährigen Barkeeperin über sich ergehen ließ. Mich nervte das ganze Getue natürlich, was von Enrico mit größter Genugtuung zur Kenntnis genommen wurde.

Der restliche Abend verlief einigermaßen friedlich und ich begann langsam, mich nach Bettruhe zu sehnen, als Bartali das Schlussfeuerwerk zündete. Er übergab uns feierlich einen Briefumschlag mit den Worten: »Hier etwas verspätet noch mein Geschenk für eure Verlobung. Und ich weiß bereits, was ich euch zur Heirat schenken werde. Also macht vorwärts, bitte.« Nina öffnete den Umschlag. Zwei Wochen Winterferien in einem Luxushotel von Arosa.

Gegen Mitternacht verabschiedete sich Bartali endlich. Nachdem das Donnern seines Sportwagens in der Ferne verhallt war, erholten wir uns vom strapaziösen Abend bei einer Kanne Lindenblütentee im Garten. Die Nacht war dank des Nordföhns sehr mild und wir plauderten noch fast eine Stunde. Als Nina den Hinweis Enricos auf die Heiratspendenz erwähnte, gähnte ich lautstark, stand auf und stieß dabei einen Aschenbecher vom Tisch. Was mir die willkommene Gelegenheit verschaffte, in der Küche einen Besen und eine Schaufel zu holen.

*

Am nächsten Tag rief mich Georg Wenger an, der Verantwortliche für die Berner Medien des Limmat-Aare-Verlags. Wir waren seit einem Gespräch vor ein paar Jahren in Luzern per Du.

Wengers Lokalfernsehchef in Bern, Erich Hartmann, war verunfallt und fiel für mindestens drei Monate aus. Aus Kostengründen hatte man auf die Position eines Stellvertreters verzichtet, sodass das Medium derzeit zwar führungslos war, aber vermutlich trotzdem funktionierte, denn einige Perlen aus meiner ehemaligen Crew standen immer noch im Einsatz. So Hans Steiner, der Kameramann, Josef Stämpfli als Redaktionsleiter und Hanna Lauterburg, die schon zu meiner Zeit allseits einsetzbare Cutterin. Wir schrieben uns regelmäßig zu den Festtagen und gratulierten an Geburtstagen.

»Marc, könntest du dich von deiner Nina und vom Tessin für ein paar Monate losreißen und uns aus der Patsche helfen? Du weißt ja, dass wir dich beim Bären-TV in Bern mit Blumensträußen und Hurrarufen begrüßen würden.« Wenger lachte. »Und das Honorar würde auch stimmen.«

Nach nicht ganz zehnminütigem Telefongespräch gab ich meine Zustimmung. Wenger sicherte mir zu, für eine standesgemäße Unterkunft zu sorgen und das Fernsehteam gebührend auf meine Wiederkehr vorzubereiten. Ich sollte meinen alten Job in Bern bereits am folgenden Montag antreten.

Als ich den Telefonhörer auflegte, wurde mir die Tragweite meiner Entscheidung erst bewusst. Was würde Nina zu dieser überstürzten Abreise sagen? Ich liebe meine kleine Tessinerin über alles, dieses quirlige, geistreiche und liebevolle Wesen. Falls sie sich durch meine voreilige Entscheidung verletzt oder vor den Kopf gestoßen fühlen sollte, so würde ich selbstverständlich auf den Berner Einsatz verzichten und Wenger noch absagen. Dieser Vorsatz verschaffte mir etwas Erleichterung.

Natürlich war das Ganze nur ein windiger Versuch, meine feige Flucht aus der moralischen Verantwortung in Ascona als puren Freundschaftsdienst an meine ehemalige Crew darzustellen. Aber jeder hat halt so seine Schwächen. Die Nachhaltigkeit meiner meist impulsiven Handlungen war in meinem Leben nie sehr ausgeprägt gewesen und würde es wohl auch in Zukunft kaum zu positiven Spitzenwerten schaffen.

Ich weihte Nina nach und nach ein. Zuerst durch vage Andeutungen, dann durch konkrete Hinweise auf den Kontakt mit Wenger und schließlich durch das Zugeständnis meiner Abreisepläne.

Meine Freundin nahm alles mit größter Gelassenheit zur Kenntnis. Sie machte mir keine Vorwürfe wegen der übereilten Entscheidung. Ja, sie lobte gar meinen Einsatz für die Berner Crew, die jetzt auf mich angewiesen sei.

Ich war zuerst überrascht, dann enttäuscht und am Ende verärgert. Zumindest hätte sie ihr Bedauern, ja eigentlich ihre Bestürzung über meine längere Abwesenheit äußern können. Befremdlich, diese Gefühlskälte und Nüchternheit. Ich fühlte mich von meiner Liebsten verlassen und verbrachte die restliche Zeit in Ascona in einem absoluten Zwiespalt der Gefühle.

Nina musste sich mit einem Anflug von Grippe herumschlagen, sodass es in diesen letzten Tagen auch keine besonderen zwischenmenschlichen Annäherungen gab, die Gelegenheit zu einer emotionalen Aussprache geboten hätten.

So wurde ich am Montag mit einem flüchtigen Kuss Ninas verabschiedet. Ich verließ Ascona in dem Bewusstsein, irgendetwas falsch gemacht zu haben. Das war mir seit längerer Zeit nicht mehr passiert und ließ die Vorfreude auf meinen Job in Bern auf ein Mindestmaß sinken.

2

In Bern wurde ich von meiner ehemaligen Crew empfangen, als sei ich aus einem längeren Urlaub zurückgekehrt. Das Büro des ausgefallenen Sendeleiters war so weit geräumt worden, dass ich meine Sachen mühelos unterbringen konnte, und ich fühlte mich rasch wieder zu Hause. Natürlich hatte die Technik in den paar Jahren meiner Abwesenheit Quantensprünge erlebt und ich musste mich von Hanna Lauterburg, unserer ehemaligen Cutterin und heutigen IT-Leiterin, in die Geheimnisse der modernen Datenverarbeitung einweihen lassen. Was sie nur allzu gerne tat. Vor meiner Zeit mit Nina hatte die attraktive und vielseitig begabte Dame gewisse Ideen für eine gemeinsame Zukunft mit mir entwickelt. Dass daraus nichts wurde, hatte sie offenbar tapfer überwunden. Aber gewisse Sympathien waren geblieben, denn Hanna genoss sichtlich unsere neue Zusammenarbeit.

Als ich einigermaßen einsatzfähig war, stürzte ich mich in das Tagesgeschehen der Bundesstadt. Da war einiges los. In drei Wochen fanden die Nationalratswahlen statt und im Bundeshaus summte es wie in einem Bienenstock. Ich genoss den Jubel und Trubel des Politdschungels Bundesbern und fühlte mich sofort viele Jahre jünger, was Hanna zur völlig unpassenden Bemerkung veranlasste, ich müsse aufpassen, dass meine allzu hektische geistige Aktivität noch im Einklang mit den körperlichen Möglichkeiten eines Mannes des mittleren, ja sie sagte sogar fortgeschrittenen Alters bliebe.

Frechheit. Ich überstand die unfaire Attacke meiner ehemaligen Verehrerin einigermaßen unversehrt und begann mit dem Redaktionsleiter, Joe Stämpfli, die Planung der Wahlsendungen, die wegen des Ausfalls von Hartmann liegen geblieben war. Wir organisierten Diskussionsrunden mit politischen VIPs aus dem Kanton Bern und für den Wahltag wurde die nötige personelle und technische Infrastruktur bereitgestellt.

Die politische Landschaft Bundesberns hatte sich seit meinem Weggang nicht stark verändert. Die traditionellen, schwergewichtigen Parteien wiesen kaum Veränderungen auf. Nur die Teilnahme einer neuen lautstarken Kraft bei den Wahlen gab in den Medien Anlass zu reden. Die »Partei der Unzufriedenen«, PdU, wurde von dem politischen Urgestein Aschi Münger angeführt, der als Veteran früherer ausländerfeindlicher Kleinparteien über die rechtspopulistische Bürgerpartei ins Lager der Unzufriedenen gewechselt hatte. Dieser Haufen ewig Protestierender hatte es sich zum Ziel gesetzt, die Kernkompetenzen der Bürgerparteien und der Linksparteien aufzuweichen. Heimatklänge. Europafeindlichkeit und Asylbarrieren kamen also ebenso zum Zug wie die Antiglobalisierung oder die Lohndumpingbekämpfung. »Zurück zur Heimat und Hände weg von der EU« war ihre wichtigste Bannerbotschaft.

Ich kannte Aschi aus meinen früheren Einsätzen im Bundeshaus, hatte mit ihm einmal sogar einen feuchtfröhlichen Abend verbracht. An sich ein netter Kerl, allerdings mit der charakterlichen Schwäche völliger Sturheit und einseitiger Interessen. Weniger sympathisch fand ich Käthi Losli, die ihm mit schriller Stimme zur Seite stand und sich in alle politischen Auseinandersetzungen einmischte, selbst bei Themen, von denen sie nun wirklich nichts verstand. Die überenergische Dame konnte bei ihren ständigen persönlichen Attacken der Gegnerschaft ein gewisses Erziehungsmanko nicht verbergen und sie wurde denn auch immer wieder mit Beleidigungs- und Verleumdungsklagen konfrontiert. Dass Käthi regelmäßig in Fettnäpfchen jeder Art trat, war gewissen Massenmedien natürlich nur allzu recht. Die selbst ernannte Stauffacherin genoss im breiten Publikum folglich auch eine völlig unangemessen hohe Aufmerksamkeit. Sie hatte nie einen Partner gefunden und angelte stattdessen in der Aare nach Fischen, ein Hobby, das ihr offenbar ein paar kleine Erfolgserlebnisse bescherte, denn sie war vor Kurzem Präsidentin des lokalen Fischerclubs geworden.

Ich traf Käthi und Aschi bei einer Wahlveranstaltung der PdU im Hotel Schweizerhof. Die Newcomer-Partei hatte die Medien und befreundete Kreise zu einem Aperitif im Foyer der Nobelherberge eingeladen. Gleichzeitig fand im großen Saal die Hauptversammlung des Handels- und Industrievereins des Kantons Bern statt.

»Gibt's dich auch noch?« Münger grinste. »Ich hatte nach deinem Abgang ins Tessin gehofft, vor deinen aufdringlichen Fragen nun endlich verschont zu bleiben. Aber wie ich sehe, bist du auferstanden.« Der PdU-Chef zwinkerte mir wohlwollend zu und führte mich zum kleinen Buffet, wo er mir ein Glas Rotwein reichte und sagte: »Du kommst gerade recht zum Feuerwerk. Das gibt eine tolle Wahl mit vielen Überraschungen.«

Seine Prognose sollte sich bald bestätigen. Aber nicht so, wie er es sich vermutlich vorstellte.

Auch die Losli war da. Sie schubste Aschi zur Seite und krächzte: »Lass mich doch auch mit dem hübschen jungen Mann sprechen.« Das war zwar die Übertreibung des Tages, aber ich schenkte ihr dennoch ein dankbares Lächeln, was sie mit den Worten quittierte: »Siehst du, er taut schon auf. Lass uns jetzt allein.«

In den nächsten zehn Minuten wurde ich von der Politikerin mit einigen wenigen parteipolitischen und vielen persönlichen Informationen überschwemmt. Käthi hatte mich in eine Ecke des Foyers gezogen, wo sie pausenlos auf mich einredete. Bis Münger zu einer kurzen Begrüßungsansprache ansetzte. Ich nutzte die willkommene Gelegenheit, mich vom PdU-Event abzusetzen und in den großen Saal zu wechseln, wo der bernische Wirtschaftsverband tagte.

Hans Steiner, Chef-Kameramann des Bären-TV, begrüßte mich am Eingang zum Saal: »Marc, wir haben alles vorbereitet für einige Aufnahmen der Hauptvoten. Und anschließend kannst du in der hinteren Saalecke ein oder zwei Interviews machen.«

Ich gesellte mich im Saal zu einer Gruppe von Gästen, die ich als Lobbyisten einschätzte. Drei oder vier Gesichter kannte ich aus den Printmedien und aus früheren Kontakten.

Einer von ihnen, Rudolf Zbinden, hieß mich am Tisch willkommen: »Marc, du kannst bei uns sitzen. Das würden wir nicht zu allen Journalisten sagen.« Er lachte. »Aber du bist ja offenbar nur für einige Monate in den Medienrummel zurückgekehrt, wie ich hörte. Deshalb wirst du dich hüten, uns vor den Kopf zu stoßen und unsere intimen Tischvoten in deinem Sender schändlich zu missbrauchen.«

Zbinden war akkreditierter Lobbyist von Nationalrat Meier, dem Präsidenten der Liberal-Bürgerlichen, und vertrat laut offiziellem Verzeichnis die Interessen des Hauseigentümerverbandes sowie der Banken. Er war schon zu meiner Zeit einer der Doyens des bunten Lobbyistenvölkchens im Bundeshaus gewesen und hatte sich immer redlich bemüht, dem grellen Scheinwerferlicht der Medien möglichst zu entkommen. Zu Recht. Denn einige besonders fernsehgeile Nachwuchsleute seiner Zunft waren rasch aus den vorderen Rängen des Politiktheaters verschwunden, da sie bald von den Parlamentariern gemieden wurden und so ihre Funktion nicht mehr erfüllen konnten.

Einer dieser eher aufdringlichen Lobbyisten saß Zbinden gegenüber: Maxim Ferrari, ein etwa vierzigjähriger Exmanager mit einigen Unbekannten im Lebenslauf. Mäxi, wie er wenig liebevoll von seinen Kollegen genannt wurde, war einer der beiden von Nationalrat Sicheli im Bundeshaus Akkreditierten. In der Liste der Zutrittsberechtigten war er zwar nur als Gast des konservativ-bürgerlichen Parlamentariers aufgeführt. Jedermann im Bundeshaus wusste aber, dass er die Interessen von sehr rechts orientierten Vereinigungen vertrat, die keinen besonderen Wert darauf legten, dass dies bekannt wurde. In letzter Zeit war er einigen aufmerksamen Medienleuten im Dunstkreis der PdU aufgefallen. Wahrscheinlich würde er bei einem Wahlerfolg der neuen Partei zu Käthi Losli wechseln.

Die weiteren Gäste am Tisch kannte ich nicht und ich wurde ihnen auch nicht vorgestellt.

Endlich stand der Direktor des kantonalen Wirtschaftsverbandes auf und der Reigen der Kurzreferate prominenter Gäste begann. Die bürgerlichen Nationalrätinnen und Nationalräte des Kantons nutzten die Gelegenheit, sich mit ihren mehr oder weniger Erfolg verheißenden Visionen und Absichtserklärungen vor dem illustren Publikum zu profilieren. Ich sah mich nach dem Kameramann Steiner um und gab ihm mit einer Handbewegung zu verstehen, dass mich diese Voten der Wahlkandidaten nicht interessierten.

Nach fast zwei Stunden war die Hauptversammlung beendet und ich konnte endlich meine Interviews mit dem Präsidenten und zwei neuen Vorstandsmitgliedern des bernischen Handels- und Industrievereins durchführen. Ich stellte ihnen Fragen zur Aufwertung des Standortes Kanton Bern durch die Ansiedelung internationaler Industriebetriebe. Man zeigte sich überaus glücklich über die aktuellen

Entwicklungen, bis ich auf die massiven Steuererleichterungen für die ausländischen Investoren zu sprechen kam. Die Zeichen ungetrübter Freude verschwanden sofort aus den Gesichtern der Wirtschaftsleute. Sie gaben noch einige Gemeinplätze von sich und beendeten bald das Interview.

Steiner und sein Team verzogen sich und ich versprach ihnen, den Sendebeitrag in etwa zwei Stunden im Studio abzunehmen.

Bis dahin hatte ich Zeit für den Imbiss.

Die Lobbyisten am Tisch widmeten ihr Interesse ebenfalls den kulinarischen Genüssen und man unterhielt sich über alles Mögliche, nur nicht über Politik. Bis Mäxi, der von seinen Kollegen kaum je ins Gespräch mit einbezogen wurde, seiner Außenseiterrolle einmal mehr gerecht wurde und rief: »Das war eine klägliche Vorstellung der Wahlkandidaten.« Er trank sein viertes Glas Rotwein leer und fügte noch hinzu: »Die Ghostwriter der schalen Voten sollten sich schämen.«

Das ging einigen Herren zu weit. Ferrari wurde energisch zurechtgewiesen.

Mäxi wehrte sich mit hochrotem Kopf: »Die sogenannte bürgerliche Politik hat einfach die Zeichen der Zeit nicht erkannt. Nach den Europawahlen hätte man spüren sollen, dass sich etwas Grundlegendes tut, was keine faulen Kompromisse und keine Anpasserei mehr zulässt.« Er wischte sich über den Mund, stand auf und sagte: »Ich gehe jetzt zur einzigen Partei, die sich bürgerlich nennen darf und die Interessen des Schweizer Volkes wirklich vertritt. Obschon auch hier in letzter Zeit...« Er wollte noch etwas hinzufügen, besann sich dann aber eines Besseren und schwieg.

Ferrari verschwand. Wahrscheinlich zur PdU-Veranstaltung im Foyer.

Zbinden zuckte mit den Schultern und das Gespräch fand den Weg zu den Alltagsthemen zurück.

Nach etwa einer halben Stunde tauchte Mäxi wieder auf. Leicht schwankend und mit blassem Gesicht. Offenbar hatte er einen zu viel hinter die Binde gegossen. Er trat an unseren Tisch, setzte sich aber nicht hin, sondern lallte: »Ich weiß alles über die Schweizer Politik.« Und nach einer kurzen Pause: »Ich weiß sogar zu viel.«

Zbinden sah kurz auf und sagte: »Komm, Maxim, nimm doch Platz und iss dein Dessert. Aber behalt deine Weisheiten für dich. Wir würden sie ja doch nicht begreifen.« Einige Herren am Tisch kicherten hinter vorgehaltener Hand, aber man zeigte Mitleid mit dem schwarzen Schaf des Lobbyisten-Clubs und nickte zustimmend. Ferrari ließ sich auf seinen Stuhl fallen.

Ich musste ins Studio und wollte mich gerade verabschieden, als das Licht im Saal ausging. Offenbar ein Kurzschluss in der neu installierten Anlage des komplett renovierten Hotels. Einige Bedienstete des Hauses erschienen mit Taschenlampen und beruhigten die Gäste. Nach wenigen Minuten erstrahlten die Kronleuchter wieder in voller Pracht.

Mäxi leerte nun sein Weinglas, verzog das Gesicht und sah sich nach einem Kellner um. Dann holte er tief Atem und rang nach Luft. Er fuchtelte wild mit den Armen, röchelte, erbrach sich und stürzte schließlich vom Stuhl.

Die Wiederbelebungsversuche des Notarztes blieben ohne Erfolg.

*

Im Studio versah ich den Bericht über die Hauptversammlung des kantonalen Handels- und Industrievereins mit einem Kurzkommentar und Hinweisen auf den plötzlichen Tod eines bekannten Vertreters der Politszene.

Am übernächsten Tag traf ich meinen alten Freund Paul von Gunten, den ehemaligen Polizeikommissär und Weggefährten bei früheren Aufklärungstouren krimineller Machenschaften. Der alte Brummbär hatte sich kaum verändert und war immer noch sehr interessiert an allem, was sich so im Kriminellen ereignete. Er hatte aus den Medien vom aufsehenerregenden Tod Maxim Ferraris erfahren und sich sofort mit seinem Amtsnachfolger, Kommissär Martin Neuenschwander, in Verbindung gesetzt.

»Es war kein Herzschlag«, sagte von Gunten, »Ferrari ist laut Gerichtsmediziner an einer Überdosis Digitalis gestorben.« Bedeutungsvoll fügte er noch hinzu: »Noch am selben Tag wurde übrigens in seine Wohnung eingebrochen.«

Ich erzählte meinem Freund von der Tafelrunde im Schweizerhof. Als ich den Lichtausfall erwähnte, richtete er sich auf wie ein Jagdhund vor der Fuchshöhle. Seine Augen funkelten und er meinte: »Das war die Gelegenheit für einen Mörder.«

Wir vereinbarten, dass ich mich im Lobbyisten-Milieu und bei einigen Parlamentariern nach besonderen Aktivitäten des Verstorbenen umsehen würde. Von Gunten versprach, mich dafür über die Fortschritte der polizeilichen Abklärungen auf dem Laufenden zu halten.

Mein Kommentar zum gewaltsamen Tod von Ferrari in der abendlichen Nachrichtensendung des Bären-TV hatte einigen Wirbel verursacht, sowohl in anderen Medien als auch bei Lobbyisten, und vor allem bei Nationalrat Sicheli, der mir schon bald auf die Bude rückte.

Der konservativ-bürgerliche Parlamentarier knöpfte sich dabei natürlich zuerst Verleger Wenger vor. Die beiden wichtigen Herren suchten mich gemeinsam in meinem Büro auf.

»Wie kommen Sie dazu, Herr Dubach, meinen Namen im Zusammenhang mit dem Tod von Ferrari zu erwähnen?« Sichelis Stimme zitterte vor Wut. »Herr Ferrari wird zwar im Verzeichnis der Zutrittsberechtigten noch als mein persönlicher Mitarbeiter aufgeführt. Aber wir haben uns schon vor einiger Zeit getrennt und ich habe dies dem Parlamentsdienst mitgeteilt. Wieso der Name Ferrari immer noch auf der Liste steht, weiß ich nicht. Ihnen, Herr Dubach, hätte man wohl zumuten dürfen, sich vor der Sendung bei mir zu erkundigen.«

Wenger zwinkerte mir von der Seite her zu. Ich enthielt mich also einer allzu schroffen Erwiderung. Der konservativ-bürgerliche Parlamentarier beruhigte sich denn auch allmählich und ich fragte ihn: »Wieso haben Sie sich von Herrn Ferrari getrennt? Hat er seine Arbeit für Sie nicht richtig erledigt?«

»Nein, das war es nicht«, sagte Sicheli, »aber seine Interessen für die politische Arbeit meiner Partei ließen merklich nach. Er begann, extreme Ideen zu vertreten und versuchte mehrmals, unsere Entscheide infrage zu stellen. Was wir natürlich nicht dulden. Ein als Mitarbeiter eingesetzter Lobbyist darf sich ausschließlich mit der Umsetzung der erteilten Aufträge befassen.«

Als ich mich nach den Extremideen Ferraris erkundigte, überlegte der Parlamentarier einige Zeit, bevor er sich dazu äußerte: »Herr Ferrari hatte offenbar gute Kontakte zu der neu in Erscheinung tretenden Kleinpartei PdU. Dabei muss er Leute getroffen haben, die ihn mit ihren rechtsradikalen Ideen beeindruckten. Er war zudem für einige Zeit nach Deutschland verreist.« Mehr war nicht aus Sicheli herauszukriegen und der Politiker verabschiedete sich mit den Worten: »Also, ich darf sicher damit rechnen, dass Sie beim nächsten Mal meinen Namen nur im Zusammenhang mit erfreulichen Fakten nennen. Wie etwa der Wiederwahl in zehn Tagen.« Er lachte, klopfte Wenger wohlwollend auf die Schulter und verzog sich.

Mein Verleger wollte wissen, was denn hinter dem Tod von Ferrari stecken könnte.

Ich war mir selber noch nicht im Klaren, ob sich hier etwas medienmäßig Verwertbares abzeichnete, und meinte:

»Keine Ahnung. Aber die Tatsache, dass der Lobbyist kurz vor seinem Tod den PdU-Anlass nebenan besuchte und dann mit einem Gesicht, als ob er Gott oder dem Teufel persönlich begegnet wäre, wieder bei uns auftauchte, macht mich nachdenklich. Ich werde der Sache nachgehen.«

3

Ich traf Aschi Münger im Tearoom Wölfli. Als ich eintraf, saß der Alt- und vielleicht bald Neuparlamentarier schon an einem Ecktisch und winkte mir zu: »Hallo Marc, du wirst deinem alten Ruf wieder einmal mehr als gerecht. Immer wenn du auftauchst, gibt es Tote.«

Zum Glück war das Lokal schlecht besetzt, sodass niemand diese provozierenden Begrüßungsworte gehört hatte. Ich erwiderte grinsend: »Pssst. Du solltest mich nicht in aller Öffentlichkeit als Ungeheuer darstellen. Das ist rufschädigend.«

Münger grinste nicht zurück. Was mich erstaunte, denn sonst war er immer für jeden noch so schalen Scherz zu haben. Er schien besorgt zu sein, und ich wollte wissen, ob ihm eine Laus über die Leber gekrochen sei.

»Meine Partei macht mir keine Sorgen«, Aschi verzog sein Gesicht zu einer Grimasse, »aber im Leitungsgremium tut sich einiges, das mir gar nicht gefällt.«

Ich wartete eine Weile, ohne ihn zu drängen.

Das war augenscheinlich die richtige Taktik, denn Münger sagte nach zwei Tassen Espresso: »Zwischen den beiden Damen im Vorstand entwickelt sich ein richtiggehender Zickenkrieg. Meine Nummer zwei war bisher unbestritten Käthi. Das scheint sich jetzt zu ändern, denn die Losli hat jedes Maß verloren. Besonderes Fingerspitzengefühl und Anstand hatte sie nie. Aber seit unsere Ideologie des Aufstands gegen die etablierte Politik in ganz Europa im Vormarsch ist, liebäugelt Käthi mit der Idee, dass die Schweizer PdU im europäischen Konzert der politischen Rebellion mitspielen sollte.« Aschi wischte sich mit dem Taschentuch über Stirn und Nacken. »Das ist vollkommener Irrsinn. Und zudem gefährlich, denn die positive Stimmung bei den Schweizer Stimmbürgern könnte rasch kippen, wenn die PdU den Bogen überzieht.«

Die Losli hatte nach den Europaparlamentswahlen den meist rechtspopulistischen EU-feindlichen Parteien in Frankreich, Großbritannien, Italien und den Niederlanden ohne jeden Auftrag der PdU zum Erfolg gratuliert und ihnen die guten Dienste der Schweizer Eurokritiker angeboten. Münger hatte per Zufall von dieser Aktion erfahren und Käthi sofort gemaßregelt. Was von ihr natürlich kaum wahrgenommen wurde. Im Gegenteil, sie versuchte mithilfe von Boulevardblättern weiter ihre Sicht der Dinge zu verbreiten und die derzeitige PdU-Leitung als lahme Ente darzustellen.

»Das erleichtert unserer Partei den Start in die politischen Institutionen keineswegs. Die paar Fanatiker, die wir so allenfalls gewinnen, vermögen die vielen gemäßigten EU-Skeptiker nicht zu ersetzen, welche wir als Parteibasis dringend brauchen«, sagte Aschi. »Gott sei Dank haben wir eine zweite Frau im Rennen, die überall als vernünftig gilt und vor allem bei unserem männlichen Fußvolk gut ankommt: Frau Margreth Pfister.«

Erstmals grinste Münger übers ganze Gesicht: »Das ist eine Prachtfrau, die unsere Partei im Nationalrat bestens vertreten könnte.«

Dass Käthi Losli kein gutes Haar an ihrer Mitkonkurrentin ließ, war nicht verwunderlich. Sie scheute auch nicht zurück, die Pfister in den Medien als kompromissbereite Anpasserin darzustellen, und einmal hatte Aschi während einer Parteivorstandssitzung eingreifen müssen, als die Losli nach einer Meinungsverschiedenheit im Gremium aufstand, um Margreth »mit einer Ohrfeige zur Vernunft zu bringen«, wie sie sich ausdrückte.

Wie dem auch sei, der Hausfrieden hing in der PdU-Leitung schief und Münger musste täglich mit neuen skandalösen Auftritten von Käthi Losli rechnen.

Ich versuchte, Aschi zu trösten, was dazu führte, dass er nach einem Whisky verlangte. Dazu mussten wir in die nahe gelegene Bellevue-Bar wechseln. Es wurde spät und beim Abschied sagte mir der PdU-Vorsitzende etwas, das mich hellhörig machte: »Weißt du, Marc, der Zickenkrieg ist eigentlich gar nicht so schlimm. Das können wir verkraften. Aber dass die Losli neuerdings Sukkurs aus der untersten rechtsextremen Politschublade Deutschlands erhält, raubt mir den Schlaf.« Münger rülpste und raunte mir vor dem Einsteigen ins Taxi noch zu: »Ich war nie ein Nazifreund und verabscheue jede Gewalt in der Politik.«

*

Von Gunten hatte mich zum morgendlichen Spaziergang vom Bärengraben zum Schwellenmätteli eingeladen.

»Das tut dir gut, Marc«, meinte der Siebzigjährige, der seine Glatze und die etwas rundlich gewordene Gestalt mit der Würde eines verdienstvollen Bürgers ertrug, »du sollest mehr ins Freie. Man sieht dir bereits die Jahre an.«

Bevor ich eine passende Antwort gefunden hatte, versorgte er mich mit Neuigkeiten: »Ferrari hatte ein Herzleiden, ein sogenanntes Vorhofflimmern, das seit längerer Zeit mit einem Digitalis-Medikament behandelt wurde. Aber die im Körper des Toten gefundene Digitalismenge übertrifft die zulässige Dosierung dieses Mittels bei Weitem. Irgendetwas lief schief oder jemand hat bei der Einnahme der Überdosis nachgeholfen.«

Ich erzählte Paul von den Hinweisen Müngers auf die Kontakte von Käthi Losli zur Neonazi-Szene. Er nickte zustimmend: »Das erstaunt mich nicht. Die Polizei hat in letzter Zeit auch in der Schweiz eine rapide Zunahme rechtsextremer Einflüsse festgestellt. Die PdU zieht mit ihren hypnotisch wirkenden Heimatklängen Leute dieser Geisteshaltung geradezu an.«

»Wie stark war Ferrari in dieser Szene verwurzelt?«, fragte ich von Gunten.

»Das ist noch nicht klar. Er war bei Nationalrat Sicheli an sich gut aufgehoben. Wieso er sich von dessen konservativbürgerlichen Politik abwandte, wissen wir nicht. Etwas ganz Besonderes muss ihn zu diesem Schritt veranlasst haben.«

»Wenn die Losli etwas hübscher wäre, könnte man eine Beziehung der beiden für den Wandel Mäxis verantwortlich machen.« Ich feixte in Richtung von Gunten, der gerade mit jugendlicher Eleganz einem Hundekot auf dem Spazierweg auswich und dann sagte: »Richtig. Aber wir werden schon noch herausfinden, wer Ferrari vom richtigen rechten Weg abbrachte.« Von Gunten lachte über sein Wortspiel und fügte hinzu: »Wenn anstelle von Käthi die Margreth Pfister im Spiel gewesen wäre, so hätte man durchaus eine Liebesaffäre vermuten dürfen.«

Die Pfister musste recht attraktiv sein, und ich nahm mir vor, sie bald einmal zu interviewen. Aber zuerst kam wohl die Losli dran, die mit ihren Auftritten für so viel Klamauk sorgte. Oder durfte ich es wagen, die beiden Kontrahentinnen in einem Studiogespräch aufeinander loszulassen?

*

Ich erkundigte mich bei Georg Wenger, ob wir den Zickenkrieg in der PdU fürs Bären-TV auswerten durften. Er meinte, man könne sich ein Rundtischgespräch mit den beiden Damen natürlich überlegen, aber auf alle Fälle müsse das in Form einer Aufzeichnung erfolgen. Live zu bringen, wie sich Käthi und Margreth in die Haare geraten, wäre unappetitlich, also zu vermeiden. Wenger schlug vor, neben den beiden Wahlkonkurrentinnen noch eine dritte Person zur Diskussionsrunde einzuladen, die Gegenargumente zu den Extremstatements der beiden Damen liefern konnte. Damit das große Zuschauersegment der Europafreunde nicht allzu sehr verärgert wurde.

Das war nicht so einfach. Berner Nationalratskandidaten, die gewillt waren, sich kurz vor den Wahlen mit den Exponentinnen der PdU im Fernsehen anzulegen, waren wohl kaum zu finden, und das Honorar für außenstehende Politikexperten übertraf alle Möglichkeiten meines Budgets. Also musste ich mich anderswo umsehen. Am besten bei den Lobbyisten.

In der Bundeshauscafeteria setzte ich mich zu einer Gruppe von Zutrittsberechtigten zu den nicht öffentlichen Teilen des Bundeshauses, wie die Lobbyisten in Amtsdeutsch genannt werden. Die meisten kannte ich noch von früher und ich wurde denn auch sofort in die Gespräche einbezogen.

»Was beabsichtigt die PdU eigentlich?«, fragte Thomy Meier, Interessenvertreter von Economiesuisse. »Will man uns zurück zum Inseldasein führen? Weit weg von allen Problemen der Welt. Totale Konzentration auf uralte Schweizer Traditionen. Ich erinnere mich noch an die Folkloreabende im alten Kursaal von Interlaken, als Flagthrowing, Jodeling, Wrestling, Cheesemaking und Alpinehornblowing die Hits waren.«

Einige wenige grinsten, die meisten bewahrten ihr professionelles Pokerface.

Marius Moret, persönlicher Mitarbeiter des linken Waadtländer Nationalrats Jean-Pierre Cousteau und Interessenvertreter von Travail.Suisse, erwiderte in seinem holprigen

Deutsch: »Und deine Herrschaften, Thomy, haben die etwa den Sprung ins 21. Jahrhundert gemacht? Der absolute Vorrang des Kapitals über alle übrigen gesellschaftlichen Werte ist doch schon längst überholt. Deine Leute passen bestens zu dieser neuen Kleinpartei.«

Die Diskussion war angeregt, aber niemand fühlte sich angegriffen oder gar beleidigt. Man war unter sich und der für die Lobbyisten selbstverständliche Bühnenalltag des breiten politischen Spektrums duldete keine persönlichen Animositäten.

Bis man auf den Tod von Ferrari zu sprechen kam.

»Was war eigentlich mit Maxim los?« Hans-Ruedi Flury von den Europafreunden sah mich an: »Du warst ja dabei, Marc, als er zusammenbrach. Laut deinen Quellen soll er vergiftet worden sein. Weiß man schon etwas Näheres über Motiv und Täterschaft?«

Mäxi hatte nie so recht in diesen Kreis der weltoffenen Informanten gehört. Er war weder geistig besonders flexibel noch diskussionsfähig gewesen und hatte sich bei Debatten immer sofort ins Schneckenhaus des Besserwissers geflüchtet. Man hatte ihn zwar nicht gerade geliebt, aber ihn doch mit einer gewissen Prise Verständnis, vielleicht auch nur aus Mitleid im Lobbyistenkreis geduldet.

»Ich habe das mit dem Gift Digitalis aus inoffiziellen Quellen erfahren. Mehr weiß ich auch nicht.« Ich schaute in die Runde und fragte: »Kennt jemand von Ihnen die näheren Umstände, wie Ferrari in die Einflusssphäre von Rechtsextremen geriet?«

Schweigen.

Nur Moret meinte: »Keine Ahnung. Aber es scheint, als ob Mäxi via PdU ins politische Abseits geriet. Ich meine damit nicht Aschi Münger, sondern die hysterische Losli, die offenbar ihren Rechtsdrall nicht mehr stoppen kann.«

Niemand am Tisch schien die resolute Käthi besonders

zu mögen. Einige wenige verzogen das Gesicht; die meisten nippten zwar mit unbeteiligter Miene an ihrem Espresso oder Tee, ließen aber ein kaum vernehmbares Brummen der Abneigung ertönen.

Doyen Rudolf Zbinden beendete das Thema Losli mit den Worten: »Wir werden in zehn Tagen sehen, ob die Käthi-Methode der politischen Brachialgewalt beim Volk ankommt oder nicht.«

Man plauderte nun über Tagesthemen und ich versuchte, Zbinden für die Diskussionsrunde mit den Damen Losli und Pfister zu gewinnen. Vergeblich.

So musste ich mich schließlich mit Hans-Ruedi Flury begnügen. Der resolute Mittvierziger aus Luzern vertrat die Interessen einer bürgerlichen Bewegung, die sich für eine Vollmitgliedschaft der Schweiz in der EU einsetzt. Damit konnte er in der Gesprächsrunde einen Kontrapunkt zur extrem europafeindlichen Haltung der PdU-Damen setzen.

*

Sowohl Käthi Losli als auch Margreth Pfister sagten zu und die halbstündige TV-Aussprache fand am darauffolgenden Montagnachmittag statt. Die Sendung sollte als Aufzeichnung am Abend ausgestrahlt werden.

Die Losli erschien herausgeputzt wie ein Kriegsschiff an der Admiralsparade, während die Pfister auf den ersten Blick eher zurückhaltend wirkte. Aber man sah auch Margreth an, dass sie voll bei der Sache war und sich für die PdU-Ideen begeisterte. Sie hatte im Gegensatz zur etwas korpulenten und auch sonst wenig attraktiven Losli keine Kriegsbemalung nötig, um beim Publikum anzukommen; mit ihrer grazilen Figur und dem ausdrucksvollen Gesicht wirkte sie auf eine ganz besondere Art natürlich und sympathisch.

Am Vorgespräch hatte ich die beiden Damen mit Hans-Ruedi Flury bekannt gemacht und die von mir vorgesehenen

Gesprächspunkte zum Thema »Europa und die Nationalratswahlen« skizziert. Die drei Gäste gaben sich friedfertig und konziliant. Aber einige Blicke von Käthi in Richtung Margreth verhießen nichts Gutes und ich wappnete mich für eine Kampfrunde.

Zu Beginn der Aufzeichnung plätscherte das Gespräch so dahin. Bei den Konsequenzen der vor einiger Zeit angenommenen Masseneinwanderungsinitiative wurden lediglich altbekannte Stellungnahmen wiederholt und selbst bei der Diskussion, wie eine allfällige Kontingentierung aussehen sollte, gab es nichts Neues zu hören. Ich wollte die Diskussion gerade mit dem Reizwort »Ausnahmeregelungen« anregen, als Käthi losschlug.

»Ich verachte nicht nur Verräter, die unser Land der EU billig verkaufen wollen, sondern auch alle Sorten von Anpassern an faule Kompromisslösungen.« Die Losli erhob ihren rechten Zeigefinger und der grell lackierte Nagel bewegte sich wie eine blutige Speerspitze in Richtung Margreth Pfister: »Und Anpasserinnen. Denn es gibt in der PdU Leute, die auch dort noch ein Gespräch suchen, wo es nichts mehr zu verhandeln gibt. Die Schweiz muss ihre Identität mit allen Mitteln gegen die Krake Europa verteidigen, die mit ihren Fangarmen Tag und Nacht versucht, uns zu vereinnahmen.«

Über den weiteren Verlauf der Runde sei der gnädige Mantel des Schweigens geworfen. Die beiden Kontrahentinnen schenkten sich zwar nichts, gerieten aber auch nicht so aneinander, dass die Sendung unterbrochen werden musste. Flury schaute dem Treiben amüsiert zu und enthielt sich allzu markanter Voten, um die Stimmung nicht noch mehr anzuheizen.

An einer Stelle war die Diskussion auch für mich spannend geworden.

»Deine Vision der PdU-Zukunft ist nicht nur falsch, soncern vor allem gefährlich«, sagte Margreth Pfister im Zusammenhang mit den ideologischen Höhenflügen von Käthi, »sie hat bereits ein Todesopfer gefordert.«

Alle blickten Margreth erstaunt an.

»Du weißt ebenso gut wie ich, dass dein letzter Jünger, Maxim Ferrari, wegen seiner Kontakte zu denselben deutschen Radikalen ums Leben kam, die du so sehr verharmlost.« Die Pfister blickte verächtlich zu ihrer PdU-Kollegin und wechselte rasch das Thema, das ihr offensichtlich zu heikel, vielleicht gar zu heiß war, um öffentlich diskutiert zu werden.

Das war ein Knüller, den ich für mich auswerten wollte. Bei der Verarbeitung der Aufzeichnung für die Sendung wies ich Hanna an, die beiden Voten Margreths zum Thema Ferrari wegzulassen. Meine IT-Chefin nickte: »Wir wollen keine allzu bissigen Hunde wecken. Und dir geht es wohl darum, dass der hübschen Pfister nichts geschieht. «

Nach der Aufzeichnung hatte ich die drei Gesprächsteilnehmer zu einem Kaffee in die Studio-Bar eingeladen. Käthi leerte ihre Tasse in Rekordzeit und ging schon nach fünf Minuten, und auch Hans-Ruedi machte sich bald aus dem Staub, nicht ohne mir vor seinem Verschwinden zuzuflüstern: »Die Pfister ist eine Wucht. Und sie weiß etwas Sensationelles. Versuch dein Bestes, alter Don Juan.« Gott sei Dank hörte niemand außer mir diese unpassenden Worte.

Margreth war nicht abgeneigt, mit mir noch ein Cüpli zu trinken. Wir unterhielten uns glänzend und ich machte ihr einige Komplimente, die sie gnädig zur Kenntnis nahm. Als sie sich nach etwa einer Stunde mit einem recht freundlichen Blick und den Worten »auf bald« verabschiedete, fühlte ich mich wie an Weihnachten - wir hatten vereinbart, uns am übernächsten Tag zum Nachtessen im Bellevue zu treffen.

*

Die Sendung mit den beiden PdU-Kontrahentinnen ging gut über die Bühne. Georg Wenger hatte sich die Aufzeichnung vor der Ausstrahlung angesehen und anschließend gesagt: »Na ja, es hätte schlimmer kommen können. Eine Supershow ist das Ganze nicht gerade, aber Quoten bringt sie alleweil.«

Es gab jedoch kaum Reaktionen auf die Sendung. Vermutlich ging sie in der Flut von Wahlvorschauen und Hintergrundberichten über die teilnehmenden Parteien schlicht und einfach unter.

Mir persönlich war die fehlende Resonanz egal. Denn die Sendung hatte mir einen persönlichen Kontakt zu Margreth Pfister erschlossen, den ich für vielversprechend hielt.

Wenig später traf ich von Gunten zum wöchentlichen Spaziergang. Während des kurzen steilen Aufstiegs zum Rosengarten hörte ich nur sein Keuchen an meiner Seite, aber als wir im Gartenrestaurant Platz nahmen, sprudelte es aus ihm heraus: »Der Ferrari war in ständigen Geldnöten. Er wurde mehrmals betrieben. Für Steuern und Krankenkassenprämien. Von der geringen Entschädigung durch seinen parlamentarischen Badge-Götti Sicheli konnte er sicher nicht leben, und was er von den Unbekannten erhielt, deren Interessen er ohne offizielle Deklaration im Bundeshaus vertrat, bleibt im Dunkeln. Aber offenbar hat ihm jemand in letzter Zeit den Geldhahn aufgedreht, denn Maxim bezahlte alle Schulden und leistete sich sogar ein Occasions-Auto.« Der ehemalige Polizeikommissär kratzte sich am Kopf. »Man nimmt an, dass es sich bei den neuen Sponsoren um unbekannte rechtsextreme Kreise handelt. Wahrscheinlich hat Ferrari diese Geldgeber über seine Kontakte zur PdU kennengelernt.«

Der pensionierte Fahnder verzog sein Gesicht zu einer Grimasse: »Meine Kollegen haben auch mit seinem Götti Sicheli gesprochen. Der hat sich mit Ferrari schon vor einiger Zeit verkracht und vor etwa drei Wochen dem Parlamentsdienst mitgeteilt, dass Maxim seinen Zutritts-Badge zurückgeben müsse.« Von Gunten trank einen Schluck Bier, sah mich dann an und murmelte: »Sicheli gab an, er habe von dritter Seite ein recht hohes Geldangebot erhalten, wenn er Ferrari weiter beschäftige und ihm so den Bundeshauszutritt ermögliche. Aber er habe natürlich abgelehnt.«

Das war eine absolute Sensation. Ich holte tief Atem.

Von Gunten winkte ab: »Sicheli wollte keine Namen nennen. Allenfalls weiß er gar nicht, wer ihn bestechen wollte, oder er hat Angst vor Repressalien. Auf alle Fälle scheinen gewisse Leute vor nichts zurückzuschrecken, damit ihre Interessen im Parlamentsumfeld vertreten werden.«

Vielleicht würde mir Margreth Pfister am Abend etwas mehr sagen können. Aber das wollte und musste ich meinem Freund Paul ja nicht gerade auf die Nase binden. Der war imstande, Nina früher oder später über das Treffen zu orientieren, und das musste ich auf jeden Fall vermeiden.

Gegen drei Uhr war ich im Studio zurück, wo mich Verleger Wenger mit einem Besuch beehrte: »Marc, gibt es etwas Neues im Fall Ferrari? Wir haben schon lange unseren Zuschauerinnen und Zuschauern keine besonderen Leckerbissen mehr anbieten können. Ein Hit ist der Lobbyistentod zwar nicht gerade, aber immer noch besser als gar nichts. Unsere Einschaltquoten stagnieren und die Zürcher Verlagszentrale ist in Verhandlungen mit neuen Werbeagenturen, denen man natürlich mit guten Zahlen imponieren möchte.«

Ich überlegte mir, ob ich meinem Chef etwas über die neuesten Entwicklungen sagen sollte, verzichtete dann aber darauf, um mich nicht selber unter Zugzwang zu setzen. Wenger verabschiedete sich denn auch mit einem enttäuschten Gesicht und ließ an der Tür eine Bemerkung fallen, die mir gar nicht passte: »Erich wird ja bald zurück sein. Vielleicht kann er dann mehr aus der Sache machen.«

Erich war der ausgefallene Sendeleiter, der zurzeit in einer noblen Rehaklinik am Bodensee behandelt wurde und den ich vertreten durfte.

Der Hinweis Wengers war ebenso unnötig wie unfair gewesen. Ich brummte laut vor mich hin und war kurz so verärgert, dass ich fast zu Nina nach Ascona zurückgekehrt wäre. Aber dann fing ich mich rasch wieder. Wobei sicher auch das bevorstehende Nachtessen mit Margreth eine gewisse Rolle spielte. Das hätte ich natürlich nie zugegeben, denn ich hatte Nina bei der Abreise mehr oder weniger freiwillig, aber umso feierlicher zugesichert, dass es diesmal keine amourösen Abenteuer geben würde.

*

Als ich im Bellevue eintraf, saß Margreth Pfister bereits an der Bar, umrahmt von ein paar Bewunderern aus der einheimischen Politszene. Sie genoss sichtlich diese Aufmerksamkeiten, die zweifellos nicht den Aktivitäten der PdU, sondern allein ihrer Person galten.

Und diese Person war durchaus sehenswert. Margreth hatte ihre schlanken Beine übereinandergeschlagen, was auf dem Barhocker einen tiefen, aber sittlich gerade noch zulässigen Einblick auf ihre seitliche Oberschenkelpartie zuließ. Dazu ein liebliches Gesicht, das an Mona Lisa erinnerte. Nicht nur, was das reizend-versteckte Lächeln betraf, sondern vor allem bezüglich des charmanten Geheimnisvollen, das die Politikerin umgab.

Ich sah mich nach Barkeeper Jack um. Vergeblich. Wahrscheinlich hatte er seinen freien Tag. Dann verscheuchte ich die zudringlichen Figuren an der Bar und begrüßte Margreth mit einem Wangenkuss, was sie durchaus zu schätzen schien, denn sie hüpfte sofort vom Hocker und hakte sich bei mir ein: »Gehen wir essen. Ich habe einen Riesenhunger.«

Im noblen Restaurant hieß uns der langjährige Oberkellner mit seinen üblichen Schmeicheleien willkommen: »Das ist aber eine Ehre für unser Etablissement. Madame Pfister und Monsieur Dubach. Eine seltene Kombination von politischer Eleganz und medialer Kompetenz.« Ich grinste und sagte leise etwas Freches zu diesem schwarzen Vogel, der uns in der Folge mit weiteren Komplimenten verschonte, dafür aber einen sehr guten Tisch im Saalhintergrund zuwies – mit der völlig unnötigen Bemerkung: »Ich hoffe, Herr Dubach, dass das Ihren Bedürfnissen nach besonderer Diskretion entspricht.«

Wir dinierten hervorragend und ich gab mir größte Mühe, nur sehr kostspielige Speisen und Weine zu bestellen. Das Essen ging auf Spesen und die hohe Rechnung war ein natürlich völlig untauglicher kleiner Racheversuch des ad-interim-Sendeleiters an die Adresse des großen Verlegerbosses Wenger.

Zwischen dem Château-Briand und der Crêpe-Suzette gelang es mir, den Small Talk mit der Frage zu unterbrechen: »Was für Beziehungen hatte eigentlich Maxim Ferrari mit der PdU-Leitung? Er hatte kurz vor seinem Tod verkündet, er wisse nun, was in der Schweizer Politik vor sich gehe und man werde bald das blaue Wunder erleben. Dies, nachdem er von einem Besuch der PdU-Veranstaltung zurückgekehrt war.«

Margreth lehnte sich zu mir, sodass ich den Duft ihres verführerischen Parfums genießen durfte, und legte ihre linke Hand auf mein rechtes Knie, was bei mir natürlich sofort die von ihr erwartete Reaktion auslöste. Ich holte tief Atem, sah mich nach meiner attraktiven Nachbarin um und kam dabei in den Genuss eines tiefen Einblicks in ihr Dekolleté.

Da wir schon vor dem Hauptgang zum Du übergegangen waren, flötete sie: »Marc, du hast ja keine Ahnung, was bei uns so alles vor sich geht. Die Losli unterhält Kontakte zu radikalen Kreisen, deren Aktivitäten den von uns tolerierten Rahmen völlig sprengen.« Mehr war im Augenblick nicht aus der Politikerin herauszubringen.

In der Folge drehte sich das Gespräch vor allem um persönliche Aspekte. So erfuhr ich, dass Margreth vor wenigen Monaten geschieden worden war. Sie sagte, ihr Mann, ein Kleinunternehmer aus der Region, sei nicht mit ihrer politischen Karriere einverstanden gewesen. Nicht wegen des Populismus' der PdU, sondern weil sie zu viel Zeit für die nötige Beziehungspflege aufgewendet habe. Wahrscheinlich meinte sie damit wohl ihre vielen Flirts. Kinder gab es keine.

»Bruno ist stinksauer auf mich«, seufzte sie, »und ich habe richtiggehend Angst, dass er die Nerven verliert. Er kommt oft in meine Wohnung, um persönliche Sachen zu holen. Ab und zu übernachtet er sogar noch im Gästezimmer.« Der Unschuldsengel sah mich mit leidendem Blick an und fuhr sich mit der rosaroten Zunge über die vollen Lippen, wobei die leicht asymmetrische Form der Oberlippe verriet, dass sich die Schöne vor Kurzem einer Behandlung beim Schönheitschirurgen unterzogen hatte. »Ich habe ihn im Verdacht, neuerdings starke Beruhigungsmittel, vielleicht sogar Drogen zu konsumieren. Ich bräuchte dringend einen Beschützer.«

Ich hätte jetzt eigentlich schreiend den Speisesaal verlassen müssen, um den Fängen dieser reizenden Dame zu entgehen. Aber meine instinktive Abwehrreaktion auf allzu offensichtlich zur Schau gestellte feminine Reize ließ wieder einmal zu wünschen übrig und zudem wirkte sich wohl der bereits recht hohe Alkoholpegel dämpfend auf mentale Überlebenstriebe aus.

Es kam, wie es kommen musste.

Als meine Begleiterin vorschlug, den Rest des Abends in ihrem Apartment im vornehmen Elfenau-Quartier zu verbringen, zögerte ich etwas, worauf sie kurz überlegte und dann sagte: »Ich habe bei mir zu Hause ein kleines Dossier mit Unterlagen über Kontakte der PdU zu internationalen Rechtsaußenkreisen. Vielleicht ist etwas dabei, das dich interessiert. Komm doch und schau dir die Sachen an.«

Das war's.

Ich nickte, bezahlte die angenehm hohe Rechnung mit der Verlagskreditkarte und folgte Margreth nach draußen. Der nette Oberkellner verabschiedete uns mit einer Verbeugung und sagte: »Ich wünsche den Herrschaften eine angenehme Nachtruhe.« Und fügte, zu mir gewandt, mit seinem zurückhaltenden Lächeln hinzu: »Falls dies erwünscht ist.« Hans-Peter Rüegsegger aus Trub im Emmental, wie der vornehme Oberkellner Monsieur Jean in Wirklichkeit hieß, war ein liebenswürdiger und im Umgang mit den Gästen des Luxushotels äußerst versierter Kerl, mit dem ich vor Jahren bei einer Recherche für Bären-TV zusammengearbeitet hatte und seither freundschaftlich verbunden war.

Da die Promillegrenze eindeutig überschritten war, ließen wir das Auto von Margreth in der Einstellhalle des Hotels zurück und nahmen ein Taxi. Als ich den Fahrer vor dem Apartmenthaus in der Elfenau bezahlte, sah ich, wie sich meine Begleiterin nervös nach allen Seiten umsah. Ich fragte sie: »Treiben sich weitere Verehrer von dir in der Nähe herum, die heute zu kurz kommen könnten?«

Sie lachte: »Blödsinn.« Dann wurde ihr Gesicht ernst: »Ich habe seit gestern das Gefühl, verfolgt zu werden. Nicht von Verehrern, wie du vermutest, sondern von Gestalten, die mich recht professionell beobachten. Wieso, weiß ich nicht.« Etwas nachdenklich meinte sie nach kurzem Überlegen: »Vielleicht lässt mich Bruno jetzt überwachen. Obschon ihm das nun wirklich nichts mehr einbringen kann.«

In ihrer Wohnung kam Margreth noch einmal auf ihren Verdacht zu sprechen: »Es sind immer dieselben zwei Männer. Gut, aber unauffällig gekleidet. Meist mit Hüten, die ihre Gesichter verdecken. Und sie halten eine Distanz ein, die verhindert, dass ich sie genau beschreiben oder gar mit dem Handy fotografieren könnte. Echt unheimlich.«

Wir vergaßen in der Folge die mysteriösen Typen. Margreth servierte mir einen starken doppelten Espresso und verschwand in hinteren Gemächern der noblen Fünfzimmerwohnung. Nach einiger Zeit kam sie im weißen Bademantel zurück und überreichte mir einen dünnen Aktenordner mit den Worten: »Das sind die Unterlagen zu unseren Kontakten mit deutschen Gesinnungsbrüdern im Kampf gegen das EU-Diktat. Es gibt ja solche Kreise in fast allen europäischen Ländern. Wobei sich aber offenbar Welten zwischen den verschiedenen Methoden zur Erreichung ähnlicher Ziele auftun.« Sie rülpste kurz und sehr charmant. »Ich gehe jetzt die Zähne putzen und bin gleich wieder da. Mach es dir bequem.« Und sie fügte mit einer reizend-besorgten Miene hinzu: »Dass du mir aber ja nicht einschläfst. Ich habe noch einiges mit dir zu besprechen.«

Das hätte mich hellhörig machen müssen, tat es aber nicht, da ich bereits mit der Sichtung der Unterlagen beschäftigt war. Es waren vor allem Kopien von E-Mails deutscher Rechtsgruppierungen, die sich mit den neuesten politischen Trends in Europa befassten und dabei auch Schweizer Entwicklungen berücksichtigten. Einige Notizen waren ohne Absendervermerk, adressiert an Käthi Losli. Wahrscheinlich hatte sich die Kollegin von Margreth mit der Streuung der Informationen im PdU-Vorstand wichtigmachen wollen.

Eine der anonymen Mitteilungen betraf einen inoffiziellen Besuch des deutschen Justizministers in der Schweiz. Volker Schmid wurde in etwa einem Monat in Bern zu Gesprächen über eine Verschärfung der Bekämpfung des rechtsextremen Terrorismus erwartet. Dabei ging es unter anderem um einen neuen Informationsaustausch über verdächtige Elemente und Aktivitäten sowie den gemeinsamen Einsatz von deutschen und schweizerischen Experten in beiden Ländern.

Interessant. Sowohl der bevorstehende Besuch des deutschen Ministers als auch die Pläne zur verstärkten Zusammenarbeit bei der Abwehr rechter Terrorzellen waren mir neu.

Ein richtiger Knüller.

Aber der Höhepunkt folgte erst noch. In einer Kurznotiz wies der nicht genannte deutsche Absender darauf hin, dass bei den bilateralen Kontakten auf Ministerebene auch über die Rolle der PdU im europäischen Rechtsextremismus gesprochen werden sollte. Der Name eines Mitglieds der Schweizer Rebellenpartei stünde auf einer Liste verdächtiger Personen, die zukünftig besser zu überwachen seien. Aber man werde von deutscher Seite geeignete Maßnahmen treffen, um solche Kontrollen zu verhindern. Weitere Informationen würden folgen.

Was immer das auch heißen mochte.

Ich war so in Gedanken versunken, dass ich den Auftritt Margreths mit geputzten Zähnen, frisch gepudertem Näschen und ihren mit allerlei wohlriechenden Essenzen behandelten weiblichen Reizen fast versäumt hätte.

Sie setzte sich zu mir aufs Sofa, nahm mir das Unterlagendossier aus der Hand und sagte: »So, das ist jetzt erledigt. Lass uns jetzt den schönen Abend ohne politische Ablenkungen genießen, lieber Marc. Es gibt ja so viel Wichtigeres zu tun.«

Margreth machte bald klar, was sie unter Wichtigerem verstand. Sie ging dabei sehr geschickt vor und erstickte mit ihrer Erfahrung meinen anfänglichen Widerstand gegen eine gemeinsame Nacht im Keime. Gerechterweise muss ich allerdings zugeben, dass ich mich nur sehr kurz wehrte.

Die Nacht wurde lang. Meine Gespielin war unersättlich. Bis ich nach drei Uhr die Flinte ins Korn warf, also bedingungslos kapitulierte. Margreth brummte zwar ungehalten, ließ aber schließlich doch von mir ab.

Ich schlief sofort ein.

Schon nach einer halben Stunde, wie mir schien, weckte mich meine Peinigerin mit den Worten: »Es ist Morgen, lieber Marc. Lass uns etwas für die Gesundheit tun. Ich gehe jeden Tag frühmorgens joggen. Das macht fit.« Sie zog mir das Leintuch vom Leibe, betrachtete mich eine Zeit lang und meinte dann: »Du solltest öfters etwas Sport treiben. Nicht alles, was bei dir da unten so wuchert, steht dir gut.« Sie spielte wohl auf mein in letzter Zeit merklich gewachsenes Bäuchlein an.

Das war eine absolute Frechheit, weckte mich aber doch so weit, dass ich aufstand und höchst widerwillig den alten Trainer von Bruno anzog. Ich bin nicht ausgesprochen sportlich und hasse insbesondere Joggen. Aber ich wusste, dass ich für die sündige Nacht zu büßen hatte und unterdrückte jedes Gefühl von Rebellion gegen die mir verordnete Sportstunde. Dazu gehörte natürlich auch der Verzicht auf ein Frühstück. Margreth sagte zu diesem Thema nur: »Joggen mit vollem Bauch geht nicht. Und einen halb gefüllten Magen kann ich mir bei dir nicht vorstellen.«

Ich senkte den Kopf und akzeptierte auch diese Niederträchtigkeit.

In der Nähe des Apartmenthauses lag der Dählhölzliwald. Margreth begann die Sportlektion mit einem leichten Dauerlauf, wie sie stolz verkündete. Ich folgte keuchend und fragte mich, wie ihre normale Laufkadenz wohl aussehen würde.

Nach etwa einer Viertelstunde, die mir vorkam wie eine Ewigkeit, hatte ich bereits gut fünfzig Meter zu Margreth eingebüßt. Sie verschwand gerade in der nächsten Kurve, als ich hinter mir schnelle Tritte hörte. Ich bewegte mich etwas zur Seite, um den Sportlern das Überholen zu erleichtern, und sah mich dabei um. Aus den Augenwinkeln nahm ich zwei große Männer wahr, die in dunklen Anzügen auf mich zurannten. Die Gesichter hatten sie mit Strickkappen verdeckt.

Schneller laufen konnte ich nicht. So versuchte ich an einer Wegkreuzung abzubiegen, um in belebtere Waldzonen zu gelangen. Was die Verfolger allerdings zu vereiteln wussten, indem sie mich umkreisten und an den Wegrand drängten.

Die beiden Gestalten gaben keinen Laut von sich. Sie drückten mich an das Drahtgeflecht, das den Durchgangsweg vom Wildrehpark des kleinen Stadtzoos abgrenzte, und begannen auf mich einzuschlagen.

Ich wehrte mich, so gut ich konnte, und versuchte, wenigstens meine empfindlichsten Körperteile zu schützen. Schließlich lag ich am Boden, krümmte mich zur Embryostellung und hoffte so, den letzten, vernichtenden Schlag ohne allzu schwerwiegende Verletzungen zu überstehen.

Es war ein Fußtritt in den Nacken, der mich in die erlösende Bewusstlosigkeit schickte.

*

Ich erwachte in einem Spitalbett und war umgeben von mehreren weißen Gestalten. Margreth beugte sich mit besorgter Miene über mich.

Als meine Begleiterin beim Joggen gemerkt hatte, dass ich nicht folgte, war sie zurückgelaufen. Sie fand mich bewusstlos am Boden liegend und alarmierte Polizei und Sanitätsdienste. Meine Verfolger waren und blieben spurlos verschwunden.

Es folgten aufwendige Untersuchungen und ein kurzes Polizeiverhör. Da die Angreifer maskiert gewesen waren, vermochte meine Beschreibung des Überfalls wenig Anhaltspunkte für die Fahndung zu liefern. Ein Raubversuch konnte es nicht gewesen sein, da weder mein kleines Portemonnaie mit Ausweisen und Kreditkarten noch der Schlüsselbund in der Jackentasche des Trainingsanzugs fehlten.

Der behandelnde Notarzt teilte mir nach zwei Stunden

mit, ich hätte keine nachhaltigen Verletzungen erlitten. Die zahlreichen Schwellungen und Prellungen würden mich aber noch mehrere Tage stark behindern. Wegen der Gehirnerschütterung seien zudem Kopfschmerzen zu erwarten. Der Mediziner meinte, ich sei Opfer einer Attacke von erfahrenen Professionellen geworden, die sehr genau gewusst hätten, wo und wie sie zuschlagen konnten, ohne mich lebensgefährlich zu verletzen: »Die Schläge waren ganz offensichtlich als Warnung gedacht.«

Ich entschuldigte mich im Studio. Als Grund gab ich einen kleinen Unfall an. Den Rest des Tages verbrachte ich jammernd in meinem kleinen möblierten Zimmer in der Schosshalde, das mir Wenger für die Zeit der Stellvertretung beschafft hatte. Margreth hätte mich zwar gerne zu sich genommen und gepflegt, wie sie sagte. Aber die letzte Nacht war mir noch zu gut im Gedächtnis und ich traute der holden Dame nicht ganz. Die über den ganzen Körper verstreuten blauen Flecken und die schmerzenden Muskeln hätten auch den kleinsten Annäherungsversuch zur Tortur gemacht.

Am Freitag erschien ich wieder bei Bären-TV. Mein Gesicht war noch an drei Stellen mit Pflastern versehen und bei jeder unbedachten Bewegung entfuhr mir ein Stöhnen. Meine Kollegen wollten natürlich genau wissen, was mit mir passiert war, und ich erfand immer neue Versionen eines Stolperns, eines Ausrutschens oder eines Misstritts. Die meisten gaben sich damit zufrieden, nur Hanna Lauterburg rümpfte ihr an sich nicht unedles Näschen und sagte: »Du hast dich wahrscheinlich wieder einmal wegen einer Frau geprügelt und dabei den Kürzeren gezogen. Geschieht dir recht.« Joe Stämpfli, der Redaktionsleiter, lachte nur, als ich ihm meine Unfallversion erzählte. Er hatte über seine Verbindungen zur Kantonspolizei bereits vom Überfall gehört. Ich bat ihn, diese Information für sich zu behalten.

Es waren qualvolle Stunden im Verlagsgebäude im Nordring und ich beschloss, das Wochenende bei Nina in Ascona zu verbringen. Am übernächsten Samstag und Sonntag würde ich ja mit den Nationalratswahlen beschäftigt sein und Dienst schieben müssen. Die kurze Verschnaufpause tat mir also gut. Heikel war nur die von Nina zu erwartende Reaktion auf meine über den ganzen Körper verteilten Wunden. Mit ihrem hervorragend ausgebildeten Instinkt dürfte sie sich noch weniger als Hanna mit meinen Ausreden zufriedengeben. Und bis zur Entdeckung meiner amourösen Entgleisung mit Margreth wäre es bei einem Geständnis der wahren Verletzungsursache nur ein sehr, sehr kleiner Schritt.

Die Bahnfahrt nach Ascona war denn auch eine doppelte Folter. Mein mit Prellungen und Quetschungen reich bedachter Körper spürte jedes Rütteln des Zuges und gewisse Bewegungen waren mit einem stechenden Schmerz verbunden, sodass ich regelmäßig ein jammerndes Brummen ausstieß. Meine Nachbarn im Abteil sahen mich zuerst erstaunt, später mitleidig an. Zu all diesen physischen Qualen kam noch die geistige Pein. Was sollte ich nur Nina erzählen? Würde sie noch einmal über meine Unzuverlässigkeit beim Umgang mit dem weiblichen Geschlecht hinwegsehen oder war das das Ende einer herrlichen Beziehung? Ich seufzte aus tiefster Seele, worauf mir der gut meinende Nachbar seine Pralinenschachtel unter die Nase hielt und mich wohlwollend aufforderte: »Nehmen Sie eine, vielleicht lockert das Ihre innere Verkrampfung.«

4

In Ascona empfing mich Nina ebenso emotionslos, wie sie mich beim Abschied hatte gehen lassen. Sie begrüßte mich wie einen alten Stammgast unseres Hotels, also mit ausgesuchter Freundlichkeit, und sah mich von oben bis unten an. Mit ihrem Röntgenblick, dem nichts, aber auch gar nichts entging.

»Du siehst beschädigt aus, mein Lieber«, sagte sie. »Was hat man nur mit dir angestellt?«

Sie hakte sich zwar bei mir ein, überging aber den normalen Begrüßungskuss mit Eleganz, indem sie leicht stolperte und mich dabei in die Seite stieß. Auf meinen Schmerzensschrei reagierte sie mit gespielter mütterlicher Fürsorge.

Das gemeinsame Schlafzimmer im Hotel wurde wieder einmal renoviert. Ich bezog deshalb ein Gästezimmer und meldete mich eine Stunde später bei Nina an der Rezeption.

Wie es sich für eine Hotelchefin gehört, die sich um ihre Gäste kümmert, erkundigte sich meine Freundin liebenswürdig besorgt nach meinem Gesundheitszustand. Später lud sie mich zu einem Aperitif im Garten ein, was ich als erstes Zeichen einer zaghaften Annäherung deutete.

Ich wartete mit Ungeduld auf die Frage Ninas, wie es denn zu meinen Verletzungen gekommen war. Vergeblich. Sie schien überhaupt nicht interessiert daran, zu erfahren, was in Bern passiert war. So konnte ich meine mühsam erarbeitete Halblügengeschichte nicht an die Frau bringen, und ich war mir nicht sicher, ob ich das komplexe Konstrukt in ein oder zwei Tagen noch fehlerfrei präsentieren konnte. Und fehlerfrei musste es sein, denn sonst würde Nina innert Minuten meine Behauptungen widerlegen, meine Entlastungsargumente so zerpflücken, dass ich wie ein begossener Pudel dastünde.

Diese unguten Aussichten verschlechterten sich noch rapide, als meine Freundin beim Aperitif so nebenbei andeutete, sie habe mich am Donnerstagnachmittag im Studio anrufen wollen und von Josef Stämpfli, dem Redaktionschef, erfahren, ich sei überfallen worden. Sie sah mich mit großen Augen an und sagte: »Beim morgendlichen Joggen im Walde. Schlimm, schlimm.«

Joe war als Plaudertasche bekannt und daher dürfte das »Schlimm, schlimm« Ninas weniger der Gewalttat an sich als dem besonderen Umstand gegolten haben, dass ich den Frühsport in weiblicher Begleitung absolviert hatte.

Damit war ich vollends in die Ringecke gedrängt worden, und der Hinweis meiner Verlobten, sie sei so froh, dass ich künftig mit ihr jeden Morgen zum Golfplatz von Ascona joggen werde, kam denn auch rasch. Gewissermaßen als moralischer K.o.-Schlag. Nina fügte mit ironischem Augenaufschlag hinzu: »Alleine war das bisher immer so langweilig.«

Ich schlief diese Nacht sehr schlecht im Gästezimmer. Einerseits schmerzten mich die Prellungen und andererseits musste ich mich seelisch mit der Horrorvision auseinandersetzen, bis zu meinem Lebensende täglich einer Joggingtortur unterzogen zu werden.

*

Am Sonntag besuchte uns Bartali, unser Hausfreund. Der immer etwas undurchsichtig wirkende Tessiner brauste mit seinem Sportwagen heran und überhäufte Nina wie üblich mit Komplimenten, die sie zwar durchaus verdiente, aber mit gebührender Zurückhaltung entgegennahm, um bei Enrico keine übermäßigen Aktivitäten der Sympathiebekundung, also minutenlange Umarmungen, auszulösen. Bartali sah mich nur kurz an und überreichte Nina ein riesiges Blumenbouquet mit den Worten: »Der charmantesten Hotelchefin des Tessins.«

Nachdem wir die Begrüßungszeremonie einigermaßen heil überstanden hatten, ließen wir uns im Garten nieder. Der Nordföhn bescherte dem Schweizer Südkanton in diesen Herbsttagen weiterhin schöne und warme Tage, sodass man bis spätabends im Freien sitzen konnte.

»Du siehst aus, Marc, als könntest du dein Riesenglück, diese herrlichen Tage mit der wunderschönen Nina zu verbringen, überhaupt nicht genießen.« Enrico feixte ungebührlich in meine Richtung. »So verunstaltet bist du ja nun auch wieder nicht, dass deine reizende Verlobte einen Bogen um dich machen müsste.« Der Kerl wusste irgendetwas und machte es richtig spannend. Denn er fragte mich nicht, wie ich zu den Verletzungen gekommen war, die sich unter anderem noch immer mit drei Gesichtspflastern manifestierten.

Als Nina das Nachtessen der Hotelgäste überwachen musste und sich für eine gute halbe Stunde entfernte, ließ Bartali endlich die Katze aus dem Sack: »Weiß Nina bereits von deiner neuen Frauengeschichte?«

»Wie kommst du zu dieser Frage? Lässt du mich in Bern überwachen?« Ich war erschrocken und gleichzeitig wütend. »Das Ganze geht dich überhaupt nichts an.«

»Leider bin ich auch von deinen Eskapaden in Bern betroffen. Wie ich dir schon vor deiner Abreise sagte, haben Hacker meinen Computer geknackt und sich dabei offenbar auch deiner Daten behändigt. Es waren IT-Leute einer rechtsradikalen deutschen Gruppierung namens Wolf.« Enrico richtete sich auf, nippte an seinem Prosecco und verkündete stolz: »Das ließ ich mir natürlich nicht gefallen. Ich ging zum Gegenangriff über und wir haben uns ins Datensystem der Gruppe eingeschleust.« Was er unter »wir« verstand, blieb unklar, wie so vieles in seinem diffusen beruflichen und persönlichen Umfeld.

»Es gelang uns, die verschlüsselte Kommunikation dieser Leute zu entziffern, und dabei stießen wir auf Berichte über Aktivitäten in der Schweiz, insbesondere in Bern. Dein Name tauchte auch auf, und es wurde vor deinen Recherchen im Umfeld der PdU gewarnt, die eine geplante Operation gefährden könnten. Was genau damit gemeint ist, haben wir noch nicht herausgefunden. Aber auf jeden Fall wurdest du von den Extremen unter die Lupe genommen und die Berichte über die Ergebnisse dieser Abklärungen enthielten nicht nur Angaben über dich und Nina, sondern auch über mich.« Bartali verzog das Gesicht. »Das ist für mich nicht nur peinlich, sondern kann mir auch beruflich Schaden zufügen.«

Er fuhr fort: »Ich musste also wissen, was du in Bern so tust, und erfuhr aus meinen üblichen Quellen von diesem Überfall. Im entsprechenden Polizeibericht wird detailliert auch über die Vorgeschichte der Gewalttat orientiert, also über deine Nacht mit Margreth Pfister.« Bartali grinste mich schadenfroh an: »Diese Nacht hat dir offenbar nicht gutgetan. Ich hoffe, dass sie dir wenigstens einige Informationen über die Pläne der deutschen Radikalen eingebracht hat, die du journalistisch verwerten kannst.« Enrico sah mich erwartungsvoll an.

Ich erzählte ihm von meinen Erlebnissen im Schweizerhof und kam dabei auf den plötzlichen Tod von Maxim Ferrari zu sprechen. Außerdem erwähnte ich das Dossier von Margreth über Kontakte der PdU zu EU-Kritikern in anderen europäischen Ländern.

Bartali schien wenig beeindruckt: »Das ist doch alles Schnee von gestern. Es tut sich offenbar etwas in der rechten Radikalenszene Deutschlands, wovon bisher niemand das Geringste wusste. Nicht einmal die Geheimdienste.« Er schwieg längere Zeit und sagte dann wie abschließend: »Wie es diesen Leuten gelang, das Ganze so lange geheim zu halten, ist mir schleierhaft. Wahrscheinlich handelt es sich um eine größere Sache.«

Enrico ließ mich noch wissen, dass Ferrari seit Kurzem zu den besonders Eingeweihten der deutschen Rechtsszene gehört hatte. Vielleicht habe er den Leuten im politischen Untergrund wertvolle Dienstleistungen erbringen können. Sei es in seiner Funktion als Informant aus dem Bundeshaus, sei es als Freund von Käthi Losli und ihrer Entourage mit Beziehungen zu vielen Behördenkreisen.

»Mäxi wusste offenbar einiges mehr als zum Beispiel die Losli, die ja auch gute Kontakte zu den Deutschen unterhält.« Bartali sah, dass Nina zurückkehrte, und schloss die Unterhaltung mit den Worten: »Vielleicht konnte er mit den vertraulichen Daten nicht umgehen und wurde so zur Gefahr für die Gruppe.«

Nina ließ uns nun das Nachtessen servieren und in den nächsten Stunden gab es nur Tessiner Delikatessen und Small Talk.

Bis Bartali gegen Mitternacht aufstand und wir uns für die übliche Abschiedszeremonie rüsteten. Nina überstand die Gefühlsausbrüche des temperamentvollen Besuchers mit Geduld und der üblichen Routine und ich blieb für einmal von jeder freundschaftlichen Umarmung verschont, was ich Bartali hoch anrechnete. Er wusste offenbar ziemlich genau, wo mich die Gewalttäter getroffen und höchst empfindliche Quetschungen hinterlassen hatten. Ihm war alles zuzutrauen, sogar ein Zugriff auf den Computer des Berner Spitals mit meinen Daten.

Bevor Enrico in seinen Maserati stieg und davonbrauste, lächelte er uns an und sagte: »Ich hoffe sehr, dass ihr im kommenden Winter von meinem Verlobungsgeschenk Gebrauch macht. Ihr habt einige sorglose, unbeschwerte Tage dringend nötig.« Er quetschte sich mit Eleganz in den Schalensitz der Nobelkarosse und fügte hinzu: »Wenn ihr wüsstet, was ich als Heiratsgabe vorgesehen habe, würdet ihr euch mit diesem längst fälligen Schritt etwas mehr beeilen.«

Nina schmunzelte zufrieden und ihre gute Laune verhalf mir zu der unerwarteten Wohltat einer Ganzkörpermassage samt Versorgung der verschiedenen Prellungen. Natürlich nicht im gemeinsamen Bett und unter striktem Ausschluss der für diese Art von Behandlung besonders empfänglichen Zonen.

*

In Bern zurück, musste ich mich am Montag mit den organisatorischen Vorbereitungen des kommenden Wahlwochenendes befassen. Das war für unseren Regionalsender mit verhältnismäßig kleinem Personalbestand gar nicht so einfach und ließ mich die in Ascona zurückgelassenen privaten Probleme für kurze Zeit vergessen.

Bis mich Margreth anrief und ein Treffen vorschlug. Sie hätte Neuigkeiten von Käthi, die mich sicher interessieren würden. Ich unterdrückte mit Mühe meine journalistische Neugierde und vielleicht auch einige unbewusste erotische Wünsche, sagte also wegen Überlastung durch die Wahlvorbereitungen ab und vertröstete sie aufs nächste Wochenende.

Am Mittag traf ich Paul von Gunten. Der alte Brummbär saß bereits an einem Tisch im Casino-Garten und begrüßte mich freudig: »Das ist aber schön, dich so zu sehen. Endlich hat dir jemand zu verstehen gegeben, dass es mit dir nicht so weitergehen kann.« Er stand auf und klopfte mir auf die Schulter, genau auf einen jener Punkte, die mich, jetzt blau gefärbt, immer noch an den Überfall erinnerten. Wahrscheinlich hatte auch der ehemalige Fahnder weiterhin Zugang zu den medizinischen Akten des Berner Spitals und war genau im Bild über meine Verletzungen.

Ich jammerte kurz, was er mit Genugtuung zur Kenntnis nahm, und holte tief Luft, um ihn zu maßregeln.

»Komm, setz dich, Marc. Es war nicht so gemeint.« Von Gunten räusperte sich. »Manchmal hege ich fast väterliche Gefühle für dich und übertreibe es vielleicht mit gut gemeinten Ratschlägen.« Er fürchtete sich wohl, sentimental zu werden, und ließ sofort eine weitere Beleidigung folgen: »Schade, dass das alles bei dir nichts nützt.«

Mein väterlicher Freund wechselte endlich das Thema und kam auf den Tod von Ferrari zu sprechen: »Die Ermittlungen der Polizei haben ergeben, dass die Digitalis-Überdosis nicht von seinen Tabletten stammen konnte. Also muss ihm das Gift in Form von Tropfen verabreicht worden sein.« Er sah mich fast überheblich an und sagte: »Aber nicht während des Lichtausfalls bei euch im Konferenzsaal.«

Ich fragte ihn aufgeregt, wie er zu einem solchen Schluss komme.

»Digitalis wirkt als Gift nicht sofort. Es dauert in der Regel fast eine Viertelstunde, bis der Tod eintritt. Zuerst treten Schwindel, Übelkeit und Atembeschwerden auf. Dann folgen Schwächeanfälle und zuletzt der Herzstillstand. Ferrari starb kurz nach dem Ausfall des Beleuchtungssystems. Infolgedessen musste er das Gift eingenommen haben, bevor er sich wieder zu euch gesellt hatte. Digitalis in liquider Form schmeckt zudem bitter. Daher konnte man ihm die tödliche Dosis nur in einem sehr herben Aperitifgetränk verabreichen. Der Wein bei euch war es also nicht.« Von Gunten winkte dem Kellner und bestellte sich das teurere Businessmenü: »Ich komme nicht mehr so viel zu feinem Essen wie du. Und ich nehme an, dass auch das heute zulasten deines Verlags geht.«

»Ferrari war etwas mehr als eine halbe Stunde an der PdU-Versammlung.« Ich schüttelte den Kopf. »Mir sind diese Leute ja nicht besonders sympathisch. Aber ich traue eigentlich niemandem von ihnen einen Mord zu. Und zudem: Was hätten sie für ein Motiv?«

»Du hast recht. Die Polizei ist derzeit daran, die Gästeliste durchzusehen. Es waren etwa fünfzig Personen eingeladen. Erschienen sind achtunddreißig. Davon können bereits dreißig Leute mit an Sicherheit grenzender Wahrscheinlichkeit als Täter ausgeschlossen werden.«

Die nächsten zwanzig Minuten war nichts mehr von meinem Gast zu hören. Erst nach der Hauptspeise, einem Tournedos mit Kartoffelgratin, blickte er mich erstaunt an, als ob er mich noch nie gesehen hätte, dachte einen Moment nach und ergänzte endlich den Bericht: »Bleiben acht Personen, die etwas näher unter die Lupe genommen werden müssen. Drei stammen aus der Westschweiz, einer aus dem Tessin und vier aus Deutschland.«

Von Gunten schielte mich über seine Lesebrille an. Er hatte die Nachspeisenkarte konsultiert und sich für eine Herbstspezialität aus Maronenpüree mit Schlagrahm und Vanilleeis entschieden. Wahrscheinlich war ihm beim Gedanken an das Bestellte das Wasser im Munde zusammengelaufen, denn er konnte nur noch murmeln: »Es handelt sich dabei um eine Delegation deutscher EU-Gegner, soweit wir dies im Augengenblick feststellen können. Wir haben die zuständigen Behörden in Deutschland um nähere Informationen gebeten.«

Das musste es gewesen sein. Ferrari hatte die deutschen Radikalen sicher sofort entdeckt und mit ihnen gesprochen.

»Ob sie etwas mit dem Mord zu tun haben, wird derzeit abgeklärt. Die Tat müsste von ihnen sorgfältig vorausgeplant worden sein, denn Digitalis ist nicht so leicht zu beschaffen. Vielleicht hat sich Ferrari zu weit vorgewagt. Oder er kam zu Informationen, die nicht für ihn vorgesehen waren.« Der alte Fahnder kratzte sich am Ohr. »Wenn es geplant war, so deutet das Ganze auf eine höchst professionelle Arbeit hin. Einmal durch die vorgetäuschte Verlegung des Tatorts in euren Konferenzsaal mit dem Ausfall der Beleuchtung. Und dann durch die Wahl des Giftes, das Ferrari in kleinen Dosen schon länger als Medikament einnahm. Vielleicht glaubten die Täter, den Mord so als Suizid oder Unfall tarnen zu können.«

Ich wollte wissen, ob man bereits etwas über die deutsche Delegation hatte erfahren können.

»Die Namen der vier kennen wir nicht. Auch eine detaillierte Personenbeschreibung fehlt.« Da seine Nachspeise eintraf, konnte von Gunten nur noch kurz beifügen: »Sie sollen auf Einladung von Käthi Losli am Anlass der PdU teilgenommen haben.«

Wieder verging einige Zeit, bis sich mein Gast den Mund abwischte und dann zufrieden in den blauen Herbsthimmel blickte.

Ich störte ihn bei dieser Entspannungsübung, indem ich ihn fragte: »Was gibt es Neues zum Überfall auf mich?«

»Nichts. Die beiden Täter können aufgrund deiner Beschreibung kaum identifiziert werden. Sie waren maskiert und steckten außerdem in Alltagsanzügen.« Von Gunten sah mich liebevoll an und meinte: »Es sind Profis, die den Auftrag hatten, dich ordentlich zu verhauen. Aber ohne dir bleibenden Schaden zuzufügen. Da meinte es jemand gut mit dir.«

»Was ist mit dem geschiedenen Mann von Margreth?«

»Bruno Pfister hat für die Tatzeit ein gutes Alibi. Sein Leumund ist so weit in Ordnung. Kein Strafregistereintrag. Der einzige Makel ist eine offenbar zunehmende Drogensucht. Wahrscheinlich Heroin. Aber sicher steht er nicht zuoberst auf der Liste der Verdächtigen.« Der Ex-Kommissär wechselte erneut das Thema und fragte mich: »Wie hat Nina seine neueste Exkursion in die einem Fünfzigjährigen gerade noch verbleibenden Erotiktraumwelt aufgenommen?«

Das war der Gipfel der Frechheit und wir vertieften uns in eine hitzige Debatte über das Spannungsfeld zwischen Freiheitsdrang und Verantwortungsbewusstsein eines leicht in die Jahre gekommenen Mannes. Natürlich ohne eine Lösung des Problems zu finden. Am Schluss gab ich klein bei und sagte: »Nina wird mir wahrscheinlich noch einmal verzeihen. Aber die Geschichte mit Margreth war wirklich ein dummer Ausrutscher.« Ich erzählte von Gunten von den fatalen Konsequenzen des Fehltritts und er lachte so schadenfroh über das mir von Nina verordnete tägliche Joggen, dass wir die verbleibende Zeit der Mittagspause wieder in freundschaftlicher Atmosphäre verbrachten.

*

Im Studio erwartete mich eine E-Mail von Enrico Bartali. Er teilte mir mit, ich solle nach dem Wahlrummel des nächsten Wochenendes meine Aufmerksamkeit dem bevorstehenden Besuch des deutschen Justizministers in Bern widmen. Es tue sich da etwas. Und die vier deutschen Gäste der PdU-Tagung seien immer noch in der Schweiz. In einem Chalet auf der Klausenalp.

Für den Rest der Woche war ich mit Vorbereitungsarbeiten für die Nationalratswahlen beschäftigt. Käthi Losli meldete sich bei mir für ein Interview, was ich ablehnte, da unser Sender so kurz vor dem Wahltermin keine Kandidatinnen und Kandidaten mehr auftreten ließ. Und eine außerordentliche Wahlhilfe für die Vertreterin der PdU kam schon gar nicht infrage.

Auch Margreth Pfister rief mich an und wollte einen Termin. Ich wies sie mit derselben Begründung wie die Losli ab. Sie gab sich jedoch damit nicht zufrieden, sondern hakte nach: »Ich bin schon etwas enttäuscht, dass nicht einmal ein privates Treffen möglich ist. Wir hatten es doch so schön zusammen und für den Überfall bin ich nun wirklich nicht verantwortlich.« Als ich nicht reagierte, versuchte sie es mit einem besonderen Köder: »Ich habe beim letzten Vorstandsmeeting etwas aufgeschnappt, das dich interessieren könnte. Wir tagten in der Wohnung der Losli. Meine Kollegin telefonierte nach der Sitzung in ihrem Bürozimmer. Die Tür war offen, und so hörte ich beim Verlassen der Toilette im Gang, wie sie jemanden anschrie, ja vorsichtig zu sein bei der Ausführung des Planes. Auch die Klausenalp sei nicht mehr sicher.« Sie machte eine Kunstpause. »Alles auf Hochdeutsch. Aber das könnte ich dir viel besser persönlich schildern.« Meine Angst vor den hell lackierten Fängen der Schönen war nach wie vor um einiges größer als mein Wissensdrang und so biss ich erneut nicht an. Sie sagte enttäuscht: »Also bis Samstag bei dir im Studio. Ich werde am Treffen zur Vorbereitung deiner Diskussionsrunde vom Sonntagabend teilnehmen. Aschi hat mich darum gebeten. Natürlich kommt Käthi auch.«

Am Mittwoch erinnerte ich mich an die E-Mail-Mitteilung von Bartali. Ich nahm mir vor, mich diesbezüglich etwas umzuhören. Die beste Plattform für den Austausch von Neuigkeiten jeder Art, aber auch von Gerüchten und bloßen Vermutungen boten die etwa 400 derzeit akkreditierten Lobbyisten im Bundeshaus. Ich übergab also den organisatorischen Krimskrams im Hinblick auf die Nationalratswahlen Redaktionsleiter Stämpfli, der sofort aufschrie und von Überlastung und drohenden Burn-out-Problemen redete. Ich hatte Joe seine Plauderei mit Nina noch nicht verziehen und freute mich deshalb kindisch über diese Reaktion.

Im Bundeshaus traf ich Rudolf Zbinden. Er wischte sich den Schweiß von der Stirn und bot mir an, zu einem Schluck guten Weins ins Café Fédéral zu wechseln: »Die gesamte politische Welt spinnt derzeit komplett. Mein Nationalrat schläft seit Tagen nicht mehr und ruft mich alle paar Stunden mit einer neuen Wahlpropagandaidee an.« Er stöhnte. »Dabei hätte er das gar nicht nötig. Seine Wiederwahl ist so gut wie sicher.«

Zbinden schaltete ostentativ sein Handy ab und streckte den überlebensgroßen Figuren beim Bundeshauseingang die Zunge heraus.

Die Lufttemperatur war immer noch angenehm und wir ließen uns in der gedeckten Außenveranda des Restaurants nieder. Rudolf Zbinden zog denn auch sofort eine Riesenzigarre aus der Brusttasche, zündete das sonst überall streng verpönte Tabakding mit großem Genuss an und paffte eine Weile still vor sich hin.

»So, jetzt geht es mir schon wieder viel besser«, sagte der Lobbyist. »Ich hörte, dass du überfallen wurdest. Weiß man, wer es war?«

Ich schilderte ihm den Vorfall und kam dabei auch auf Bedrohungen durch die deutsche rechtsextreme Szene zu sprechen: »Ich habe da einiges über diese Radikalen vernommen, die sich neuerdings auch in der Schweiz tummeln.«

»Die werden dich kaum als Opfer ausgesucht haben. Dafür bist du ihnen zu unwichtig«, meinte Zbinden. »Verstehe mich bitte nicht falsch: Das ist nicht abwertend gemeint. Aber diese Herrschaften haben höhere Zielpersonen im Visier.«

Ich mimte den Erstaunten und Zbinden ergänzte seine Aussage: »Da stehen einige wichtige Gespräche zwischen den obersten Vertretern der für die Terrorismusbekämpfung zuständigen Behörden Deutschlands und der Schweiz auf der Agenda. Hier könnten die Extremisten zuschlagen und verhindern, dass ihnen ihr kriminelles Metier maßgeblich erschwert wird.«

Mehr war aus Rudolf nicht herauszukriegen. Er wies stolz auf den langen Aschekegel seiner Zigarre hin und sagte: »Wie du siehst, Marc, bin ich trotz Wahlstress ruhig geblieben. Wir können also ohne Weiteres noch einen Halben bestellen.« Wir becherten in der Folge entspannt und natürlich zulasten meines Spesenkontos. Ich hatte Wengers völlig unnötigen Hinweis auf die baldige Rückkehr des verunfallten Sendeleiters noch nicht vergessen.

Nach und nach gesellten sich weitere Lobbyisten zu uns. Als es rasch kühler wurde unter dem Vordach im Freien, zogen alle in den ersten Stock des Café Fédéral um. Die anschließenden Diskussionen hielten sich in Grenzen, denn die Herren vom Bundeshaus sahen wegen des Wahlzirkus' durchwegs gestresst aus und waren froh für einige ruhige Minuten der Entspannung.

Ich wollte mich schon von der edlen Runde verabschieden, als ich vom anderen Ende des Tisches ein Stichwort aufschnappte, das mich hellhörig machte. Marius Moret unterhielt sich laut mit einem Gesinnungsgenossen aus Basel. Thema waren die politischen Erfolge der Rechtsradikalen in Europa und insbesondere die Ausbreitung der Neonazi-Kreise. Moret sagte: »Wenn die sich weiter so entwickeln, sollte man endlich zu wirksameren Mitteln greifen, um das Geschwür zu bekämpfen.«

»Das hat man ja vor«, meinte Gustav Blaser, Lobbyist einer linken Nationalrätin aus Basel und Vertreter einer gemeinnützigen Wohnbauorganisation, »zum Beispiel am Justizministertreffen der übernächsten Woche.«

»Falls es überhaupt stattfindet«, spöttelte Moret. »Es gibt dazu nämlich einige Gerüchte, die den Sicherheitsverantwortlichen Bauchgrimmen verursachen dürften.«

Ich wechselte zu den beiden linken Lobbyisten am oberen Tischende, spendierte ihnen Kaffee samt Digestifs ihrer Wahl und fragte nach einer Weile so nebenbei: »Ich hörte, dass das Justizministertreffen durch rechtsradikale Kreise gestört werden soll. Wissen Sie Näheres?«

Moret sah mich forschend an. Wahrscheinlich überlegte er, ob er mir überhaupt etwas sagen durfte. Die Sache war hochbrisant und in keiner Weise als Gesprächsthema mit Journalisten geeignet.

Ich beeilte mich, meine Position zu erläutern: »Ich habe nicht vor, etwas darüber im Bären-TV zu bringen. Es ist mir einfach von Drittseite zugetragen worden, dass der Besuch des deutschen Justizministers Volker Schmid allenfalls abgesagt wird. Wieso, weiß ich nicht.«

Gustav Blaser meinte: »Das ist mir neu. Meine Nationalrätin ist Mitglied der Rechtskommission und wird auch an diesem Treffen teilnehmen. Sie hat mich noch gestern gebeten, für sie ein kurzes Eintretensvotum zu verfassen.«

Der Interessenvertreter der Westschweizer Gewerkschaften, Moret, fühlte sich verpflichtet, seinen Hinweis auf eine mögliche Gefährdung der bilateralen Aussprache näher zu begründen: »Ich vernahm ebenfalls gestern, dass bei der Bundeskriminalpolizei die Drähte heiß laufen. Es soll eine Gruppe terroristischer Elemente aus Deutschland eingereist sein, mit dem Ziel, die Verhandlungen über eine Verschärfung der Abwehrmaßnahmen gegen Rechtsextreme in der Schweiz und in Deutschland zu stören und allenfalls zu verhindern.«

»Aber dann kennt man ja die Leute und kann sie entweder in Sicherheitshaft nehmen oder nach Deutschland zurückbringen«, meinte Sigmund Haller, Lobbyist von Naturschutzorganisationen und Badge-Gast eines bekannten Linkspolitikers aus der Ostschweiz, »wo gibt‘s denn hier ein Problem?«

»Offenbar ist die Gruppe schon vor einiger Zeit mit falschen Papieren eingereist. Es gibt Informationen des deutschen Bundesnachrichtendienstes, wonach es sich um drei bis vier Leute aus dem inneren Kreis der rechten Terrorszene Deutschlands handelt, die sich bereits in der Schweiz aufhalten. An einem unbekannten Ort.« Moret verzog das Gesicht und sagte in bestimmtem Ton: »Mehr möchte ich dazu nicht sagen.«

Wahrscheinlich hatte der Lobbyist ein Gespräch seines Nationalrats, der auch Mitglied der Rechtskommission war, mit angehört und wollte nun vermeiden, dass etwas darüber an die Öffentlichkeit gelangte.

Die Diskussion der linken Interessenvertreter verlagerte sich nun auf allgemeine Themen und dabei kam auch das Thema Schweiz und Nazi-Flüchtlinge nach dem Zweiten Weltkrieg zur Sprache.

Es wurde über altbekannte Tatsachen und einige unbelegte Vermutungen gesprochen. Viel Neues war nicht zu erfahren. Bis auf den Hinweis Morets, dass es nach dem Krieg im Berner Oberland einen Organisationsstützpunkt für flüchtende Nazis gegeben habe. Die Klausenalp sei übrigens bereits während des Weltkrieges ein beliebter Erholungsort für prominente Leute aus der Führerelite gewesen.

Klausenalp. Ich hatte diesen Ortsnamen in letzter Zeit schon gehört. Wann und in welchem Zusammenhang war mir gerade entfallen.

Gegen acht Uhr verabschiedete ich mich von den Lobbyisten und ging noch ins Studio, wo ich den gestressten Joe bei den Vorarbeiten für die Wahlsendungen vom kommenden Sonntag ablöste. Er hatte mir auf einmal leidgetan.

*

Am Donnerstag wurde ich von Käthi Losli heimgesucht. Sie stürmte in mein Büro und rief bereits an der Tür laut aus: »Herr Dubach, das lasse ich mir nicht gefallen. Margreth hat offenbar von Ihnen eine Sonderbehandlung bekommen.« Sie näherte sich mir in Ringkampfhaltung, sodass ich unwillkürlich zurückwich, und bellte: »Es geht mich ja nichts an, dass sie mit Ihnen geschlafen hat. Aber dass sie Indiskretionen aus meinen vertraulichen Akten an Sie weitergab, das ist zu viel.«

Ich erkundigte mich schüchtern, was sie damit meinte.

»Das Dossier über unsere deutschen Freunde ist nicht für fremde Augen bestimmt. Das weiß die Pfister haargenau. Wieso sie Ihnen Einblick gewährte, ist mir schleierhaft.« Sie beäugte mich von unten bis oben und sagte dann in abschließendem Ton: »Sexy sind Sie ja nun wahrhaft nicht besonders, also muss Margreth die Informationen bewusst weitergegeben haben, um uns zu schaden. Ich werde der Sache nachgehen. Nach den Wahlen.« Sie schnaufte wie ein arg strapazierter Gaul und krächzte mir in die Ohren: »Ich verbiete Ihnen in aller Form, etwas davon für Ihren Sender zu verwenden. Und wenn ich höre, dass Sie Dritte darüber orientieren, werde ich die Pfister und Sie wegen Datendiebstahl verklagen.«

Die Tür knallte ins Schloss und ich wunderte mich. Was war wohl geschehen, dass die Losli so in Aufruhr geraten war? War das Ganze vielleicht eine viel heißere Story, als ich bisher angenommen hatte?

Ich hatte für den Rest der Woche keine Zeit, mir allzu viele Gedanken über Käthi und deren Probleme zu machen. Das Wahlwochenende nahm die Crew von Bären-TV voll in Anspruch und alles konzentrierte sich auf die Resultateshow am Sonntag und Montag. An der Vorbesprechung der Diskussionsrunde für den Sonntagabend nahmen am Samstag alle kantonalen Parteipräsidenten teil. Auch Aschi Münger erschien mit seinen beiden weiblichen PdU-Glanzlichtern. Während Margreth Pfister sich eher im Hintergrund hielt und mich nur ab und zu vorwurfsvoll anblickte, drängte sich Käthi Losli sofort ins Rampenlicht und versuchte, als Sprecherin der PdU aufzutreten. Bis Münger sie recht grob am Arm packte und mit ein paar kernigen Worten auf einem Stuhl hinter ihm absitzen hieß. Einige wenige Vertreter der anderen Parteien verfolgten das penible Schauspiel mit gerümpfter Nase, die meisten jedoch mit schadenfrohem Grinsen.

Am Wahlsonntag zeichnete sich schon früh eine Überraschung ab. Die PdU konnte mit an Sicherheit grenzender Wahrscheinlichkeit auf mindestens einen Sitz im Nationalrat zählen. Wobei die Nachmittagsprognosen des beauftragten Marktforschungsinstituts offenließen, ob allenfalls noch ein oder zwei weitere Sitzgewinne der Newcomer-Partei möglich waren. Niemand hatte eigentlich erwartet, dass die ausschließlich mit populistischen Schlagwörtern arbeitenden Politikrebellen ohne konkrete Zukunftspläne schon im ersten Anlauf den Einzug ins Parlament schaffen würden.

Münger nahm als alter, erfahrener Politfuchs die freudige Nachricht mit gebotener Zurückhaltung zur Kenntnis. Nicht so seine Käthi, die jubelnd durch die Rathaushallen lief und jeder und jedem vom Erfolg der PdU erzählte. Sie erlitt bald dasselbe Schicksal wie ein Penicillintropfen im Bakterienumfeld. Sie wurde gemieden und alle machten entweder einen großen Bogen um die hysterische Losli oder drehten ihr ostentativ den Rücken zu.

Margreth reagierte besser. Sie hatte sich an die Kaffeebar im Hintergrund des Saales zurückgezogen und nahm mit gut gespielter Bescheidenheit die Glückwünsche einiger weniger Leute entgegen. Wahrscheinlich ging es den Gratulanten weniger um eine Würdigung des überraschenden PdU-Erfolgs als um die Wahrnehmung der Chance, mit der attraktiven Politikerin in persönlichen Kontakt zu treten. Sie war sich dieses Umstandes bewusst, denn ihr Lächeln wurde immer breiter, und als sie mich einmal im Blickfeld hatte, warf sie mir eine Kusshand zu.

Ich übersah diese überflüssige Geste geflissentlich und verschanzte mich im abgetrennten Technikraum. Wir berichteten stündlich über aktualisierte Wahlprognosen und ließen im Turnus Exponenten der wichtigsten Parteien zu Wort kommen. Aschi Münger musste Parteiexhibitionistin Käthi mit roher Gewalt daran hindern, ein Statement abzugeben, als die PdU an der Reihe war. Er wischte sich den Schweiß von der Stirn, bat mich um ein Glas Wasser und beantwortete dann meine Fragen sachlich und ohne Pathos.

Im Verlauf des Abends wurde immer deutlicher, dass die PdU höchstwahrscheinlich auch einen zweiten Parlamentssitz erobert hatte. Kurz nach Mitternacht wurde denn auch offiziell bekannt gegeben, dass die neue Partei in den Genuss eines Restmandats kam.

Der erste Sitz der PdU ging selbstverständlich an Aschi Münger. Wer den zweiten Sitz gewonnen hatte, blieb dagegen völlig offen. Käthi Losli war natürlich überzeugt, dass sie zum Zuge kommen würde, während Margreth Pfister noch mit unschuldig-verunsichertem Blick die mit einer teuren Designerbluse elegant bedeckten Schultern hob, wenn sie nach ihren Erfolgsaussichten gefragt wurde.

Es wurde eine lange Nacht. Erst am Montagmorgen lagen die definitiven Resultate vor. Der zweite Sitz der PdU ging an Margreth, deren Wahlergebnis um einige Hundert Stimmen besser war als dasjenige der Losli, die damit erste Ersatzfrau wurde.

Käthi stieß einen schrillen Schrei der Entrüstung aus und setzte sich sofort aus dem Rathaussaal ab, nicht ohne einige Leute, die ihr dabei im Wege standen, anzurempeln. Ich wartete, bis sie verschwunden war, und folgte ihr dann sehr gemessenen Schrittes, konnte sie jedoch nicht mehr einholen. So entging ich gekonnt der unappetitlichen Aufgabe, mit der wütenden Verliererin ein Interview machen zu müssen. Dass ich damit meinen Verleger enttäuschte, nahm ich sehr gerne in Kauf, denn ich hatte ihm den Hinweis auf die besonderen Fähigkeiten des von mir vertretenen Sendeleiters noch immer nicht verziehen. Wenger würde zweifellos einen zehnminütigen Freudentanz aufgeführt haben, wenn ich ihm ein möglichst unanständiges Wortgefecht mit dem hässigen Weib geliefert hätte. Journalistisch wäre es völlig wertlos gewesen, aber zweifellos für viele Zuschauer recht schockierend, also letztlich gut für künftige Einschaltquoten unseres Senders.

Nicht entgehen konnte ich aber Margreth. Sie zierte sich jetzt natürlich wie eine Diva, und ich musste meinen ganzen Charme aufbieten, um sie zu einem Gespräch vor der Kamera zu gewinnen.

»Ich bin von wichtigeren Sendern als Bären-TV für Interviews eingeladen worden und muss sehen, ob ich für dich noch einen Termin freimachen kann«, sagte sie mit einem hoheitsvollen Lächeln, »aber dies nur unter der Bedingung, dass wir uns vorher zu einem Gespräch treffen. Ich muss jetzt genau wissen, was man von mir will.«

Ich unterdrückte im letzten Moment eine Entgegnung, die wahrscheinlich jeden künftigen Kontakt mit ihr verhindert hätte, und willigte mit schmerzvoll produzierter Liebenswürdigkeit ein: »Natürlich, liebe Margreth. Hast du jetzt Zeit für eine Kaffeepause?«

»Gerne, lieber Marc. Komm, wir verziehen uns.« Sie feixte, zeigte mir ihre blendend weißen, fast zu makellosen Zähne und schubste mich leicht, wie um mir zu zeigen: »Na, siehst du, es geht ja schließlich doch.«

Im benachbarten Rathausstübli setzten wir uns an einen Tisch im Hintergrund des Lokals. Ich hoffte so, neugierigen Blicken aus dem Weg zu gehen. Man munkelte in Journalistenkreisen bereits über mich. Den schlauen Kollegen war natürlich nicht entgangen, dass Margreth ein besonderes Interesse an mir zeigte.

Margreth bestellt sich ein opulentes Frühstück: »Erfolg macht hungrig, mein lieber Marc. Hast du das auch schon erlebt?« Sie wartete meine Antwort nicht ab, sondern vertiefte sich ins kulinarische Vergnügen.

Ich hoffte, dass es dabei bleiben würde.

Nach einer kleinen Ewigkeit wischte sich die frisch gewählte Parlamentarierin den Mund, schaute mich an und fragte: »Wollen wir meinen Erfolg gebührend feiern?« Sie überlegte kurz. Wahrscheinlich ließ sie in ihrem Gedächtnis alle möglichen männlichen Kandidaten für ihre intime Wahlfeier Revue passieren, entschied sich schließlich doch für mich und sagte: »Bei mir zu Hause. Ich lasse uns vom Bellevue ein gediegenes Buffet kommen. Ist morgen Abend gut?«

Ich suchte noch nach einer plausiblen Entschuldigung, als im Lokaleingang Kollege Heiri Fankhauser vom Schweizer Fernsehen auftauchte und mit breitem Lächeln auf uns zusteuerte. Heiri war als Herzensbrecher bekannt und er würde mir das Exklusivinterview mit der erfolgreichen Politikerin vor der Nase wegschnappen, wenn ich nicht sofort reagierte: »Gerne, liebe Margreth. Aber zuerst kommt unser Gespräch für Bären-TV. Ich schlage vor, dass wir das sofort erledigen.«

Sie war einverstanden und wir verließen das Rathausstübli, bevor Fankhauser seine charmante Überfallstrategie realisieren konnte. Er blickte uns denn auch entsprechend enttäuscht nach.

Hans Steiner hatte seine Kamera im kleinen TV-Studio des Rathauses noch nicht abgebaut. Er sah uns kommen und meinte mit einer gekonnt leidenden Grimasse: »Na, endlich. Du hast dir aber Zeit gelassen heute, Marc.«

Das Interview mit der Gewählten ging ohne Probleme über die Bühne. Margreth hatte sich gut vorbereitet und beantwortete alle Fragen elegant und mit der für Politiker aller Couleurs üblichen Unverbindlichkeit. Mit anderen Worten, sie sprach mit eindringlicher Überzeugung und viel Engagement und sagte doch nichts.

Nach dem Gespräch gähnte Margreth minutenlang: »Jetzt muss ich nach Hause. Schlafen und nur noch schlafen.« Bevor sie verschwand, verabreichte sie mir zwei Wangenküsse und sagte laut: »Auf morgen Abend bei mir, Marc.« Sie hatte wohl bemerkt, dass sich ihr mehrere Kollegen von mir näherten, und amüsierte sich königlich über deren Reaktion.

Ich freute mich überhaupt nicht. In der Gerüchteküche würde es jetzt erneut tüchtig brodeln.

Wie recht ich mit dieser Annahme hatte, zeigte sich, als mir Heiri Fankhauser beim allgemeinen Aufbruch zuraunte: »Das war unfair, Marc. Die Pfister ist nach dem Wahlerfolg ein mediales Allgemeingut.« Er lächelte hinterhältig und fügte hinzu: »Du bist nur auf Zeit wieder in unserem Zirkus tätig und solltest dich eigentlich davor hüten, einige kleine Erfolge mit schmutzigen Tricks einzuheimsen, um dann mit dem Brandmal des unkollegialen Kerls ins Tessiner Altersheim zurückzukehren.«

Das war hart formuliert, aber leider nicht ganz völlig aus der Luft gegriffen.

*

Als ich am Dienstagmorgen Paul von Gunten auf der Casino-Terrasse traf, sah er mich nur kurz an und brummte: »Du siehst wieder einmal schrecklich aus. Offenbar fürchtest du dich vor etwas.« Er rümpfte die knollige Nase: »Wahrscheinlich vor dir selbst. Wie schon so oft.«

Bevor sich mein väterlicher Freund bei der Analyse meines aktuellen psychischen Zustands in noch peinlichere Details vertiefen konnte, fragte ich ihn: »Was gibt es Neues im Fall Ferrari? Und hat man etwas über meine Schläger erfahren?«

»Nein. Offensichtlich hatte Mäxi etwas erfahren, das nicht für seine Ohren bestimmt war. Vielleicht geht es um die bevorstehenden Gespräche zwischen den Justizministern. Da könnte einiges passieren.« Von Gunten ergänzte: »Das ist ein Thema, das auch den Nachrichtendienst des Bundes interessiert.« Er sah mich forschend an: »Du stehst da anscheinend wieder einmal mitten im Wasserfall und merkst nicht einmal, dass du nass wirst. Vielleicht trocknet dich die Margreth heute Abend so ab, dass du endlich aufwachst.«

Dieser Kommentar überraschte mich. Wieso wusste er von meinem Treffen? Ich machte also eine betont unschuldige Miene und fragte den Ex-Kommissär, was er denn damit meine.

»Ich habe mich bei meinem Nachfolger, Martin Neuenschwander, erkundigt, ob es Neuigkeiten hinsichtlich deiner Schlägertypen gibt. Er teilte mir fast offiziell mit, dass der Nachrichtendienst des Bundes mit dir ein Gespräch führen möchte. Wegen deiner guten Beziehungen zur PdU-Spitze.« Von Gunten grinste unanständig. »Ob man die Margreth als Spitze bezeichnen darf, ist fraglich. Bei ihren so offensichtlich zur Schau gestellten Rundungen. Aber sie scheint nun genügend prominent zu sein, dass sogar ihre Telefonate abgehört werden.«

Ich war eine Weile so in Gedanken versunken, dass ich nicht bemerkte, wie mich mein Gegenüber amüsiert betrachtete: »Was beschäftigt dich jetzt mehr: Die Rundungen Margreths oder die Tatsache, dass sich der NDB für dich und Margreth interessiert?«

Blöde Frage.

Paul sah, dass ich Luft für eine Erwiderung holte, und kam mir zuvor: »Ich sagte Neuenschwander, dass ich dich heute treffen würde. Er telefonierte kurz und informierte mich dann, dass ein Herr Meier vom NDB um zehn Uhr zu uns stoßen würde.« Er sah auf die Uhr: »Das ist in fünf Minuten.«

Das reichte aus, um einem dringenden Anliegen meiner Blase nachkommen zu können.

Als ich zurückkehrte, saß ein etwa fünfzigjähriger Mann an unserem Tisch. Er begrüßte mich freundlich und kam gleich zur Sache: »Herr Dubach, wir haben ein Informationsdefizit. Mehrere Mitglieder einer vom deutschen Geheimdienst als gefährlich eingestuften Aktivistengruppe aus rechtsradikalen Kreisen sind vor einiger Zeit in die Schweiz eingereist. Sie planen offenbar eine Aktion in Großraum Bern, von der wir kaum etwas wissen. Es gibt nur Vermutungen, dass sich diese Leute im Umfeld der PdU-Spitze tummeln, und das heißt, dass also mindestens ein Vertreter der neuen Partei sie recht gut kennt.«

Meier, ein kleiner, dünner Kerl mit einem Dutzendgesicht, machte eine Pause und fuhr dann fort: »Da Sie offenbar gute Kontakte zu gewissen PdU-Leuten haben, möchten wir Sie bitten, uns bei der Beschaffung der fehlenden Informationen zu helfen. Wissen Sie vielleicht schon etwas über die Pläne der deutschen Aktivisten?«

Ich erzählte ihm von Margreths Dossier und ihren mündlichen Erläuterungen. Bei der Erwähnung der Klausenalp sah mir der NDB-Mann erstmals direkt in die Augen. Er lächelte und sagte: »Vielen Dank, das hilft uns.«

Mein Handy summte. Ich stand auf, um den Anruf hinter dem nächsten Kastanienbaum in Empfang zu nehmen. Es war Joe Stämpfli, der mich bat, möglichst bald ins Studio zu kommen, da ein wichtiger Beitrag für die Nachmittagssendung noch nicht eingetroffen war.

Als ich mich wieder setzte, war Herr Meier verschwunden. Paul von Gunten übergab mir eine Visitenkarte: »Hier, das ist die Telefonnummer, unter der du Herrn Meier jederzeit erreichen kannst.« Er musterte mich von oben bis unten: »Der NDB hat in letzter Zeit einige Spitzel engagiert, die ihm nur Ärger bereiteten. Hoffentlich ist das bei dir nicht der Fall.« Er grinste und sagte wie abschließend: »Damit ist aus deinem Rendezvous heute Abend mit der Margreth gewissermaßen ein offizieller Auftrag geworden. Ob das dein Gewissen beruhigen kann?«

Ich verabschiedete mich recht kühl von Paul und ließ ihn – als kleine Revanche für die Unverschämtheiten – für einmal seine Zeche selber berappen.

Beim Verlassen der Casino-Terrasse entdeckte ich Zbinden, den Lobbyisten-Doyen. Er winkte mich zu sich, stand auf und flüsterte mir ins Ohr: »Ich wusste gar nicht, dass du Kontakte zu derart geheimen Leuten pflegst. Was hattest du denn mit Herrn Müller oder Meier vom NDB zu besprechen? Ich wünsche dir auf alle Fälle Erfolg und warte darauf, dass du dich mir vorstellst mit ›mein Name ist Dubach, Marc Dubach‹.«

*

Am Abend begab ich mich mit widerstrebenden Gefühlen in die Höhle der Löwin. Ich war fest entschlossen, jeder erotischen Versuchung zu widerstehen, und trug sogar ein Foto von Nina bei mir.

Aber sicher war ich mir keineswegs.

Margreth schien meinen Zwiespalt zu spüren. Sie verzichtete auf eine allzu überschwängliche Begrüßung und führte mich an der Hand ins Speisezimmer, wo schon ein üppiges Buffet auf uns wartete.

Wir tafelten lange und unterhielten uns glänzend.

Ich war gerade im Begriff, mich zu entspannen, als Margreth sagte: »Ich weiß, dass dich das Dossier unserer deutschen Freunde besonders interessiert. Viel Neues gibt es nicht, da der Informationsfluss hier von Käthi gesteuert wird. Und die hat sich irgendwohin verkrochen, ist untergetaucht.« Sie lächelte schadenfroh. »Aber ich habe in ihrem Büro eine ausgedruckte E-Mail entdeckt, die sie bei ihrem hastigen Auszug vergessen hatte mitzunehmen. Es geht um den Besuch des deutschen Justizministers Volker Schmid von nächster Woche. Hier plant man offenbar einen Sabotageakt, um das Treffen zu stören oder allenfalls gar zu verhindern.«

Sie überreichte mir ein zerknittertes Papier.

Der Text war kurz. Es handelte sich um eine Anweisung an eine anonyme Gruppe namens Wolf, die vorgesehenen Maßnahmen für Volker umzusetzen. Weitere Befehle würden folgen. Käthi Losli hatte die Mitteilung unter »cc«, also nur zur Kenntnis erhalten.

Das war sensationell. Ich dankte Margreth herzlich für die Information. Vielleicht etwas zu herzlich, denn sie setzte sich sofort neben mich aufs Sofa. Und zwar so nahe, dass ich mich ihren besonderen femininen Reizen nicht mehr entziehen konnte.

Mein erster Fluchtversuch blieb erfolglos. Sie hielt mich fest, als ich mich für einen Besuch der Toilette entschuldigte und aufstehen wollte: »Das hat Zeit, lieber Marc. Deine Blase kann warten.«

Sie begann mich sehr gekonnt an besonders sensiblen Stellen zu bearbeiten, und ich reagierte natürlich prompt darauf, was sie mit größter Befriedigung zur Kenntnis nahm. Sie legte nun voll los, öffnete ein kleines Köfferchen mit verschiedenen Sexspielzeugen und sagte mit belegter Stimme: »Lass uns das alles ausprobieren.«

Das war zu viel.

Ich sprang auf, raffte meine Sachen zusammen, stotterte eine lahme Entschuldigung in Richtung Margreth und rannte aus der Wohnung.

Das war wohl das Ende meiner persönlichen Verbindung zur PdU-Spitze und vielleicht auch meines kurzen Einsatzes als NDB-Spitzel.

5

Am nächsten Tag rief mich Verleger Wenger in sein Büro.

»Lieber Marc«, empfing er mich, »ich habe eine schlechte und eine gute Nachricht.« Er sah mich an, erwartete offenbar eine spontane Reaktion von mir, die aber ausblieb.

»Also zuerst die schlechte. Erich hat in der Rehabilitation einen Rückfall erlitten und muss noch für mindestens ein bis zwei Monate kuren.« Erich, das war der verunfallte Sendeleiter, den ich vertreten durfte. Wenger schnaufte leicht, machte aber ein gequält glückliches Gesicht. Wahrscheinlich wollte er mir nicht zeigen, wie sehr ihn diese Nachricht getroffen hatte, da er mich brauchte und deshalb nicht unnötig verärgern durfte: »Ich hoffe sehr, dass ich weiter auf dich zählen darf.«

Mein Chef sah mich fragend an. Als ich gnädig nickte, fuhr er fort: »Aber jetzt die gute. In der neuesten Erhebung der Einschaltquoten aller Schweizer Lokalfernsehsender hat Bären-TV einen kleinen Sprung nach vorne gemacht. Wir liegen zwar weiter auf Rang 3, nach Zürich und Basel, haben aber unsere Quote etwas verbessern können.« Mein Verleger suchte nach Worten und sagte schließlich: »Das ist sicher auch ein Verdienst von dir, denn der Rummel um die Nationalratswahlen tat uns gut.«

Ich sah keinen Anlass, Wengers Optimismus bezüglich

einer TV-Quotenverbesserung zu dämpfen. So unterdrückte ich jede Spontanreaktion, wies also nicht darauf hin, dass wir uns beim Marktanteil gesamtschweizerisch nach wie vor im Promillebereich bewegten und dass jeder Vergleich mit Vorjahreszahlen wegen der neuen Erhebungsmethode wenig sinnvoll war. Das Ganze ging mich ja eigentlich nur am Rande etwas an. In spätestens zwei Monaten würde ich mich in Ascona im Korbsessel des Hotelfoyers räkeln und jeden Gedanken an die Bären-TV-Zeit verdrängen.

Nicht unerwidert lassen konnte ich aber die weiteren Ausführungen des Verlegers. Er fühlte sich offenbar bemüht, das von ihm so geliebte Stichwort Rummel noch etwas auszuschmücken: »Dies, obschon wir nicht alle Möglichkeiten ausschöpften, unseren Zuschauerinnen und Zuschauern wirklich emotionsgeladene Berichte über das Wahlergebnis zu liefern.« Er hob die Hand, als ich etwas sagen wollte, und ergänzte: »So unterließen wir es beispielsweise, die Verliererin der PdU zu Wort kommen zu lassen. Die Losli hätte in ihrer übermäßigen Wut sicher zu einem wüsten Rundumschlag ausgeholt, den wir ausgezeichnet hätten verwerten können.«

Ich war aufgestanden und versuchte, mich zu beherrschen.

»Das ist Journalismus auf tiefstem Niveau«, erwiderte ich, »und ohne jede nachhaltige Wirkung auf unsere Zuschauerinnen und Zuschauer. Damit können wir vielleicht sehr kurzfristig leicht punkten, aber längerfristig bringt uns das nun wirklich nichts.«

Die nachfolgende Diskussion war unergiebig. Wenger konnte sich aus der totalen Befangenheit durch sein absolutes Marktanteildenken nicht lösen: »Wenn Bären-TV überleben will, müssen wir auffallen. Nur so genügen wir den Bedürfnissen des modernen Publikums. Aber das hast du wahrscheinlich in deinem behaglichen Tessiner Jahren vergessen.«

Ich setzte mich wieder.

»Es hat keinen Sinn, dass wir uns weiter über dieses Thema unterhalten. Ich hoffe, dir in der kurzen Zeit, die mir hier noch verbleibt, viele Beiträge aus den Niederungen des sensationellen Journalismus liefern zu können.« Ich grinste: »Damit dein Sender überleben kann.«

Wenger nickte und blickte mich nachdenklich eine Weile an. Dann zuckte er mit den Schultern und meinte: »Wahrscheinlich reden wir aneinander vorbei.«

Wir trennten uns in bestem Einvernehmen.

*

Am Abend traf ich Herrn Meier vom Nachrichtendienst des Bundes. Ich hatte ihn per Telefon kurz über die neueste Notiz der deutschen PdU-Freunde orientiert. Er bestand darauf, mich noch persönlich zu befragen, und so kam ich gegen sieben Uhr in die neue Schweizerhof-Bar.

Der kleine, unscheinbare Mann saß in einer Fensternische.

»Guten Abend, Herr Dubach«, sagte er, »vielen Dank, dass Sie Zeit für mich gefunden haben. Es geht mir darum, möglichst viele Hintergrundinformationen über die deutsche Agentengruppe zu sammeln.« Er sah sich um: »Hier können wir uns ungestört unterhalten. Ein Treffen in meinem Büro hätte Ihnen schaden können. Wir kennen drei bis vier Wohnungen in der nahen Umgebung des Verwaltungsgebäudes, die sehr geeignet sind für eine Überwachung unserer Kontakte. Durch feindliche Agenten.«

Meier lächelte: »Es gelang uns bisher nicht, diese Wohnungen vor Ort zu überprüfen. Aber wir wissen natürlich, was in ihnen kommunikativ vorgeht. Das hat uns schon einige sehr interessante Erkenntnisse geliefert. Und daher haben wir es auch nicht besonders eilig, unsere Gegner daraus zu vertreiben.«

»Aber jetzt zu unserem Thema. Sie informierten mich über eine Mitteilung der deutschen Agenten an Käthi Losli.

Die Gruppierung Wolf ist uns bekannt. Es handelt sich um Aktivisten aus rechtsradikalen deutschen Kreisen, die als gefährlich eingestuft werden. Beim deutschen BND gibt es über sie ein umfangreiches Dossier, in das wir Einsicht nehmen konnten.« Meier verzog das Gesicht und sagte: »Leider wissen wir nichts über den Aufenthaltsort ihrer Delegation in der Schweiz und über deren aktuelle Pläne. Es bleibt nur die Vermutung, dass sie sich zeitweise auf der Klausenalp aufhalten. Im Chalet eines ehemaligen Schweizer Nazifreundes, der in seinem Testament ein Daueraufenthaltsrecht für deutsche Rechtsradikale festgelegt hatte. Die wichtigste Gruppe dieser Extremisten ging nach dem Zweiten Weltkrieg fast nahtlos aus der Organisation Odessa hervor, die flüchtende Nazis auf ihrem Weg nach Südamerika mit Geld und neuen Identitäten samt Ausweisen und Transportmitteln unterstützte.«

Im Verlauf des Gesprächs orientierte ich Meier auch über das Verschwinden von Käthi Losli. Er schüttelte den Kopf und meinte: »Die hat sich in ihre Wohnung zurückgezogen und schmollt. Leider nicht allzu lange, denn wir werden schon bald wieder von ihr hören. Sie plant offenbar, ihre erfolgreiche Kollegin mit privaten Enthüllungen bloßzustellen.« Er drehte sich zu mir um, sah mich an und fügte hinzu: »Dabei könnten Sie, Herr Dubach, eine tragende Rolle spielen.«

Ich erschrak zutiefst.

»Wir vermuten, dass die deutschen Freunde der Losli helfen werden, ihre erfolgreiche Konkurrentin bei den Nationalratswahlen so zu diffamieren, dass diese auf ihr Mandat verzichtet und Platz für die erste Ersatzfrau der PdU macht.« Meier überlegte kurz. »Bei der Umsetzung ihrer Pläne werden diese Leute auch vor Maßnahmen nicht zurückschrecken, die den Persönlichkeitsschutz von Frau Pfister aufs Gröbste verletzen.«

Ich fragte ihn, was er damit meine.

»Ich denke da an versteckte Kameras in der Wohnung von Frau Pfister. Oder an das Abhören ihrer Handy- und Telefongespräche. Sie können sich kaum vorstellen, was die Technik heute so alles ermöglicht.«

Das waren ja fantastische Aussichten. Der NDB-Agent sah mir wohl an, dass meine psychische Schmerzgrenze erreicht war, und versuchte mich zu trösten: »Soweit uns bekannt ist, haben Sie während Ihres zweiten Hausbesuches bei Frau Pfister eine gewisse Standhaftigkeit bewiesen. Das vermindert für Sie das Risiko, als Joker im Spiel der Agenten eingesetzt zu werden.«

Das war kein Trost.

Also wusste auch der Nachrichtendienst des Bundes offenbar alles über meine Kontakte zu Margreth. Ich seufzte aus tiefster Seele.

Meier grinste erstmals an diesem Abend: »Machen Sie sich keine Gedanken über die Informationen, die bei uns gespeichert werden. Die sind bei uns so sicher wie das Gold im Tresor der Nationalbank. Aber vielleicht könnten Sie uns einen kleinen Gegendienst erweisen?«

Der Kerl war im Begriff, mich zu erpressen. Natürlich auf höfliche Art, aber unter Ausschluss aller Rechtsmittel.

Ich sah ihn an und erwartete sein Angebot.

»Ihre Beziehungen zu Frau Pfister sind durch den etwas missglückten Abend natürlich stark in Mitleidenschaft gezogen worden. Ihr besonderes Kommunikationspotential zur PdU besteht aber weiter. Zu Herrn Münger haben Sie jederzeit Zugang und auch Käthi Losli würde Sie sicher mit offenen Armen empfangen. Allein schon deshalb, um der Margreth eins auszuwischen.« Wieder grinste der heimtückische Mensch: »Natürlich sind selbst die offensten Arme der Losli wenig attraktiv. Wir würden Sie für diese heldenhafte Aufopferung aber entschädigen. Beispielsweise mit exklusiven Informationen für Ihren Sender.«

Ich musste mich wohl oder übel dem Diktat des NDB fügen und nickte mit gesenktem Kopf.

»Dass wir uns richtig verstehen, Herr Dubach«, sagte Meier, »unsere Vereinbarung sowie das heutige Gespräch unterstehen der absoluten Geheimhaltung. Jede Indiskretion, sei es privat oder durch Medienarbeit, wäre ein Straftatbestand.«

Er kam nun auf ein Thema zu sprechen, das mich brennend interessierte: »Unser Hauptinteresse gilt derzeit der Absicherung des bevorstehenden Besuchs von Volker Schmid, dem deutschen Justizminister, in Bern. Die Mitglieder der anonymen Gruppe Wolf stehen im dringenden Verdacht, dieses Treffen sabotieren zu wollen. Es geht um eine bilaterale Vereinbarung zur Bekämpfung terroristischer Kreise, die unter anderem vorsieht, Agenten bei speziellen Abwehraktionen auch im Nachbarstaat einsetzen zu können. Was unter anderem eine gemeinsame Suche nach den Wolf-Leuten in der Schweiz ermöglichen würde. Auch auf der Klausenalp.« Meier verzog den Mund. »Das passt den dubiosen Herrschaften natürlich nicht.«

»Wir bitten Sie also, sich bei der Losli und anderen PdU-Leuten vor allem nach Aktivitäten deutscher Gesinnungsfreunde im Hinblick auf das Justizministertreffen umzuhören. Jede noch so kleinste Spur kann uns weiterhelfen.« Meier bedankte sich höflichst für meine unfreiwillige Mitarbeit, drückte mir kurz die Hand und verschwand. Natürlich ohne den Kaffee zu bezahlen. Sein Amt musste wohl sparen.

*

Am Donnerstag konnte ich mich endlich mit den vielen anstehenden Studiopendenzen beschäftigen. Ich hatte schlecht geschlafen und war entsprechend froh für jede Unterbrechung der langweiligen Routinearbeiten.

Das geschah unter anderem durch regelmäßige Kaffeepausen in der Betriebscafeteria. Dabei kam ich auch mit Hanna Lauterburg, unserer IT-Spezialistin, ins Gespräch. Sie sah mich aus ihren unschuldig-blauen Augen an und stellte in nüchternem Ton fest: »Du hast dich verändert in den letzten Jahren.« Sie überlegte wohl, ob sie mir diese Veränderung beschreiben durfte, sagte dann aber nur: »Aber das ist normal in deinem Alter.«

Ich hatte, wie bereits erwähnt, mit Hanna seinerzeit einige harmlose Flirts erlebt. Sie trug mir als gute Kollegin nie etwas nach und ihr Rat oder ihr Urteil waren mir immer wertvoll gewesen.

»Mit fünfzig fängt das Leben erst an, wie du weißt. Was ist dir denn so besonders an mir aufgefallen?« Ich schüttelte den Kopf: »Wenn ich morgens in den Spiegel blicke, komme ich mir zwar müder vor als seinerzeit mit zwanzig, aber etwas grundsätzlich Neues kann ich nicht erkennen.« Ich grinste: »Vielleicht mit Ausnahme der immer größeren Geheimratsecken um die paar grauen Schläfenhaare oder neuer Falten auf der Stirn und um den Mund.«

»Es geht nicht um Äußerlichkeiten, Marc. Es ist der Gesamteindruck, der sich mit der Zeit ändert.« Sie lächelte. »Das erkennt man vor allem bei Leuten, die man länger nicht gesehen hat.«

Ich wollte jetzt endlich wissen, was sich in ihren Augen bei mir denn so alles verändert hatte.

Sie zierte sich etwas, bis sie mit ihrem Urteil herausrückte: »Du hast vor allem als zeitloser Lausebengel einige markante Merkmale eingebüßt. So bei der unbekümmerten Spontaneität oder dem ziellosen Tatendrang - beides Eigenschaften, die mich seinerzeit ebenso faszinierten wie erschreckten. Du bist ernster geworden und vielleicht sogar etwas verantwortungsvoller.« Hanna blinzelte mir spöttisch zu: »Was du als professioneller Sonnyboy natürlich geschickt zu verbergen weißt.«

Sie wechselte jetzt glücklicherweise das Thema und kam auf neue mediale Herausforderungen zu sprechen. Wir fachsimpelten eine Weile, verabschiedeten uns dann mit höchst freundschaftlichen Wangenküssen und ich flüchtete in mein Büro, um mir Hannas Weisheiten durch den Kopf gehen zu lassen.

Wahrscheinlich hatte sie mehr als recht. Aber Selbstanalysen sind mühsam und führen in der Regel zu unerquicklichen Ergebnissen. So war ich außerordentlich dankbar für einen Anruf, der mich von dem untauglichen Versuch einer selbst verordneten inneren Läuterung erlöste.

Es war von Gunten, der mich zum wöchentlichen gemeinsamen Spaziergang aufforderte.

Wir trafen uns an der Talstation der Gurtenbahn, quetschten uns zwischen die Mittagsausflügler und ließen uns auf den Hausberg Berns fahren.

Der Ex-Kriminalkommissär schien etwas auf dem Herzen zu haben, denn er verzichtete auf den sonst üblichen appetitanregenden Bummel vor dem Essen und steuerte direkt auf das Restaurant zu.

»Hast du mit Meier gesprochen?«, fragte er mich. »Da tut sich was Sensationelles. Im Hauptquartier der Kantonspolizei summt es wie in einem Bienenhaus.«

Von Gunten bestellte sich das kleinere Business-Menü, was mich sehr verwunderte, denn ich hatte ihn heute eingeladen. Es geschah äußerst selten, dass er eine Gelegenheit verpasste, sich auf meine Kosten möglichst fein zu verköstigen.

»Es gibt mehrere Varianten für den Ablauf des Justizministertreffens. Alle warten auf den Entscheid des zuständigen Bundesrates. Und der lässt auf sich warten.« Von Gunten sinnierte vor sich hin, während er sich die Suppe einlöffelte. Mit dem Ergebnis, dass einige Tropfen den Weg zum Mund verpassten. Schließlich meinte er: »Offenbar hat sich auch der deutsche Nachrichtendienst eingeschaltet, denn ich sah einige Herren des BND zu einer Besprechung eilen.«

»Alles scheint von den Ergebnissen der Suche nach einer Gruppe namens Wolf abzuhängen. Diese erlesene Schar deutscher Rechtsextremisten, die sich gegen das bevorstehende Abkommen zur Wehr setzt. Wie ich hörte, ist die Suche sogar auf die Klausenalp ausgeweitet worden. Allerdings ohne Erfolg. Die Herren waren auch dort nirgends zu finden.« Mein Tischnachbar wischte sich über den Mund, entdeckte mehrere Suppenspritzer auf seiner Krawatte, fluchte kurz und fügte hinzu: »Man sucht jetzt in Bern und Umgebung.«

Ich erkundigte mich nach den deutschen Gästen an der PdU-Versammlung.

»Zwei der vier deutschen Besucher wurden identifiziert. Sie könnten der Gruppe Wolf angehören. Die Identifikation erfolgte aufgrund von Beschreibungen des Hotelpersonals sowie einer Aussage von Aschi Münger, der mit der Einladung der deutschen Delegation nichts zu tun hatte. Diese kam von Käthi Losli, die als Vizepräsidentin der PdU offenbar eigenmächtig gehandelt hatte.« Von Gunten beäugte misstrauisch den Fisch, den man ihm als Hauptgang servierte, stocherte eine Weile im Teller herum und begnügte sich schließlich mit den Beilagen.

So konnte ich gleichzeitig mit dem Aktivrentner die Nachspeise, ein hausgemachtes Karamellköpfli, bewältigen und ich hoffte, dass er nun bald kommunikationsfähig sein würde.

Das war in der Tat der Fall. Von Gunten sah mich forschend über den Rand seiner Brille an und fragte: »Bist du gesundheitlich wieder auf dem Damm?« Als ich bejahte, meinte er: »Das hast du den beiden Angreifern zu verdanken, die dich mit schweren Schlägen verschonten. Das waren absolute Profis.« Er holte einen vorsintflutlich aussehenden Zahnstocher aus einer Plastikhülle, stocherte damit eine Weile in seinem Gebiss herum und murmelte dann: »Aufgrund deiner Beschreibung kommen eigentlich nur einschlägig bekannte Kriminelle infrage. Die Polizei hat drei Paare ermittelt, die sich auf derartige Angriffe spezialisiert haben. Immer im Auftrag anonymer Kunden.«

»Ein Paar aus der Westschweiz hat ein Alibi für die Tatzeit. Die beiden anderen Schlägerduos stammen aus Vorarlberg und Mailand. Die Kollegen aus Österreich und Italien sind noch am Ermitteln.« Der Altkriminalist rümpfte die Nase: »Aber eigentlich würde mich mehr interessieren, wer den Auftrag gab, dich zu verprügeln.« Er lachte: »Nicht nur, um dem Mann oder der Frau für die an sich gute Idee zu gratulieren, sondern um herauszufinden, wieso dir dieser Denkzettel verpasst wurde.«

Das war nicht besonders liebenswürdig. Aber ich war es gewohnt, von Paul ab und zu gemaßregelt zu werden. Ob er dabei gelegentlich auch die Interessen von Nina zu vertreten versuchte?

Ich blickte auf die Armbanduhr und gab von Gunten damit zu verstehen, dass ich nicht bereit war, weitere Frechheiten von ihm zu hören. Aber eine letzte Frage musste ich doch noch stellen: »Gibt es Neuigkeiten im Fall Ferrari? Hat man herausgefunden, warum man ihm das Gift verabreichte?«

»Maxim Ferrari hatte seine besonderen Dienste seit einiger Zeit den deutschen Rechtsradikalen zur Verfügung gestellt. Damit meine ich Nachforschungen über politische Entwicklungen im Bundeshaus, Informationsbeschaffung über anstehende Verwaltungsprojekte im Bereich Extremismus oder vielleicht gar Vorbereitung von Kontakten zu weiteren potentiellen Informanten. Er kassierte offenbar nicht schlecht für seine Hilfsleistungen.« Paul fügte bei: »Ob er schließlich übertriebene Geldforderungen stellte und dabei mit gezielten Indiskretionen über die Projekte der Deutschen drohte, wissen wir nicht. Auf alle Fälle wurde er plötzlich zur Gefahr für die Aktivisten. Und zudem hatte er sich kurz vor seinem Tod bei der Polizei gemeldet. Für eine wichtige Aussage, wie er sich ausdrückte; er ist aber nie auf der Hauptwache erschienen. An seiner Stelle sollte wahrscheinlich Käthi Losli die Interessen der Radikalen in der Bundespolitik und -verwaltung wahrnehmen. Durch ihr Scheitern bei den Nationalratswahlen ging dieser Plan zwar nicht auf, aber die rechtsextreme Politikerin dürfte im Moment trotzdem noch Hauptansprechpartnerin der Deutschen sein. Bis eine bessere Lösung gefunden wird.«

Von Gunten schlug noch einen Verdauungsbummel auf dem Gurten vor, was ich mit einer halbherzigen Entschuldigung ablehnte.

*

Am Freitagmorgen rief mich Käthi Losli im Studio an.

Sie habe festgestellt, dass sie von der Pfister überall verleumdet werde. Ob ich etwa auch so etwas gehört hätte. Ich sei ja längere Zeit der Auserwählte dieser Dame gewesen.

Ich sagte der aufgebrachten Fast-Nationalrätin, mich am Telefon dazu nicht äußern zu wollen, schlug ihr aber ein Treffen im Studio vor, um dort über ihre Befürchtungen zu diskutieren.

Eine Stunde später stand sie in meinem Büro.

Sie lamentierte und schimpfte, ignorierte mein Angebot, Platz zu nehmen, und rannte wie ein aufgescheuchter Riesenvogel in dem kleinen Raum hin und her.

Da ich wusste, dass sie Nichtraucherin war, zündete ich mir in aller Seelenruhe eine Zigarette an, was prompt zu der erwarteten Reaktion führte: »Ich verbitte mir diese Provokation. Rücken Sie endlich damit raus, was Ihnen die Pfister über mich gesagt hat.«

»Sobald Sie sich gesetzt haben, können wir uns darüber unterhalten.«

Sie ließ sich widerstrebend auf dem Stuhl nieder, rieb sich die Nase mit einem riesigen weißen Taschentuch und verlangte nach einem Glas Wasser.

In der nächsten halben Stunde bemühte ich mich redlich, die Frau mit vagen Andeutungen auf Gerüchte und Vermutungen zu Hinweisen auf laufende Aktivitäten deutscher Radikaler in der Schweiz zu verleiten. Es gelang mir nicht. Margreth erwähnte ich nur am Rande und hielt dabei fest, sie hätte mir gegenüber keine Anspielungen auf irgendwelches Fehlverhalten Käthis gemacht.

Ein unergiebiges Gespräch.

Bis das Handy der Losli schrille Töne von sich gab. Sie stand auf, verzog sich ins Nebenbüro, das als Studioarchiv dient, und unterhielt sich laut mit dem Anrufer. Wahrscheinlich hatte sie nicht realisiert, dass man wegen der dünnen Zwischenwände überall im Studio so gut wie alles hören kann, was im benachbarten Raum gesprochen wird.

So konnte ich einige Sätze aufschnappen. Käthi versprach dem Anrufer, den sie nie mit einem Namen ansprach, noch heute die benötigten Sachen zu liefern. In die Fischerhütte.

Nach ein paar Minuten kam meine Besucherin zurück. Sie setzte sich nicht mehr, sondern ließ mich wissen: »Ich bin nach wie vor der Meinung, dass die Pfister über mich lästert.« Sie betrachtete mich mit verächtlichem Blick: »Was Sie sagten, ist ohne Bedeutung. Sie waren ja allzu lange vom besonderen Charme der Margreth benebelt.« Jetzt grinste sie frech und fügte unbedacht bei: »Obschon Ihr letzter Besuch bei der Pfister offenbar ein Fehlschlag war.«

Sie wusste also ebenfalls alles über meine Kontakte zu Margreth. Meier hatte recht mit seiner Annahme, dass deren Wohnung verwanzt war.

Käthi Losli merkte natürlich sofort, dass sie im Eifer des

Gefechts etwas Dummes gesagt hatte. Sie versuchte sich herauszureden und wies auf mein Interview mit der Gewählten hin. Das sei ein absoluter Flop gewesen und man müsse sich für den Sender schämen, der so etwas ausstrahle.

Das genügte mir und ich stand auf, um mich von Käthi Losli zu verabschieden. In diesem Moment hörte man im Nebenraum ein Gespräch zwischen Hanna Lauterburg und Joe Stämpfli, der sich auch als Archivar betätigte und jetzt mit der IT-Chefin über neue Methoden zur Sicherung von Sendedateien diskutierte.

Die Losli erschrak sichtlich, als sie realisierte, dass ich ihr Telefonat im Nachbarbüro belauscht haben könnte, und machte sich so rasch aus dem Staub, dass mein Dankeschön fürs Gespräch ungehört verhallte.

*

Ich erinnerte mich an die Pendenz Meier.

Es brauchte drei Anrufe, bis ich mit dem Agenten des Nachrichtendienstes verbunden wurde. Als ich ihn vom Gespräch mit der Losli unterrichtete, gab er bei der Erwähnung der Fischerhütte einen leisen Laut von sich. Er sagte, er müsse dringend noch etwas erledigen und beendete sofort das Gespräch. Das kam mir sehr zustatten, denn ich wollte an diesem Freitag nach Ascona reisen, um das Wochenende mit Nina zu verbringen.

Meine Verlobte empfing mich in Ascona mit ihrem prüfenden Blick, den ich sonst immer als gnadenlose Röntgenaufnahme meines meist etwas angeschlagenen seelischen Zustandes empfand und in der Regel auch entsprechend fürchtete.

Diesmal hatte ich ein besseres Gewissen, sodass ich tapfer versuchte, der psychischen Tiefenanalyse ohne rote Ohren standzuhalten. Nina lächelte mich denn auch bald an und gab mir einen herzlichen Begrüßungskuss auf den Mund. Ihre Diagnose war offenbar positiv ausgefallen.

Wir verbrachten ein herrliches Wochenende. Da das Tessiner Wetter noch recht milde Temperaturen aufwies, war auch ein ausgedehnter Spaziergang nach Ronco möglich, wo wir auf der Terrasse des Albergo die wärmenden Strahlen der Spätherbstsonne genossen.

Nina kam zwischen zwei Boccalini Rotwein auf eine E-Mail von Enrico Bartali zu sprechen. Vor zwei Tagen hatte ihr unser Hausfreund einen Videoclip mit dem kurzen Kommentar »Marc macht Fortschritte« zugestellt. Nina schmunzelte und sagte: »Ich werde dir die Szene zu Hause zeigen. Sie wurde mit einer versteckten Kamera aufgenommen. In der Wohnung von Frau Pfister. Wie Enrico zu dieser Videokopie gekommen ist, wissen die Götter.«

Damit waren für mich plötzlich dunkle Wolken am Himmel dieses schönen Spätherbsttags aufgezogen. War es möglich, dass Bartali über seine geheimen Verbindungen zu der Videoaufnahme meines letzten Besuchs bei Margreth gekommen war? Schon Meier und von Gunten hatten von diesem Video gesprochen. Und selbst die Losli wusste von meinem Abend mit Margreth. Offenbar war der Beleg meines gerade noch rechtzeitig abgebrochenen Liebesabenteuers sehr weit gestreut worden.

»Du hast dich recht tapfer geschlagen, Lieber.« Nina blickte mich an. Spöttisch, aber auch liebevoll. »Früher hättest du das unseriöse Angebot der Dame wahrscheinlich kaum zurückgewiesen. Besonders nach ihrer gekonnten Bearbeitung deiner allgemein bekannten Schwachstelle.«

Mir war nicht nach Lachen zumute. So blickte ich gequält auf den Lago Maggiore hinunter, schwieg und hoffte, meine Verlobte werde endlich das Thema wechseln.

Das war der Fall.

Erst als wir aufbrachen, erwähnte sie noch kurz, dass Enrico am Sonntagabend zu Besuch kommen werde. Ich könne ihn dann ja fragen, wie er zu dieser Videokopie gekommen sei.

Am Sonntag schliefen wir aus, soweit dies mit dem Alltag im Hotel, das noch immer gut belegt war, zu vereinen war.

Gegen acht Uhr abends rauschte unser Hausfreund Enrico Bartali an. Nachdem er seinen teuren Maserati in der Hoteleinstellhalle parkiert hatte, begrüßte er uns wie immer überschwänglich. Nina senkte zwischen den beiden Wangenküssen gekonnt ihren lieblichen Kopf, sodass Enrico sie beim Seitenwechsel nicht auf den Mund küssen konnte, und ich lächelte ihm freundlich zu, was mir angesichts seiner Indiskretion mit dem Video einigermaßen schwerfiel.

Er wusste natürlich, dass die Videogeschichte einen heiklen Gesprächspunkt darstellte, und vermied dieses Thema so lange wie möglich. Erst gegen zehn Uhr, als wir uns in der kleinen Hotelbar einen Spätimbiss servieren ließen, unternahm er einen Anlauf, die Angelegenheit mit einigen wenigen Sätzen zu erledigen.

»Den Videoclip habe ich von Freunden in Bern erhalten. Ich arbeite ab und zu für diese Leute. Sie kennen meinen Bekannten- und Freundeskreis und ich werde laufend über Aktivitäten informiert, die mich interessieren könnten.« Er kratzte sich am Kopf. »Natürlich ist das alles streng geheim und ich hätte an sich das Video nicht weiterleiten dürfen. Aber es ging mir um euer Seelenwohl, und ich hatte den Eindruck, dass das Verhalten von dir, Marc, bei Nina einen guten Eindruck hinterlassen würde.« Enrico sah uns forschend an und ergänzte mit treuherziger Miene: »Dies nicht zuletzt im Hinblick auf mein Hochzeitsgeschenk, das ich euch möglichst bald überreichen möchte.«

Das war äußerst geschickt. Der Kerl versuchte, seine völlig unzulässige Einmischung in unser Intimleben als Freundschaftsdienst zu kaschieren.

Leider mit Erfolg, denn Nina stand auf, küsste den Intriganten kurz auf die Stirn, bevor er sich erheben konnte, und entging so seiner Umarmung. Dann dankte sie ihm für seine üble Tat. Mit glänzenden Augen. Wahrscheinlich vor allem wegen der Erwähnung der Hochzeitspendenz.

Bartali warf mir einen siegesfreudigen Blick zu und sagte scheinheilig: »Ich bin immer so glücklich, wenn ich euch einen Dienst erweisen kann.« Dann zeigte er mit seinem brillantringbesetzten Finger in meine Richtung und meinte: »Du, Marc, wirst in nächster Zeit kaum mehr Gelegenheit haben, in Versuchungen irgendwelcher Art zu geraten. Der bevorstehende Besuch des deutschen Justizministers in Bern steht unter äußerst schlechten Vorzeichen und die Medien werden ihr blaues Wunder erleben.«

Er winkte ab, als ich mehr über die schlechten Vorzeichen wissen wollte: »Das wirst du noch früh genug erfahren. Meier wird sich wahrscheinlich schon morgen mit dir in Verbindung setzen.«

Kurz nach Mitternacht weckte Enrico mit seinem frisierten Sportwagen das halbe Quartier, als er sich nach einer längeren Abschiedszeremonie endlich auf den Heimweg begab.

6

Am Montag traf ich gegen Mittag im Studio ein. Redaktionsleiter Stämpfli erwartete mich mit düsterer Miene. Wenger hatte schon um acht Uhr nach mir geschrien und war dann den ganzen Morgen wie eine aufgeregte Fliege durchs Sendegebäude geirrt.

Die beiden traditionellen bürgerlichen Parteien, die Liberalen und die Konservativen, hatten sich bei unserem Mutterkonzern in Zürich über eine miserable Behandlung nach den Wahlen in den Medien des Limmat-Aare-Verlags beschwert. Auch die Linken meckerten wie wild. Alle drei Parteien hatten Sitzgewinne verzeichnen können, vor allem zulasten der Neuen Bürgerlichen, einer Splitterpartei der Konservativen, die nach einem fulminanten Start vor vier Jahren erheblich Federn lassen mussten.

Beim Bären-TV sei es mit der Übergewichtung von Nebenerscheinungen des Wahlergebnisses besonders schlimm gewesen. Dieser Vorwurf galt zweifellos unseren Beiträgen über den Sitzgewinn der PdU, die ich, nicht zuletzt auf Weisung Wengers, in den Vordergrund der Berichterstattung gestellt hatte.

Ich klopfte bei Georg Wenger an und meldete mich zurück.

Der Verleger saß hinter seinem imposanten Schreibtisch

und kramte in einem Stoß Papiere. Er hieß mich mit einer Handbewegung Platz nehmen, murmelte irgendeine kurze Begrüßung und krächzte dann: »Was bilden sich diese Politclowns eigentlich ein? Medien müssen in erster Linie die Interessen ihrer Leser und Zuschauer vertreten und die profilierungssüchtigen Manager der Großparteien sollen sich da bitte raushalten.«

Offenbar war ihm aus Zürich ein Rüffel erteilt worden. Wengers berufliche Zukunftsplanung sah als nächste Karrierestufe wohl die Einsitznahme im Verwaltungsratsausschuss des Mutterkonzerns vor. Da war ein solcher Verweis natürlich nicht besonders förderlich.

»Marc, unternimm etwas. Zum Beispiel eine Gesprächsrunde mit den Chefs der bernischen Parteien. Oder Statements der Wahlgewinner.« Der Verleger schnaufte. »Oder sonst was.«

Zurück im Büro, organisierte ich eine mediale Aussprache mit neu gewählten konservativen, liberalen und linken Nationalräten des Kantons Bern. Natürlich ohne Aschi Münger oder Margreth Pfister. Ich machte mich also auf den baldigen Anruf eines höchst erzürnten PdU-Vorsitzenden gefasst und nahm mir dabei vor, alles weitere Unheil aus dieser politischen Ecke sofort auf Wenger abzuschieben.

Gerade als ich mich nach diesem wenig erfreulichen Start in die neue Arbeitswoche zurücklehnen wollte, klingelte das Telefon.

Es war Meier vom Nachrichtendienst des Bundes, der mich höflich fragte, ob ich ein schönes Wochenende in Ascona verbracht hätte.

Was wollte dieser Mensch noch von mir? Ich hatte ihm alles über mein Gespräch mit der Käthi erzählt und ein neuerliches Treffen mit dieser unangenehmen Frau kam für mich nun wirklich nicht infrage.

»Wir möchten Ihnen für Ihre Informationen danken. Leider blieb der erhoffte Erfolg aus.« Meier hatte nach meinem Anruf sofort eine Großfahndung nach den deutschen Radikalen ausgelöst und alle Fischerhütten an der Aare durchsuchen lassen. In der Hütte des von Käthi Losli präsidierten Fischereivereins fand man zwar Beweise eines überstürzten Aufbruchs, aber keine Spur mehr von den drei oder vier Personen, die dort einige Tage verbracht hatten.

Ich erkundigte mich, wie es weitergehen würde.

»Darf ich Sie bitten, Herr Dubach, mich noch einmal in der Schweizerhof-Bar zu treffen. Am Telefon lässt es sich so schwer über gewisse Dinge reden. Man weiß nie, wer da alles mithört.« Der NDB-Agent sprach wohl aus eigener Erfahrung.

Gegen sechs Uhr traf ich im Schweizerhof ein. Meier saß bereits am selben Tisch wie letztes Mal. Er begrüßte mich freundlich und meinte: »Wir nutzen immer diese Ecke für Gespräche. Sie wird regelmäßig auf unerwünschte Technik untersucht und bietet daher große Sicherheit bezüglich Diskretion.«

Ich grinste ihn frech an: »Das gilt wohl nicht für Sie, Herr Meier. Der Normalbürger ist Nachstellungen Ihres Amtes anscheinend völlig ausgeliefert.«

»Sie sind wahrscheinlich etwas verärgert über die Videoaufnahmen Ihres letzten Besuchs bei Frau Pfister. Abgesehen davon, dass Sie durch diesen Clip ja eher entlastet werden«, Meier grinste jetzt ebenfalls, »ist der NDB nicht Urheber der Überwachung, sondern eine deutsche Gruppe namens Wolf, die im Auftrag von Käthi Losli Beweise für ein Fehlverhalten der Pfister sammeln wollte. Wir haben uns nur eingeschaltet und von diesem kriminellen Akt profitiert.«

Der NDB hatte Kenntnis von der Überwachung erhalten, als Margreth Pfister in ihrer Wohnung nach einem Besuch von zwei Handwerkern, die im Auftrag der Liegenschaftsverwaltung eine Störung im Stromnetz beheben sollten, mehrere Neuinstallationen entdeckte, die sie sich nicht erklären konnte. Sie erkundigte sich beim Hauswartdienst nach dem Auftrag dieser Handwerker. Ohne Ergebnis. Margreth rief schließlich die Polizei an, die mehrere Kameras entdeckte und den NDB orientierte.

»Wir baten Frau Pfister, die Installationen nicht sofort entfernen zu lassen.« Meier sah mich gespannt an und sagte: »Sie war sofort einverstanden. Es ging uns darum, die Leute zu enttarnen, die hinter der Überwachung standen. Die Kameras waren mit Bewegungssensoren ausgestattet, die sich einschalteten, sobald sich jemand im Aufnahmebereich aufhielt. Beispielsweise auf dem Sofa. Die Aufnahmen wurden dann per Funk weitergeleitet. Was uns ermöglichte, sie ebenfalls zu empfangen.«

Die Pfister hatte also genau gewusst, dass unser Techtelmechtel von einer Kamera erfasst wurde.

Ich war entsetzt und gleichzeitig wütend. Margreth als Exhibitionistin? Oder hatte sie mir bewusst eins auswischen wollen?

Meier sah wohl ein, dass ich im Moment psychisch überfordert war, und bestellte sich mehrere Appetithäppchen, die er in aller Ruhe und mit großem Genuss verzehrte.

Er sah mich denn auch höchst zufrieden an, als er fragte: »Geht es Ihnen jetzt etwas besser, Herr Dubach? Können wir noch kurz auf ein neues Anliegen zu sprechen kommen, das uns auf dem Herzen liegt?«

Bevor ich antworten konnte, legte er schon los: »Wir kennen die genaue Planung der Gruppe Wolf in Bezug auf den Besuch des deutschen Justizministers immer noch nicht. Es geht also darum, möglichst wenige Risiken einzugehen. Unter anderem wurde der Besprechungsort vom Bundeshaus in ein Sitzungszimmer des Hotels Bellevue verlegt. Dort können wir alles viel besser unter Kontrolle halten. Vor allem die Transporte bei der Verschiebung der Teilnehmer fallen damit weg.«

»Das leuchtet ein. Aber was habe ich damit zu tun?«

»Sie kennen sich im Bellevue bestens aus, haben immer noch gute Beziehungen zur Direktion und zu mehreren Angestellten und könnten so als inoffizieller Verbindungsmann den Empfang und die anschließenden Verhandlungen gewissermaßen aus dem Hintergrund verfolgen. Wir denken, dass Ihnen sofort auffallen würde, wenn etwas schieflaufen sollte.«

Ich machte Meier darauf aufmerksam, dass ich beim Bären-TV angestellt sei und nicht einfach zwei Tage im Hotel Bellevue herumstehen könne. Er lächelte: »Wir haben natürlich bei Herrn Wenger eine entsprechende Erlaubnis eingeholt. Sie müssen dafür nicht einmal Ferientage opfern.«

Wieder wartete der NDB-Mann meine Reaktion nicht ab. Er verabschiedete sich und bezahlte diesmal die ganze Rechnung. Sein Amt ließ sich meine Mitwirkung im Agentenpoker offenbar etwas kosten.

Auf meinem Heimweg haderte ich mit mir selber. Wie konnte ich mich nur so widerspruchslos für die undurchsichtigen Geschäfte des NDB einspannen lassen? Für diese Leute, die meinen heiklen Videoclip jedermann zur Verfügung stellten.

Eine Schande.

Und dann die Pfister. Dieses Luder.

Ich schimpfte so laut vor mich hin, dass die Passanten mich verwundert anblickten.

*

Am Mittwoch fand das Gespräch mit der bernischen Politikprominenz statt. Die Sendung mit dem Titel »Nach den Wahlen« wurde am späten Nachmittag aufgezeichnet und am Abend ausgestrahlt.

Am Rundtischgespräch nahmen Hansjörg Meier von den Liberal-Bürgerlichen, Josef Brunner von den Konservativ-

Bürgerlichen und Jost Neumeier von den Linken sowie Georg Wenger und ich vom Bären-TV teil. Meier und Brunner waren als Nationalräte wiedergewählt worden, Neumeier stand vor seiner ersten Legislaturperiode.

Ich begrüßte die Teilnehmer, stellte sie kurz vor und ließ zu Beginn die drei bernischen Parlamentarier ihre wohlvorbereiteten Erklärungen zum Ausgang der Nationalratswahlen zelebrieren. Die für diese Eintretensvoten vorgesehenen drei Minuten genügten den Politikern natürlich nicht. Während die beiden erfahrenen bürgerlichen Nationalräte ihre Möglichkeiten für Zeitüberschreitungen mit großem Fingerspitzengefühl gerade bis zur Toleranzgrenze ausschöpften, war Neumeier mit diesen Spielchen noch nicht so vertraut, sodass ich ihn nach sechs Minuten unterbrechen musste.

Alle drei Votanten bemängelten die Medienreaktionen auf die Wahlen. Sowohl die Print- als auch die elektronischen Medien hätten einige wenige Rosinen aus dem großen Kuchen gepickt und einseitig, nicht objektiv berichtet. Beim Bären-TV sei beispielsweise der kleine Sitzgewinn der neuen PdU völlig überbewertet worden. Auch die traditionellen Parteien könnten zusätzliche Mandate aufweisen, was aber kaum beachtet und kommentiert worden sei.

Wenger versuchte, sich zu rechtfertigen. Er wies auf die besonderen Interessen der Zuschauerinnen und Zuschauer hin, die vom Berner Sender primär zu berücksichtigen seien. Die neue populistische Kleinpartei PdU mit Sitz in Bern habe deshalb im Vordergrund der Berichterstattung gestanden. Dass sich die traditionellen Großparteien im Kanton behaupten konnten, sei keine Überraschung gewesen. Der unerwartete Erfolg der Rebellenpartei sei dagegen eine Sensation gewesen, die von den zuständigen Medien ausgewertet werden musste.

»Ausgewertet«, erwiderte Neumeier, »das ist der richtige Ausdruck. Es geht den Medien nicht um eine Berichterstattung, sondern in erster Linie um die brutale Ausschöpfung aller Chancen zur Erhöhung der Auflagen oder Einschaltquoten. Früher galten die Massenmedien als vierte Kraft in der demokratischen Gesellschaft, mit dem Auftrag, die Entwicklungen in allen Bereichen sorgfältig zu verfolgen, objektiv zu kommentieren und wenn nötig zu kritisieren. Heute wird der Inhalt der Medien oft durch die kurzfristige Rendite ihrer Konzerne bestimmt.«

Bevor ihn die bürgerlichen Nationalräte unterbrechen konnten, fügte Neumeier noch rasch hinzu: »Neue Parteien haben doch immer einen Vorteil. Unzufriedene Leute haben die alte Politik satt und stürzen sich blind auf alles Neue.«

Das wiederum kam nicht so schlecht an. Hansjörg Meier nickte und sagte: »Das ist Label-Demokratie. Die Wähler befassen sich meist gar nicht mit den Programmen der neuen Partei; nur Namen und Köpfe sind wichtig. Schauen Sie sich doch mal um im Ausland. Da kommen seltsame reiche Altunternehmer, die ihre persönliche Karriere in der Politik beenden wollen, oder Komiker und sogar Pornostars in die Parlamente. Hauptsache, sie sind schräg.«

Wenger warf zur Verteidigung der Massenmedien ein: »Das sind aber doch alles eher Ausnahmen.«

»Zugegeben«, meinte Meier, »aber der Trend in den Print- und elektronischen Medien ist dennoch unverkennbar. Wer telegen ist und marktschreierisch auftritt oder knallige Initiativen ergreift, kommt viel eher zum Zug. Das Spektakuläre ist mehr gefragt als die sachliche Information.« Wenger wollte sich wieder zu Wort melden, aber der Liberal-Bürgerliche ließ sich nicht unterbrechen: »Beispiele dafür gibt es genug. Vorstöße, die ein Prostitutionsverbot verlangen oder die Radio- und Fernsehgebühren abschaffen wollen, werden zu Topthemen hochstilisiert, obschon sie im Parlament keine Chancen haben. Aber das interessiert dann niemanden mehr.«

Neumeier setzte, offensichtlich durch Meiers Votum ermutigt, noch einen drauf: »Eine nicht weniger schlimme Folge dieses Trends ist das Agendasetting, das Setzen von Themen, die sich am besten verkaufen lassen. Dabei wird natürlich nicht in erster Linie politisch Relevantes berücksichtigt. Was in der Folge zur Scheininformation der Bürger führt, die zwar noch immer glauben, über das Wesentliche im Bilde zu sein, es aber in Tat und Wahrheit schon länger nicht mehr sind. Eine gefährliche Entwicklung für unsere Direktdemokratie.«

Meier versuchte, ein Fazit zu ziehen: »Der Trend zu den Extremen hüben wie drüben führt zu einer gefährlichen Polarisierung der Politik. Die konstruktive Mitte, die schließlich die für unser Land so wichtigen Kompromisse schmiedet, wird laufend geschwächt zugunsten dieser Extremen.«

Josef Brunner von den Konservativ-Bürgerlichen griff als Verwaltungsrat einer größeren Zeitungsgruppe in die Diskussion ein: »Die Medien müssen sich in der modernen Informationsgesellschaft mit allen Mitteln behaupten. Sie können als Einzelprodukte weder umfassend noch völlig objektiv informieren, sondern nur noch ergänzend und selektiv arbeiten. Damit werden sie zwar zunehmend zu Nischenprodukten, aber gleichzeitig verstärkt sich die Leser-, Zuhörer- oder Zuschauerbindung. Und nur so ergibt sich für diese Medien die nötige nachhaltige Existenzgrundlage.«

Ich beeilte mich, die Diskussion wieder auf das eigentliche Gesprächsthema zurückzuführen, und fragte: »Sie stoßen sich also an unserer Berichterstattung über den Wahlerfolg der PdU. Wieso? Dass diese kleine Partei auf Anhieb zwei Sitze gewinnen konnte, ist doch sensationell und auch ein Alarmzeichen für die traditionellen Parteien.«

»Die PdU-Strategie basiert allein auf populistischen Schlagworten. Diese politische Gruppierung hat keine konkreten politischen Visionen und ihre Stellungnahmen zu aktuellen Problemen sind vage und auf Showeffekte ausgerichtet.« Hansjörg Meier von den Liberalen sah mich wütend an: »Diese Leute würden ohne die übermäßige Medienunterstützung, die sie erhalten, gar nicht wahrgenommen. In vier Jahren gibt es die nicht mehr.«

»Damit unterstützen die Medien zudem einen durchaus gefährlichen Trend zum Extremismus.« Der Vertreter der Linken richtete sich in seinem Sessel auf und rief theatralisch: »Gewissen Leuten von der PdU werden sogar Kontakte zu dubiosen Kreisen deutscher Rechtsradikaler nachgesagt.«

Jetzt war es für mich höchste Zeit, eine Lanze für die junge Partei zu brechen. Sonst würde mich Aschi Münger in seinem unvermeidlichen Anruf morgen so anbrüllen, dass ich für Tage mein Gehör verlieren könnte.

»Populismus ist weder Extremismus noch Radikalismus, sondern ein schon im letzten Jahrhundert oft gewählter, durchaus legaler Weg zur Verbreitung neuer und vielleicht etwas gewagter Ideen.« Ich lächelte in Richtung Neumeier: »Gerade auch im linken politischen Segment spielte er eine maßgebliche Rolle.« Und nach einer kurzen Pause ergänzte ich noch: »Die Anhänger der PdU kommen aus fast allen traditionellen Parteien. Dass auch Unzufriedene aus dem rechtspolitischen Flügel dabei sind, erstaunt sicher nicht.«

Brunner von den Konservativen doppelte nach: »Ich kenne den PdU-Gründer recht gut aus früheren gemeinsamen Aktionen. Aschi Münger ist keineswegs ein Rechtsradikaler und er würde sich auch nie mit kriminellen Elementen einlassen. Das ist ein bodenständiger Rebell alter Schule.«

»Aber eine seiner beiden Damen hat offenbar jede Relation zu einem vernünftigen politischen Handeln verloren«, meinte Meier, »sonst hätte sie nicht den Kontakt zu den EU-kritischen Parteien in Italien, Frankreich, Großbritannien und den Niederlanden gesucht. Keine der angesprochenen Parteien hat natürlich darauf reagiert und überall hat man über die Bierideen der Losli nur geschmunzelt.«

Ich wies darauf hin, dass Käthi Losli diese Aktion ohne jeden Auftrag der PdU vom Zaun gerissen hatte und entsprechend von Münger gemaßregelt worden war.

Damit war es schon wieder Zeit, das Thema zu wechseln.

»Auch Sie, Herr Neumeier, werfen den Medien vor, ihre Aufgabe als objektive Informationsvermittler nicht mehr zu erfüllen. Wie hätten Sie denn über die Wahlergebnisse berichtet?«, fragte ich.

»Sachlich und möglichst breit abgestützt.« Der linke Neuparlamentarier bemühte sich um eine möglichst ernste Miene und dozierte: »Bei politischen Verschiebungen ginge es vor allem um die Auswirkungen der neuen Kräfteverhältnisse auf die laufende Ratsarbeit. Wenn sich die politischen Schwergewichte nicht verändern, wie bei diesen Wahlen, so müsste das dem Publikum ebenfalls nüchtern und objektiv zur Kenntnis gebracht werden. Ohne verzweifelte Suche nach kleinen Sensationen, die für gewisse Zuschauersegmente zwar unterhaltend sein mögen, für die große Mehrheit aber ohne jeden Belang sind. Ein Musterbeispiel für eine Überbewertung von Randerscheinungen des Wahlkampfes war die Ausschlachtung des absolut unappetitlichen Zickenkrieges in der PdU-Spitze durch Bären-TV.«

Das waren weder aufregende noch neue Erkenntnisse und die Gesprächsrunde war im Begriff, sich gedanklich in Nichts aufzulösen. Man dachte ans bevorstehende Nachtessen oder die geplante Abendunterhaltung, schaute verstohlen auf die Armbanduhr und versuchte, nicht zu gähnen.

Bevor ich in Panik geraten konnte, meldete sich Wenger. Er orientierte über die neuesten Ergebnisse der Zuschauererhebung nach den Wahlen. Bären-TV habe nicht schlecht abgeschnitten und im Gegensatz zu anderen Regionalsendern sogar leicht zugelegt bei den Quoten.

Neumeier zeigte sich wenig beeindruckt: »Auch eine schlechte Berichterstattung kann kurzfristige Quotensprünge nicht verhindern.« Er setzte zur Schlusskritik an und sagte: »Als die Costa Concordia kenterte, gingen ausschließlich sensationelle Katastrophenmeldungen um die Welt. Alles konzentrierte sich auf das Verhalten von Kapitän Schettino, das 32 Menschen das Leben kostete. Keine einzige Meldung würdigte den heldenhaften Einsatz von Bootsmann Sabbotino, der unter Lebensgefahr 80 Leute aus dem Meer fischte.« Er schaute in die Runde, stellte fast nur gelangweilte Gesichter fest und schloss entmutigt: »Ein eindrückliches Beispiel für das Versagen der modernen Medien.«

Das war nun wahrlich nicht der richtige Aufhänger, um die Gesprächsrunde zum Thema »Nach den Wahlen« auch nur ansatzweise elegant abschließen zu können. So versuchte ich es mit einer Zusammenfassung der wichtigsten Voten, was mir nur sehr leidlich gelang, dankte den Teilnehmern und beendete die Diskussion.

Wenger war trotzdem einigermaßen zufrieden. Er winkte mich in sein Büro und fragte: »Marc, was hast du eigentlich mit dem NDB zu tun? Bist zu ab und zu für diese Leute tätig? Ein Herr Meier oder Müller, ich weiß den Namen nicht mehr, hat mich gebeten, dich für zwei Tage zu beurlauben. Für einen Einsatz im Bellevue. Was geht da vor sich? Kann Bären-TV von dieser Geschichte irgendwie profitieren?«

Ich erläuterte ihm kurz das Anliegen Meiers. Mein Verleger schaute mich misstrauisch an, fragte sich vielleicht, ob ich ihn auf den Arm nehmen wollte, nickte schließlich widerwillig und entließ mich mit sorgenvollem Gesicht.

*

Am nächsten Morgen saß ich schon um acht Uhr, also für mich sehr früh, am Schreibtisch und erledigte administrativen Kleinkram.

Gegen neun Uhr klingelte das Telefon. Es war Münger. In Erwartung eines sehr lauten Votums hielt ich den Hörer weit weg vom Ohr. Aber Aschis Stimme tönte erstaunlich sanft: »Marc, das war nun wirklich kein Glanzlicht, deine Sendung gestern Abend. Eher eine Verlegenheits-, oder sollte ich sagen Verlegerlösung. Aber du hast dich tapfer geschlagen.« Er lachte. »Was die wieder einmal für einen Quatsch erzählten, die arrivierten Politbosse. Da wundert es niemanden, dass wir Erfolg hatten.«

Wir plauderten eine ganze Weile. Friedlich. Schließlich wünschten wir uns gegenseitig alles Gute und Münger sagte zum Schluss: »Die PdU wird ihren Erfolg im Rahmen einer außerordentlichen Parteiversammlung feiern. Ich würde mich freuen, wenn du kommen könntest. Die offizielle Einladung folgt bald.«

Das war äußerst glimpflich abgelaufen, wenn ich an frühere Reaktionen des als hypochondrisch bekannten Politikers dachte. Ich atmete auf und widmete mich wieder dem Tagesgeschäft.

Am Mittag traf ich mich mit von Gunten.

Da das Wetter umgeschlagen hatte und es aus den tief herabhängenden Wolken leicht nieselte, beschränkten wir unseren wöchentlichen Spaziergang auf eine Runde in den Stadtlauben.

In einer kleinen Fressbeiz, wie die Berner die vielen Spezialitätenrestaurants der Altstadt bezeichnen, fanden wir einen freien Tisch. Wir bestellten das Tagesmenü, einen Sauerbraten mit Kartoffelstock.

Von Guntens Gesicht zeigte wenig Vorfreude auf die feinen Speisen.

»Was hast du, Paul?«, fragte ich ihn. »Plagen dich Sorgen oder bist du krank?«

»Nein, das ist es nicht.« Er gelang ihm, wie ein bekümmerter Jagdhund auszusehen, und er knurrte: »Die beiden Burschen, die dich im Wald verprügelten, sind wieder in Bern. Es sind die Brüder aus Mailand, die meist im Auftrag von Drogenhändlern tätig sind. Gefährliche Kerle. Profis halt, die bereit sind, für gutes Geld fast alles zu tun.«

Ich erschrak und wollte wissen, ob ich mich in nächster Zeit besonders vorsichtig verhalten müsse.

»Ich glaube nicht, dass sie deinetwegen in Bern sind.« Paul überlegt lange. »Das macht uns noch mehr Sorgen. Denn sie könnten sowohl beim Besuch des deutschen Justizministers vom nächsten Montag als auch bei der Realisierung düsterer Pläne der unberechenbaren Käthi Losli in Aktion treten.« Er schmunzelte: »Es wäre viel einfacher gewesen, wenn sich die Kerle wieder auf dich gestürzt hätten.«

Da war ich natürlich nicht gleicher Meinung. Bevor ich mich gebührend wehren konnte, wurde das Mittagessen serviert und wir vertieften uns genüsslich in die kulinarischen Köstlichkeiten.

Endlich war auch die Nachspeise, eine Schokolademousse nach Art des Hauses, vertilgt und wir konnten uns wieder den Tagesthemen widmen.

»In den letzten Tagen hat sich übrigens der geschiedene Mann von Margreth Pfister bei der Polizei gemeldet. Er fühle sich bedroht und brauche Schutz. Er schwafelte etwas von Anfeindungen aus den Kreisen der PdU, wobei er auf gehässige Aussagen von Käthi Losli verwies.« Pfister liebe seine geschiedene Frau offenbar immer noch und sei bereit, Margreth gegen allfällige Vergeltungsaktionen der gescheiterten Wahlkonkurrentin zu verteidigen. Bruno habe bei den vernehmenden Polizeibeamten einen verwirrten Eindruck hinterlassen und sie hätten im Protokoll die Vermutung festgehalten, dass der Mann unter Drogeneinfluss stand.

»Dieser Eindruck war durchaus richtig«, meinte von

Gunten. »Ein Bericht der zuständigen Fahndungsabteilung weist zudem darauf hin, dass Pfister in letzter Zeit vermehrt Kontakte zu einer kriminellen Drogenorganisation pflegte.«

Das alles war zwar recht interessant, aber für mich zurzeit ohne Belang.

»Was gibt es Neues hinsichtlich des Besuchs von Volker Schmid?«

»Meier hat dich wahrscheinlich schon orientiert. Das Treffen wird ins Bellevue verlegt. Die vordringlichste Aufgabe der Sicherheitsverantwortlichen ist also die laufende Überprüfung der Passanten und der neu eincheckenden Hotelgäste sowie des für den Großanlass zusätzlich benötigten Personals.« Paul stocherte wieder einmal in den Zähnen. »Als potentielle Gefahren sind bisher die Kriminellen aus Mailand sowie die Mitglieder der Gruppe Wolf erkannt worden. Wobei wir immer noch nicht alle vier Männer dieser Gruppe kennen. Nur zwei konnten identifiziert werden.«

Er kramte in seiner Westentasche und förderte vier Fotos zutage.

»Ich soll dir im Auftrag von Meier diese Bilder übergeben. Es handelt sich um die Brüder aus Mailand sowie die beiden identifizierten Mitglieder der Wolf-Gruppe.« Von Gunten war endlich mit seiner Zahnhygiene fertig und ich konnte daher wieder besser verstehen, was er sagte: »Falls du einen von ihnen im Bellevue erkennst, verhalte dich bitte ruhig. Informiere möglichst rasch den NDB und entferne dich unauffällig. Die Leute sind viel zu gefährlich, als dass ein Laie wie du irgendwelche Hilfeleistungen bei der Festnahme erbringen könnte.« Er gab mir eine Visitenkarte mit der Notfallnummer des NDB.

»Ich mache dich im Übrigen darauf aufmerksam, dass beim Sicherheitskonzept im Bellevue nicht nur Agenten des Schweizer Geheimdienstes, sondern auch Vertreter des deutschen BND im Einsatz sind. Pass also gut auf und ziehe nicht voreilige Schlüsse, wenn du eine dir unbekannte deutsche Person herumschleichen siehst.« Von Gunten schien sich bei dem Gedanken an meinen amateurhaften Spitzeleinsatz göttlich zu amüsieren.

*

Nach zwei ruhigen Tagen war es am Sonntagmittag Zeit für mich, ins Bellevue zu wechseln. Am Abend sollte der deutsche Justizminister eintreffen und für Montag waren Fachgespräche sowie ein Abendbankett vorgesehen. Volker Schmids Abreise war für Dienstagmorgen geplant.

Der NDB hatte mir für zwei Nächte ein Zimmer im Hotel gebucht. Mit Vollpension. Ich hoffte, dass ich die Gesamtrechnung nie zu Gesicht bekommen würde.

An der Rezeption hatte mich ein jüngerer blonder Hüne empfangen. Als ich mich nach Carlo Belorini erkundigte, mit dem ich seinerzeit jahrelang Hotelwitze ausgetauscht hatte, sagte er: »Kollege Belorini wurde vor zwei Jahren pensioniert. Er ist nach Locarno, seinen Geburtsort, zurückgekehrt und betreibt dort eine kleine Cafeteria.«

Die Delegation aus Deutschland sollte gegen acht Uhr mit einem Kleinjet der deutschen Luftwaffe auf dem Flughafen Bern-Belpmoos landen. Im Hotel wurde der Minister mit seiner Entourage um etwa neun Uhr erwartet.

Es blieb mir also genug Zeit, mich in aller Ruhe für den Abend im Nobelhotel umzuziehen. Vor dem Nachtessen konnte ich mich zudem in der Bar umsehen, die ich während meiner Zeit als ordentlicher Sendeleiter von Bären-TV fast täglich frequentiert hatte.

Am Wochenende ist die Bellevue-Bar einem speziellen Publikum vorbehalten. Nicht die Geschäftsleute der Arbeitswoche und auch nicht die Politiker in Sessionszeiten bevölkern die Theke und die Tische, sondern eine bunt gemischte Schar von Stadtbürgern und Hotelgästen, Stammkunden und Gelegenheitspassanten jeder Art.

Barkeeper Jack war immer noch im Amt. Sein phänomenales Gedächtnis ist stadtbekannt. Er erinnerte sich denn auch sofort und begrüßte mich herzlich: »Guten Abend, Marc. Schön, dich nach so langer Zeit wiederzusehen. Darf ich dir einen Wellcome-Drink servieren?«

Er wusste sogar noch, dass ich mir vor dem Essen jeweils einen Campari bestellt hatte.

Wir kamen ins Schwatzen. Da an diesem Abend in der Bar nur ein paar Gäste zu bedienen waren, hatte Jack Zeit für mich. Ich informierte ihn, dass ich für zwei Tage im Hotel logierte, deutete an, ich sei in halb offizieller Mission tätig, was er verschmitzt lächelnd zur Kenntnis nahm, und fragte ihn nach besonderen Vorkommnissen während der letzten Tage.

»Nichts Nennenswertes, Marc. Business as usual eben.« Der Barmann überlegte eine Weile und fügte dann hinzu: »Natürlich mit Ausnahme der Sicherheitsleute, die durchs ganze Haus rasten wie hungrige Ratten und alles auf den Kopf stellten. Sie suchten wahrscheinlich nach versteckten Kameras und ähnlichen Spielzeugen der Spionage. Vielleicht sogar nach Bomben und Gift.« Er machte eine Grimasse. »Fündig geworden sind sie nicht. Das sagte mir der neue Concierge, Heinz Dubler, und der muss es ja wissen.«

»Sind keine Leute bei dir aufgetaucht, die du nicht in dein Gästeschema einordnen konntest?« Jack hatte in seinen vielen Jahren als Barkeeper einen analytischen Blick entwickelt, der es ihm erlaubte, jeden Gast sofort einer bestimmten Kategorie zuzuordnen. Dabei täuschte er sich äußerst selten.

»Nein, eigentlich nicht. Vor etwa einer Woche, also noch vor dem Trubel mit den Sicherheitsleuten, tauchten einmal spätabends zwei Typen auf, die mir irgendwie kriminell vorkamen. Sie verhielten sich zwar sehr diskret, tranken in einer

Ecke der Bar still ihr Bier und versuchten, möglichst nicht aufzufallen. Aber ihr ganzes Gehabe und auch ihre Kleidung passten nicht zu diesem Auftritt als unscheinbare Passanten. Sie sprachen gebrochen Deutsch.« Jack dachte nach und ergänzte: »Am nächsten Tag kamen die beiden nochmals vorbei. Gegen 21 Uhr. Diesmal in Begleitung eines Mannes in mittleren Jahren. Einem Schweizer, etwa so groß wie du. Dem Dialekt nach ein Berner. Die drei Männer verzogen sich wieder in die Ecke und diskutierten sehr leise über etwas, das den Einheimischen offensichtlich sehr erregte. Nach nur etwa zwanzig Minuten brachen sie auf. Ich habe sie seither nicht mehr gesehen.«

Das war interessant.

Ich sagte dem Barmann, ich würde nach dem Essen nochmals bei ihm vorbeikommen, und bat ihn, mir die beiden dubiosen Typen und den Berner dann noch etwas näher zu beschreiben. Er nickte zustimmend und wünschte mir guten Appetit.

Im Speisesaal wurde ich vom Oberkellner wie ein ganz normaler Hotelgast empfangen. Also mit einem angedeuteten Bückling und einigen netten Worten. Er führte mich zu einem kleinen Tisch im Hintergrund des Saales und überreichte mir mit einer eleganten Geste die Speisekarte.

Monsieur Jean und seine Crew mit der immer nett lächelnden Maria hatten heute nur wenige Hotelgäste zu betreuen. Die meisten Zimmer waren für die Delegation des deutschen Justizministers reserviert worden, die erst später eintraf und in einem separaten Saal verpflegt wurde.

Ich ließ mich verwöhnen und bestellte mir einen besonders guten Rotwein zum Steak. Natürlich in der Annahme, die Rechnung für meinen Aufenthalt im Luxushotel werde entweder vom Staat oder vom Verlag bezahlt.

Gegen neun Uhr war ich zurück in der Bar. In der Hotelhalle herrschte höchste Aufregung. Man bereitete sich für den Empfang der deutschen Delegation vor und die Sicherheitsleute hatten die oberste Alarmstufe ausgerufen. Selbst die Hotelgäste durften sich nach dem Essen nicht auf dem üblichen Weg über den Empfangsbereich in ihre Zimmer begeben. Sie mussten einen Umweg über den meist geschlossenen Ostsaal und die Bar in Kauf nehmen, was einige verschnupfte Kommentare der verwöhnten Leute zur Folge hatte.

In der Bar blieben denn auch einige Hotelgäste hängen, die sich sonst um diese Zeit mit der Lektüre von Tageszeitungen in der jetzt gesperrten großen Halle beschäftigten. Der Raum war daher gut besetzt. An einem Tisch erkannte ich Herrn Meier, oder wie er sonst noch heißen mochte, vom NBD. Er winkte mir zu und zeigte auf den leeren Sessel an seiner Seite.

»Nun, Herr Dubach, wie war das Nachtessen?«, fragte er höflich, ohne mich anzusehen.

Natürlich wartete er meine Antwort nicht ab, sondern kam sofort zur Sache: »Im Augenblick treffen die Gäste aus Deutschland ein. Sie werden bis zum Bankett von den Leuten des deutschen Bundesnachrichtendienstes betreut, sodass ich jetzt einen Augenblick Zeit für Sie habe.« Er richtete sich etwas auf und flüsterte mir zu: »Die verschiedenen Informationsquellen der beiden involvierten Sicherheitsdienste melden keine besonderen Vorkommnisse.«

»Aber sicher ist das Ganze noch keineswegs«, fügte er sofort hinzu. »Unsere Gegner sind äußerst geschickt, was Tarnung und Täuschung anbelangt.«

Ich erzählte ihm von den beiden geheimnisvollen Männern, die Jack vor Kurzem in der Bar gesehen hatte. Auch von dem Berner, der von ihnen offenbar in die Mangel genommen worden war.

Er überlegte längere Zeit, schlürfte seinen Gin Tonic und sagte dann: »Das könnten die Brüder aus Mailand gewesen sein, die ihr Opfer diesmal nicht verprügelten, sondern psychisch unter Druck setzten.« Nach einer weiteren Pause fügte er noch hinzu: »Aber dies geschah vor gut einer Woche, also etwas zu früh, um in direktem Zusammenhang mit dem heutigen Empfang zu stehen. Hoffentlich.«

Er verabschiedete sich bald, um seinen Platz im Sicherheitskonzept einzunehmen, wie er sich nobel ausdrückte.

Ich setzte mich an die Bar und versuchte, einige Worte mit Jack zu wechseln, was mir allerdings nicht gelang, da der Barkeeper durch die vielen zusätzlichen Gäste auf Trab gehalten wurde.

Da ertönte neben mir eine Stimme: »Darf ich mich neben Sie setzen, Herr Dubach?«

Es war Hans-Peter Rüegsegger aus Trub im Emmental, beziehungsweise Monsieur Jean, der Oberkellner, der sich ein Entspannungsbier gönnte.

»Ich darf für eine halbe Stunde Pause machen. Die Sicherheitsleute haben die Angestelltenkantine in Beschlag genommen, sodass es mir möglich ist, mich hier an der Bar aufzuhalten.« Er lächelte mich freundlich an: »Sie sind heute ohne Begleitung. Muss Frau Pfister in ihrer neuen politischen Funktion anderweitige Verpflichtungen wahrnehmen?«

Ich zuckte mit den Schultern. Das Thema Margreth war mir peinlich und zudem fühlte ich mich nach dem opulenten Abendessen etwas schläfrig.

Das veränderte sich schlagartig, als Monsieur Jean so nebenbei erwähnte, er habe Frau Pfister vor einigen Tagen wieder als Gast begrüßen dürfen: »Sie war in männlicher Begleitung. Ein Herr, der sich mir mit dem Namen Pfister vorstellte. Ich nehme an, es war ihr Mann.«

Das war eine Sensation. Hatte Margreth sich mit ihrem Exmann versöhnt oder handelte es sich nur um eine nüchterne Aussprache? Und wieso dann im Bellevue?

Mein Nachbar erwähnte, die Rechnung sei von Frau Pfister beglichen worden, was ihn etwas erstaunt habe. Herr Pfister habe sich schon vor dem Nachtisch entfernt. In Richtung Bar. Vor seinem Aufbruch habe ihm seine Frau noch ein Kuvert zugesteckt, das er sorgfältig in der Innentasche seiner Jacke versorgte. Offenbar habe der Umschlag etwas Wertvolles enthalten.

War Bruno vielleicht der von den beiden dubiosen Gestalten drangsalierte Berner gewesen?

Nach einer Viertelstunde entfernte sich Monsieur Jean, um das späte Dinner der deutschen Delegation zu überwachen. Die Bar leerte sich etwas, sodass Jack Gelegenheit fand, sich kurz mit mir zu unterhalten.

Ich zeigte ihm die vier Fotos vom NDB.

»Diese beiden Männer gleichen den Typen, die sich vor Kurzem so intensiv mit dem Herrn aus Bern beschäftigt haben.« Jack zeigte auf die Brüder aus Mailand. »Aber sicher bin ich nicht. Das Licht hier in der Bar ist nicht sehr hell und die beiden Männer hielten immer den Kopf gesenkt, wenn ich mich dem Tisch näherte.«

Was zum Teufel hatte Bruno mit den Gangstern zu schaffen? Und was wusste Margreth von diesem Kontakt? Ich nahm mir vor, die Pfister bei nächster Gelegenheit nach dem Grund für das Treffen mit ihrem Exmann zu fragen, obschon ich eigentlich jeden weiteren Kontakt mit dieser Frau scheute.

Ich schlief in dieser Nacht schlecht.

*

Am Montag weckte mich das Telefon sehr früh. Kurz nach sieben Uhr.

Es war Meier, der mich bat, um halb neun Uhr an einer Besprechung der Sicherheitskräfte teilzunehmen. Als ich ihn nach dem Grund fragte, teilte er mir mit: »Es ist zwar nicht üblich, dass Außenstehende, insbesondere Medienleute, an unseren Sitzungen teilnehmen. Aber in Anbetracht Ihres nur sehr kurzfristigen Einsatzes beim Bären-TV und Ihres besonderen Auftrags machen wir dieses Mal eine Ausnahme.«

Nach einer entsprechend abgekürzten Frühstückszeremonie traf ich schlecht gelaunt zwei Minuten zu spät im Sitzungszimmer der Hoteldirektion ein.

Sieben Herren und zwei Damen hatten bereits am Konferenztisch Platz genommen. Ein Stuhl war noch frei.

Ich setzte mich.

Niemand fragte nach meinem Namen und keine der neun Personen stellte sich mir vor.

Ein hagerer, älterer Mann mit Brille befahl: »Lasst uns kurz die wichtigsten Informationen zusammenfassen.«

Alle Teilnehmerinnen und Teilnehmer der Sitzung meldeten sich der Reihe nach zu Wort. Die meisten sagten nur: »Keine Vorkommnisse«. Eine jüngere Dame wies darauf hin, dass drei Männer aus Berlin heute Morgen ohne Vorreservation im Hotel eingecheckt hätten; man kläre derzeit deren Identität ab. Ein Herr mittleren Alters mit einem Gesicht wie Lino Ventura teilte mit, beim Aushilfspersonal für die Betreuung der deutschen Delegation gebe es zwei junge Leute, die gemäß Strafregisterauszug zu bedingten Geldstrafen wegen Drogendelikten verurteilt worden seien; er sehe aber keinen Anlass, deshalb besondere Maßnahmen zu treffen.

Meier saß neben mir. Er drehte sich zu mir, musterte mich und sagte: »Herr Dubach hat vom Barkeeper erfahren, dass die Brüder aus Mailand vor Kurzem im Hotel aufgetaucht sind. Könnten Sie uns bitte orientieren, Herr Dubach?«

Ich wiederholte die Aussage von Jack und ergänzte sie durch die Hinweise des Oberkellners bezüglich des Auftritts von Bruno Pfister.

Offenbar stießen meine Ausführungen auf Interesse. Ich

hörte Murmeln und einige Sitzungsteilnehmer steckten die Köpfe zusammen. Der Vorsitzende dankte mir für die Informationen und entließ mich mit einer Handbewegung in Richtung Tür.

*

Den Rest des Tages verbrachte ich als Hotelgast.

Zweimal tauchte Meier auf, um einige Worte mit mir zu wechseln. Wahrscheinlich sollte er meine vom NDB finanzierte Anwesenheit kontrollieren.

Zu berichten gab es über das Ministertreffen sehr wenig. Von offizieller Seite lag nur eine karge Medienmitteilung vor, die Gespräche zwischen den Justizministern der Schweiz und Deutschlands seien erfolgreich verlaufen. Über den Inhalt der Gespräche wurde nichts bekannt gegeben.

Um Wenger etwas aufzuheitern, ließ ich unseren Kameramann Hans Steiner kommen. Natürlich hatte ich dazu die Erlaubnis von Meier eingeholt, der bei jeder Aufnahme dabei sein wollte. Um zu verhindern, wie er uns mitteilte, dass Sicherheitsleute gefilmt wurden. Auch die Hoteldirektion gab schließlich ihr Einverständnis, nachdem ich ihr zugesichert hatte, trotz der besonderen Umstände vorwiegend positive Aspekte eines Aufenthalts in diesem noblen und international bekannten Hotel auszuwählen.

Mein Beitrag war den ganz normalen Hotelgästen gewidmet, die den Staatsempfang in mancherlei Beziehung spürten. So zeigte ich die besondere Aufmerksamkeit der Rezeption bei der Ankunft neuer Gäste samt diskreter Gepäckkontrolle, Behinderungen der Gäste durch immer wieder abgesperrte Räume und Gänge, das kaum besetzte Hotelrestaurant und die verwaiste Bar. Nicht filmen durfte ich Mitglieder der beiden Delegationen und das Staatsbankett am Abend. So begnügte ich mich mit Aufnahmen des hektischen Treibens in Küche und Service. Das Ganze versah ich mit einem humorvollen und ab und zu auch recht sarkastischen Kommentar.

Am Abend speiste ich erneut fast alleine im Restaurant, besonders betreut von Monsieur Jean und seiner Crew, die mir jeden Wunsch von den Augen ablasen. Ich genoss meinen kurzen Abstecher zu den vornehmen und reichen Leuten und verzieh meinem Gastgeber, sei es nun der NDB oder Wenger, dafür einige Untaten. Wenigstens an diesem Abend.

Als ich später wie gewohnt in die Bar wechselte, winkte mir jemand aus der hinteren Ecke zu. Es war von Gunten, der meinen Beitrag im Abendprogramm von Bären-TV gesehen hatte und sich jetzt wahrscheinlich einen Freidrink von mir erhoffte.

»Das war köstlich, Marc, wie du den ganzen Rummel um das Ministertreffen auf einige wenige Momenteindrücke aus dem Hotelalltag reduziert hast«, begrüßte mich Paul.

Obschon ich nicht wusste, wer die Zeche schließlich bezahlen würde, lud ich meinen väterlichen Freund großzügig zu einer Flasche guten Rotweins ein. Von Gunten lächelte zufrieden und meinte: »Das ist lieb von dir, Marc. Genießen wir den schönen Augenblick.« Er hatte noch etwas in petto. Ich bemerkte in seinen Augen den Schimmer des verschlagenen alten Kriminalisten, der alle Tricks und Finten kannte und auch nie vor Rüpeleien oder krummen Touren zurückgeschreckt war, um seine Ziele zu erreichen.

»Das Leben ist vergänglich.« Wenn Paul derartige schale Lebensweisheiten von sich gab, folgte in der Regel prompt ein Tiefschlag. Das war auch dieses Mal nicht anders: »Man hat heute Mittag Bruno Pfister aus der Aare gefischt. Tot. Er wurde gefesselt, malträtiert und dann ins Wasser geworfen.«

Von Gunten erhob sein Glas und setzte zu einem Trinkspruch auf den Verstorbenen an: »Mögen ihm jetzt bessere Zeiten vergönnt sein. Ohne Kummer und Sorgen. Ohne die

Frau, die ihn immer wieder betrog und nie seine Liebe erwiderte.« Paul blickte mich forschend an, suchte wohl nach irgendwelchen Zeichen eines schlechten Gewissens. Ich bemühte mich nach Kräften, mir nichts dergleichen anmerken zu lassen, nickte lediglich und trank ebenfalls einen Schluck aufs Wohl von Bruno Pfister selig.

»Er konnte offenbar seine Schulden bei den Drogenbossen nicht bezahlen. Oder seine Drohungen an Käthi und ihre Hintermänner aus der rechtsextremen Szene zeigten Wirkung.« Von Gunten wiegte den Kopf hin und her: »Ich tendiere eher zur ersten Version. Über Pfisters Kleinbetrieb wurde vor Kurzem der Konkurs verhängt. Er hatte also nichts mehr, um die Gangster zu bezahlen. Außerdem nehmen wir an, dass die Rechtsradikalen nach Deutschland zurückgekehrt sind, nachdem ihr vorübergehendes Domizil in der Fischerhütte aufflog. Obschon durchaus die Möglichkeit besteht, dass der eine oder andere Extremist noch in der Schweiz weilt. Mit einem Sonderauftrag.«

»Dann sucht ihr also jetzt nach den Brüdern aus Mailand?«, fragte ich.

»Auch diese Burschen scheinen sich in Nichts aufgelöst zu haben. Sie durchsuchten nach der Ermordung von Pfister noch dessen Kleinwohnung, fanden aber offenbar nichts Wertvolles.« Paul ergänzte: »In Mailand sind sie nicht wieder aufgetaucht. Wir suchen jetzt mit internationalem Haftbefehl nach ihnen und das wissen die beiden Profis natürlich ganz genau. Sie werden sich irgendwo für einige Zeit absolut still verhalten und dann versuchen, möglichst unbemerkt, wahrscheinlich mit neuer Identität versehen, aufzutauchen. Das wird ihnen nicht allzu schwerfallen, denn sie können ja auf die Unterstützung des mächtigen Drogenkartells zählen.«

»Weiß Margreth schon vom Tod ihres Exmannes?« Diese Frage war mir irgendwie herausgerutscht. Ich ahnte bereits, dass ich jetzt von Paul zur Kasse gebeten würde.

»Du kannst es ihr ja mitteilen.« Von Gunten grinste niederträchtig. »Und sie dann trösten. Das verstehst du ja so hervorragend.«

Ich ignorierte die Unverschämtheit. Denn ich brauchte jetzt Pauls Rat: »Kann man über den Mord schon berichten? Oder muss ich die Medienkonferenz der Polizei abwarten?«

»Ich würde bis zur Konferenz warten. Du weißt ja offiziell noch nichts vom Tod Brunos. Sonst könnten neidische Kollegen auf die dumme Idee kommen, deine speziellen Beziehungen zur Witwe Pfister zu hinterfragen.«

Er hatte natürlich recht. Ich erinnerte mich an Heiri Fankhauser, der mir vor Kurzem diesbezüglich die Leviten gelesen hatte.

Obschon es bereits gegen zehn Uhr ging, war Hans Steiner noch im Studio. Ich erreichte ihn per Handy und bat ihn, am Dienstagmorgen möglichst früh Aufnahmen vom Flussrechen in der Matte zu machen, wo man die Leiche von Pfister gefunden hatte. Und sich bei den Anwohnern etwas umzuhören. Steiner teilte mir mit, es sei soeben eine Einladung zu einer Medienkonferenz der Kantonspolizei eingetroffen. Für Hanna Lauterburg, unsere IT-Spezialistin, hinterließ ich eine Mitteilung mit der Bitte, im Internet nach Informationen über das Ehepaar Pfister zu suchen.

Mehr konnte ich im Augenblick nicht tun. So widmete ich meine Aufmerksamkeit wieder voll dem exzellenten Rotwein, was bei Paul von Gunten auf größte Zustimmung stieß. Wir becherten noch eine ganze Weile und vermieden es dabei konsequent, über das Ministertreffen oder den gewaltsamen Tod Brunos zu sprechen.

*

Wieder wurde ich frühmorgens durch mein Telefon geweckt. Es war Hanna Lauterburg, die mir die Koordinaten für die Medienkonferenz der Kantonspolizei durchgab.

Sie wünschte mir noch viel Vergnügen im Grandhotel, wie sie sich leicht neidisch ausdrückte, und versprach, im Internet sofort nach interessanten Informationen über das Ehepaar Pfister zu suchen. Allzu viel dürfe ich aber von dieser Recherche nicht erwarten, da offenbar weder Bruno noch Margreth besonders an Social-Media-Aktivitäten interessiert gewesen seien.

Ich drehte mich nochmals im Bett um und genoss die gediegene Atmosphäre des Zimmers, als das Telefon erneut klingelte.

Diesmal war es Meier, der mich fragte, ob ich gestern noch etwas erfahren hätte. Ich sagte ihm, ich sei über den Tod von Bruno Pfister orientiert worden, und erkundigte mich, ob man bereits etwas über die Täterschaft wisse.

»Das werden Sie an der Medienkonferenz erfahren, Herr Dubach«, antwortete der NDB-Mann. »Beim Ministertreffen gab es keinerlei Zwischenfälle. Die deutsche Delegation ist bereits abgereist.« Und er fügte höflich hinzu: »Wir danken Ihnen für Ihren Einsatz.«

Das war's dann wohl.

Da die Medienorientierung erst um elf Uhr stattfand, konnte ich das herrliche Frühstücksbuffet in alle Ruhe genießen. Beim Auschecken wünschte mir der neue Concierge nur einen schönen Tag, und ich blieb vor Unannehmlichkeiten, wie beispielsweise einer gesalzenen Rechnung für den Hotelaufenthalt oder weiteren Anweisungen des NDB, verschont.

Viertel vor elf Uhr traf ich im kleinen Sitzungssaal des Rathauses ein. Hans Steiner hatte seine Kamera bereits installiert und übergab mir ein Kuvert mit mehreren Ausdrucken. Hannas Recherche im Internet war wie erwartet nicht allzu erfolgreich gewesen. Aber zwei Informationen waren dennoch recht interessant.

So eine Meldung über die Firma von Bruno Pfister. Hier

war im Konkursverfahren in letzter Minute ein holländischer Interessent aufgetreten, der die Firma zu einem Schnäppchenpreis kaufte. Ob die Drogenorganisation so ihre Ausstände bei Bruno verringert hatte? Die andere Information betraf Frau Pfister, die sich in einem Interview nach der erfolgreichen Wahl unter anderem über ihre finanziellen Verhältnisse äußerte. Sie lebe seit ihrer Scheidung von einer Rente aus dem Kapital, das sie von ihrem Vater geerbt hatte, und sie wies in diesem Zusammenhang darauf hin, dass ihre gescheiterte Mitkonkurrentin bei den Nationalratswahlen um einiges reicher gewesen sei als sie. Viele Schenkungen hätten dann aber das Vermögen von Käthi Losli stark in Mitleidenschaft gezogen. Margreth gab dazu keine Einzelheiten bekannt. Aber wahrscheinlich war das Geld an Gruppierungen der rechtsextremen Szene gegangen.

Nichts, was man im Bericht verwerten konnte.

Kommissär Martin Neuenschwander eröffnete die Medienkonferenz der Kantonspolizei. Bruno Pfister sei am Montagmorgen um sieben Uhr bei einer Routinekontrolle des städtischen Werkdienstes im Rechen des Mattenstauwehrs gefunden worden. Aufgrund erster Autopsieergebnisse nehme man an, dass er etwa zehn Stunden vorher erwürgt und anschließend in den Fluss geworfen worden war. Zeichen von Misshandlungen deuteten darauf hin, dass die Mörder versucht hatten, noch Informationen aus ihm herauszuholen.

»Was die Identität der Täter betrifft, so weist alles auf professionelle Auftragskiller hin«, sagte der Kommissär. »Wir haben Grund zur Annahme, dass zwei bekannte Kriminelle aus Mailand hinter dem Gewaltverbrechen stehen. Sie finden in der Dokumentation die Namen sowie Fotos der Verdächtigen. Ein internationaler Haftbefehl wurde schon gestern ausgestellt.«

Über die Auftraggeber des Mordes könne man im Augenblick noch nichts Konkretes sagen. Aber viele Indizien würden auf ein organisiertes Verbrechen hindeuten. Das Opfer sei drogenabhängig gewesen und habe wahrscheinlich selber mit Drogen gehandelt, um sich finanziell über Wasser halten zu können.

In der anschließenden Fragenrunde wollten einige Medienleute wissen, welche Rolle Margreth Pfister in der ganzen Geschichte spielte. Die neu gewählte Nationalrätin war für die Journalisten natürlich eine interessante Nebenfigur, welche die nötige Prise Salz und Pfeffer, oder sollte man besser sagen Sex und Glamour, in die sonst allzu nüchterne Berichterstattung über den Mord bringen könnte.

Neuenschwander vermied es konsequent, irgendeinen Bezug von Margreth zu der traurigen Geschichte mit Bruno herzustellen. Er wich allen diesbezüglichen Fragen mehr oder weniger elegant aus.

Nach gut einer halben Stunde schloss der Kommissär die Medienkonferenz, und alles strömte in die Vorhalle, um zu telefonieren oder eine E-Mail zu übermitteln. Ich besprach mich mit Hans Steiner kurz über das Konzept meines Beitrags für die Abendnachrichten und zog mich dann ins Rathaus-Café zurück.

*

Mein Beitrag in den Abendnachrichten kam gut an. Sowohl beim Publikum als auch bei Wenger. Ich hatte auf die große seelische Belastung aus der gescheiterten Ehe hingewiesen, die Bruno ins Drogenelend getrieben hatte, und dabei auch die letzte Aussprache des Mordopfers mit Margreth im Bellevue-Restaurant erwähnt. Samt Hinweis auf das anschließende Treffen Brunos mit den Brüdern aus Mailand in der Bar.

Am nächsten Morgen klingelte natürlich mehrmals das Telefon.

Einige mehr oder weniger aufgebrachte Kollegen wollten wissen, wie ich zu den Informationen über das letzte Treffen des Ex-Ehepaares Pfister im Bellevue gekommen sei. Ich versuchte, mich mit Ausreden aller Art vor einer Antwort zu drücken.

Einen Anruf hatte ich nicht erwartet. Es war Margreth, die zwar ebenfalls wissen wollte, wie ich von ihrem Nachtessen mit Bruno erfahren hatte, aber mich vor allem um ein möglichst baldiges Treffen bat.

»Ich werde bedroht. Von irgendwelchen Leuten aus Deutschland.« Ihre Stimme klang belegt. Offenbar hatte sie wirklich Angst. »Zur Polizei kann ich nicht. Ich sage dir dann, wieso. Könnten wir uns bald sehen? Nicht in meiner Wohnung. Das wäre zu riskant. Aber vielleicht im Restaurant Dählhölzli, das um diese Jahreszeit tagsüber kaum Gäste hat.«

Gegen elf Uhr traf ich im Terrassenrestaurant des städtischen Tierparks ein, den die Berner seit Kurzem etwas überheblich als Zoo bezeichnen. Margreth war schon da. Sie saß an einem Tisch in einer Fensternische.

Wenn man an unsere früheren Begegnungen dachte, war die Begrüßung eher nüchtern, und die Witwe Pfister kam rasch auf ihr Anliegen zu sprechen.

»Etwa zehn Tage vor seinem Tod rief mich Maxim Ferrari an. Er wollte mich dringend sprechen.« Margreth öffnete ihre auf dem Nebensitz liegende Handtasche, kramte längere Zeit darin herum, fand ein Papiertaschentuch und schnäuzte sich diskret. »Wir trafen uns in einer Konditorei, wo er mir ein versiegeltes Kuvert übergab. Das sei seine Lebensversicherung, sagte er. Er habe all seine Erfahrungen und Erinnerungen an die Kontakte mit Käthi Losli und den rechtsradikalen deutschen Gruppierungen schriftlich festgehalten und zudem eine Übersicht mit allen Personalien der Kontaktierten erstellt. Samt Fotos.«

»Das sind äußerst heiße Unterlagen«, meinte ich. »Wieso hat Ferrari sie gerade dir übergeben?«

»Als ich ihm dieselbe Frage stellte, sagte er, er habe keine Freunde, denen er die Dokumentation anvertrauen könne, und er nehme an, dass ich in meiner Stellung als Nummer drei in der PdU froh sei, etwas gegen meine Rivalin in der Hand zu haben. Er sei mit Käthi in Streit geraten und müsse mit Vergeltungsmaßnahmen rechnen. Deshalb habe er Käthi angedeutet, er habe Unterlagen über sie und ihre Kreise gesammelt und diese sicher verwahrt.«

»Wieso hat dann diese Lebensversicherung, wie er sich ausdrückte, seinen Tod nicht verhindert?«, fragte ich. »Und wieso ist er mit Käthi in Streit geraten?«

»Der dumme Kerl hat der Losli offenbar später direkt oder indirekt verraten, dass er die Dokumentation mir übergeben hatte. Damit kam ich ins Fadenkreuz der Radikalen. Und das war wahrscheinlich auch der Hauptgrund, dass meine Wohnung mit Überwachungskameras versehen wurde. Man wollte wissen, mit wem ich Kontakt pflegte und was ich mit den Unterlagen im Sinn hatte.« Margreth seufzte: »Ich übergab das versiegelte Kuvert meinem Anwalt. Mit der Weisung, es an die Polizei weiterzuleiten, wenn mir etwas geschehen sollte.«

»Damit bist du doch abgesichert. Was kann ich dann noch für dich tun?«, erkundigte ich mich.

»Käthi und ihre Kumpane wissen natürlich nicht, dass sich die Dokumentation nicht mehr bei mir befindet. Und außerdem habe ich Bruno während unseres letzten Treffens im Bellevue über das gefährliche Vermächtnis von Ferrari orientiert und ihn um Rat gefragt. Er schlug mir vor, das Kuvert bei einem Anwalt zu deponieren.« Sie schnäuzte sich erneut und fügte ängstlich hinzu: »Vielleicht hat er die Ferrari-Geschichte dann noch seinen Mördern erzählt. Bei einem qualvollen Verhör. Diese Kriminellen könnten sich jetzt ebenfalls für die heißen Unterlagen interessieren.«

In dieser Beziehung konnte ich sie beruhigen: »Die Polizei nimmt an, dass sich die Mörder nach der Tat ins Ausland absetzten. Es sind Berufskiller, die nach der Erledigung eines Auftrags im Untergrund verschwinden. An den Ferrari-Unterlagen dürften sie nicht interessiert sein.«

»Wer hat dann gestern versucht, in meine Wohnung einzubrechen?«, fragte sie erregt. »Als ich gegen Mittag vom Einkaufen zurückkam, was alles durchwühlt. Die Eingangstür und alle Fenster waren unversehrt und verschlossen. Wie kamen die Leute in die Wohnung?«

»Das ist für Profis kein Problem. Die meisten Schlösser können in Minutenschnelle geknackt werden, ohne dass irgendwelche Spuren von Beschädigungen zurückbleiben. Hast du die Polizei angerufen?«

»Nein, sonst müsste ich ihr auch die Ferrari-Unterlagen übergeben. Und die sind jetzt meine Lebensversicherung. Denn ich traue Käthi und ihren Kumpanen alles zu.« Sie lächelte mich erstmals an diesem Morgen an: »Ist das richtig oder sollte ich mich doch lieber durch die Polizei beschützen lassen?«

»Als Nationalrätin bist du für die rechtsextremen deutschen Figuren eine sehr heikle Person und sie würden es nicht wagen, dir auch nur ein Haar zu krümmen. Die Publizität um einen Angriff auf dich könnte ihnen zu sehr schaden. Ich rate dir, die Polizei einzuschalten.« Ich entzog mich der Wirkung ihres Lächelns durch aufmerksames Lesen der Speisekarte. »Wollen wir etwas Kleines essen?«

»Ich weiß nicht. Im Moment bin ich auf Diät gesetzt.« Sie rückte sich in ihrem Stuhl in Position und fragte: »Meinst du nicht auch, dass ich in letzter Zeit etwas zugenommen habe? Vielleicht wegen des vielen guten Essens, das ich nach der Wahl über mich ergehen lassen musste. Wie stehen mir die neuen Rundungen überhaupt?«

Ich hütete mich wohlweislich vor jeder Antwort und

wollte von Margreth wissen, wieso sie Bruno im Bellevue zum Nachtessen getroffen hatte.

»Er hat dieses Treffen gewünscht. Und mich gebeten, ihm einen größeren Betrag zu leihen. Er brauche dringend Geld, um Schulden zu bezahlen.« Sie verzog das Gesicht. »Bruno war seit Längerem ständig in Geldnot. Wahrscheinlich in Zusammenhang mit seiner Drogensucht. Ich steckte ihm ein Kuvert mit einigen Tausend Franken zu. Aus reinem Mitleid. Denn Bruno war sowieso nicht mehr zu helfen. Ein Fass ohne Boden.« Margreth dachte nach. »Wahrscheinlich war das aber viel zu wenig.«

Wir verzichteten auf ein Essen im Restaurant Dählhölzli. Margreth aus Diätgründen. Ich wegen einer wichtigen Besprechung im Studio; ein Termin, der mir plötzlich wieder eingefallen war, als die Witwe sagte, wir könnten jetzt die Einbruchschäden in ihrer Wohnung besichtigen.

7

An diesem Wochenende war wieder ein Erholungsausflug nach Ascona angesagt.

Nina begrüßte mich äußerst liebenswürdig und ich musste mich nicht einmal der Tiefenanalyse ihres Blickes unterziehen. Offenbar wusste sie schon alles, was in Bern passiert war. Ich vermutete, dass sich Hausfreund Bartali erneut höchst ungehörig in unser Intimleben eingemischt und dabei seine NDB-Geheiminformationen missbraucht hatte.

Wie dem auch sei, das Weekend verlief harmonisch und weckte in mir den dringenden Wunsch, möglichst bald für immer nach Ascona zurückzukehren. Das hatte Nina mit der überraschenden Vorzugsbehandlung, zu der auch ein stillschweigender Verzicht auf das von ihr angedrohte tägliche Frühjoggen gehörte, wahrscheinlich auch bezweckt. Sie schnurrte wie ein Kätzchen, das auf sein Lieblingshäppchen wartet, als sie mir die Reservation des von Enrico als Verlobungsgeschenk gespendeten Winterurlaubs in Arosa zeigte. Zwei Wochen in einem Luxushotel. Im Februar, also in etwa vier Monaten.

Ich bekundete die von meiner Verlobten erwartete Vorfreude und überhörte ihre anzügliche Bemerkung, wonach sie sich bereits auf das Hochzeitsgeschenk Bartalis freue. Sie hoffe nur, es handle sich nicht um Ferien auf Hawaii, denn im Alter von achtzig oder mehr Jahren seien sehr weite Reisen oft mehr eine Belastung denn eine Freude.

Das war deutlich.

Ich genoss die beiden schönen Herbsttage dennoch in vollen Zügen, hoffte, es werde nie Montag und nahm mit Gelassenheit zur Kenntnis, dass sich Enrico wie üblich kurzfristig für Sonntagabend angemeldet hatte.

Der überaktive kleine Mann mit dem ausdrucksvollen Gesicht überraschte Nina mit einem riesigen Blumenstrauß und mich mit einem Kuvert, auf dem stand: »Erst in Bern öffnen«. Bartali verlor kein Wort über seine laufenden Aktivitäten und fragte mich auch nicht, was in der Bundesstadt so laufe. Offenbar wusste er bereits alles. Erst beim Abschied spätabends ließ er eine Bemerkung fallen, mit der er seinem Ruf als Geheimniskrämer gerecht wurde: »Sei vorsichtig auf der Klausenalp. Wenn du das Raubtier entdeckst, ist es schon zu spät fürs Davonrennen.«

Blöde Andeutungen. Ich hasse Kreuzworträtsel wie die Pest und mysteriöse Voraussagen sind mir geradezu ein Gräuel.

Ich winkte Enrico zu, als er in seinen Maserati stieg, und sagte mit einer Verbeugung: »Enrico, du Nostradamus des Tessins, gib uns armen Unwissenden deinen Segen.« Er grinste nur unverschämt und brauste davon.

*

In Bern zurück, stürzte ich mich in die Alltagsarbeit. Wenger ließ verlauten, er freue sich außerordentlich, der Studiocrew mitteilen zu dürfen, dass Erich Hartmann, der verunfallte Leiter, seine Funktionen am 15. November wieder übernehmen werde. Obschon ich nicht nachvollziehen konnte, wieso sich Wenger gar so freute, war ich eigentlich nicht unglücklich darüber, bald wieder nach Ascona zurückkehren zu dürfen.

Es blieb mir also noch etwas mehr als ein Monat beim Bären-TV.

Gegen Mittag fiel mir das Kuvert von Enrico ein. Ich öffnete den Umschlag und fand darin ein Foto. Auf der Rückseite der Aufnahme hatte Bartali mit seiner kritzeligen Schrift vermerkt: »Günter Herrmann, alias Herzmann, alias Neumann, alias Hummler. Mitglied der Wolf-Gruppe. Blieb in der Schweiz. Sonderauftrag?«

Das Foto war nicht besonders gut. Es zeigte einen großen, kräftig gebauten, etwa fünfunddreißigjährigen Mann mit kurz geschnittenen Haaren, der sich mit mehreren Personen unterhielt. Da er dem Fotografen nur die linke Gesichtshälfte zuwandte und die Aufnahme leicht verwackelt war, hatte das Bild wohl nur sehr begrenzt für die Fahndung eingesetzt werden können.

Was meinte Enrico mit Sonderauftrag? Der Plan für die Störung des Ministertreffens war misslungen und die Wolf-Gruppe hatte fluchtartig die Schweiz verlassen müssen. Einer der vier Männer war jedoch offenbar geblieben. Musste er für die Gruppe noch eine wichtige Pendenz erledigen?

*

Die Woche verlief ohne besondere Vorfälle. Am Donnerstag traf ich mich mit von Gunten. Der alte Kriminalist war ordentlich erkältet und zelebrierte seinen Schnupfen richtiggehend mit ständigem Niesen, Husten und Augenwischen. Damit entfiel mein ursprünglicher Plan, ihn auf Kosten des Verlags zu einem feudalen Mittagessen einzuladen. Ich hatte ihm so die Neuigkeit meiner baldigen Ablösung durch Hartmann schonend beibringen wollen.

Aber mit Paul konnte man in seinem derzeitigen desolaten Zustand kein nobles Lokal besuchen und daher landeten wir in der Goldenen Gans, einem der letzten Restaurants in Bern mit traditionellem, einheimischem Speiseangebot. Indisch, chinesisch oder thailändisch zu essen, durfte ich von Gunten nun wirklich nicht zumuten.

Mein Gast schien sich in der altehrwürdigen, getäferten Stube wohlzufühlen und seine periodischen lauten Niesanfälle gingen im allgemeinen Lärm unbemerkt unter.

Ich informierte ihn über meine Begegnung mit Margreth.

»Wir wussten schon lange, dass Käthi Losli von Ferrari unter Druck gesetzt worden war. Oder besser gesagt erpresst wurde. Womit, das war stets die Frage.« Paul suchte in seinen Taschen nach einem seiner großen schwarz-weiß karierten Schnupftücher und fand endlich ein offensichtlich schon mehrmals benutztes Exemplar, in das er ausgiebig pustete. »Die Dokumentation Ferraris über die düsteren Aktivitäten der Losli und ihrer Gesinnungsfreunde aus Deutschland eignete sich natürlich hervorragend für seinen Versuch, sich entweder Geld zu beschaffen oder in eine bevorzugte Position zu bringen. Die Losli war ja bis zu den Wahlen Favoritin für einen Sitz der PdU im Nationalrat und Mäxi musste sich als Lobbyist nach einer neuen parlamentarischen Badge-Gotte umsehen, da sich Sicheli von ihm trennen wollte.«

Wir speisten hervorragend. Natürlich nicht kalorienarm oder vegetarisch.

Von Gunten rülpste schließlich zufrieden und verlangte nach einem Verdauungsschnaps.

»Ich bitte dich um Diskretion, Paul. Margreth hat mir die Geschichte mit den Ferrari-Unterlagen erzählt, um meinen Rat für das weitere Vorgehen einzuholen. Sie will zunächst die Polizei nicht hinzuziehen, trotzdem bei ihr eingebrochen wurde.«

»Einverstanden. Aber ich möchte doch darauf hinweisen, dass sich deine Freundin in akuter Gefahr befindet.« Mein Gast blinzelte mir verschwörerisch zu: »Oder sollte ich sagen Exfreundin? Aber das ist ja egal. Auf alle Fälle werden die Betroffenen, also die Losli oder der in der Schweiz verbliebene Mann der Wolf-Gruppe mit allen Mitteln versuchen, in den Besitz der belastenden Unterlagen zu kommen.«

»Mir ist unverständlich, wieso man den Lobbyisten umbrachte, obschon man ja über die Dokumentation im Bild war. Bestand nicht die Gefahr, dass durch den Mord alles erst recht publik wurde?«

Von Gunten leerte das Schnapsglas in einem Zug, hustete lange und meinte dann: »Ferrari war offenbar nicht zufrieden mit der Reaktion der Losli auf seine erpresserischen Forderungen. Er bekam entweder zu wenig Geld von ihr oder die Leute aus Deutschland drohten ihm ihrerseits. Vielleicht setzte man ihm dabei eine sehr kurze Frist für die Herausgabe der Dokumentation. Das wird ihn wohl veranlasst haben, sich bei der Polizei für eine Aussage zu melden. Was seinen Gegnern mit ihren hoch entwickelten technischen Hilfsmitteln natürlich nicht verborgen blieb. Die mussten nun handeln, Dokumentation hin oder her. Vielleicht hofften sie, die Unterlagen doch noch in Ferraris Wohnung zu finden. Wie du weißt, wurde ja am gleichen Tag dort eingebrochen.«

»Was schlägst du vor? Soll ich Margreth nochmals warnen und sie veranlassen, die gefährlichen Unterlagen der Polizei zu übergeben?«

»Du kennst sie besser als ich. Aber ich vermute, dass sie sich auf ihren Anwalt verlässt und den Schritt zur Polizei scheut. Wahrscheinlich hat sie Angst, dass bei einer Einvernahme auch einige Unregelmäßigkeiten bezüglich ihres Verhältnisses zu Bruno ans Tageslicht kommen könnten. Oder Details aus ihrem heftigen Streit mit Käthi Losli. Lass es im Moment also sein.« Paul stocherte wieder einmal in seinen Zähnen. So dauerte es eine Weile, bis er sagte: »Du wirst deine Exfreundin bald auf der Klausenalp wiedersehen. Wie ich hörte, findet die PdU-Tagung zur Auswertung der Wahlergebnisse und zur Festlegung parteipolitischer Schwerpunkte für die kommende Legislaturperiode schon nächste Woche statt. Und du bist ja von Aschi bereits eingeladen worden.«

Ich ließ von Gunten in der Altstadtbeiz zurück, als ich gegen halb drei Uhr ins Studio zurückkehrte. Er müsse sich noch etwas von dem deftigen Mittagessen erholen, sagte er. Ich vermutete, dass es dem alten Junggesellen zu Hause oft langweilig war und er die ungezwungene Atmosphäre und das lebhafte Treiben in der Goldenen Gans so lange wie möglich genießen wollte.

*

Am Freitagmorgen traf die Einladung der PdU zur Tagung auf der Klausenalp ein. Drei Tage lang sollten Diskussionen über den künftigen Kurs der Rebellenpartei geführt werden. Außerdem war vorgesehen, die Parteigremien samt Vorstand und Präsidium neu zu bestellen. Aschi Münger kandidierte natürlich für eine weitere Amtsperiode. Margreth Pfister wurde als Vizepräsidentin vorgeschlagen.

Ich suchte vergeblich den Namen von Käthi Losli auf den Tagungsunterlagen. Wollte sie nicht mehr mitmachen oder war sie zur Persona non grata der Partei erklärt worden? Nun, ich würde das ja bald erfahren.

Georg Wenger widersetzte sich meiner Teilnahme an der PdU-Veranstaltung nicht. Er bewilligte sogar einen Tagesausflug von Hans Steiner samt Kameramann-Assistenten auf die Klausenalp.

Die Tagung fand von Mittwoch bis Freitag statt. Im Kongresshotel Helvetia. Bis 1948 war am selben Standort ein Grandhotel Klausenalp betrieben worden, das später abgerissen und durch einen Neubau ersetzt wurde.

Ich traf bereits am Dienstagabend auf der Klausenalp ein, bezog mein Zimmer und begab mich dann in die Bar. Niemand war da. Aus der Gaststube nebenan hörte ich dagegen Lärm. Die dort versammelte Gesellschaft schien sich eines recht angeheiterten Zustands zu erfreuen.

Es war die Elite der PdU, die sich um den großen Stammtisch in der Lokalecke versammelt hatte und laute Diskussionen führte.

»Hallo Marc, komm, setz dich zu uns«, rief mir Aschi Münger zu. Und Margreth machte neben sich auf der Bank Platz für mich. Sie lächelte mir zu, und als ich mich neben sie setzte, warf sie einen triumphierenden Blick in Richtung Käthi Losli. Was diese natürlich nicht zur Kenntnis nahm. Mich beachtete die Fast-Nationalrätin überhaupt nicht. Außer der Führungscrew der Partei saßen vier Vorstandsmitglieder, die ich nicht kannte, und die Sekretärin der PdU, eine hagere, nervöse Frau namens Beatrice Stocker, am Tisch.

Ich hatte an diesem Abend noch nichts gegessen und bestellte mir beim Kellner, einem hübschen jungen Mann mit Yul Brynner-Glatze, ein Sandwich. Als er mir das Häppchen reichte, entdeckte ich zufällig ein erregtes Funkeln im Blick von Margreth. Sie hatte ganz offensichtlich ein Auge auf den schlanken, groß gewachsenen und sehr attraktiven Kerl geworfen.

Das war mir sehr recht. So musste ich nicht mit Avancen der lebenslustigen Witwe rechnen und konnte den Abend in aller Ruhe genießen.

Aschi Münger, der zu meiner Linken saß, stellte mir die vier anwesenden Vorstandsmitglieder der PdU vor, deren Namen ich sofort wieder vergaß. Dann riss er eine Diskussion über anstehende politische Probleme vom Zaun, die mich nur am Rande interessierte und die sich, wie mir schien, über Stunden erstreckte. Endlich überwog der Durst und die Runde bestellte sich neue Getränke. Die meisten riefen nach einem Bier, Margreth ließ sich von dem netten Kellner eingehend über das Angebot an offenem

Rotwein beraten und Käthi wollte einen einheimischen Schnaps. Einen Doppelten.

Der Kellner, offenbar ein Neuling aus Deutschland, erkundigte sich höflich, was die Losli unter einheimischem Schnaps verstehe. Sie krächzte laut: »Kartoffelschnaps natürlich. Das ist doch hier eine Spezialität.«

Als alle ihr Getränk hatten, prostete man sich zu und Aschi brachte einen Trinkspruch auf die bevorstehende PdU-Tagung aus.

Die feuchtfröhliche Runde dauerte fast bis Mitternacht. Erst als der Keller, Horst, wie ihn Margreth neben mir nach mehreren Gläsern Rotwein bereits nannte, die Stühle auf Nachbartische stellte und so kundtat, dass jetzt Feierabend war, brach das PdU-Team auf. Beim Hinausgehen sah ich, wie Käthi dem Kellner etwas zusteckte. Wahrscheinlich einen Geldschein. Offenbar wollte sie sich damit für ihr etwas rüpelhaftes Benehmen entschuldigen. Margreth folgte sofort dem Vorbild ihrer Kollegin und flüsterte Horst zusätzlich etwas ins Ohr. Er antwortete so laut, dass alle es hören konnten: »Gerne, Madame. Ich werde veranlassen, dass Ihnen das gewünschte Getränk aufs Zimmer gebracht wird.«

Na, das fing ja gut an. Ich grinste und freute mich auf die erholsame Nacht.

*

Am Mittwoch war für halb zehn Uhr eine Eröffnungssitzung vorgesehen. Inzwischen waren weitere Delegierte der PdU-Sektionen eingetroffen, sodass Aschi etwa 50 Personen im Konferenzraum begrüßen konnte.

Die Teilnehmer wurden in Gruppen aufgeteilt, die Stellungnahmen zu verschiedenen politischen Themen erarbeiten sollten. Der erste Arbeitstag war dem Thema »Zielsetzungen für die erste Legislaturperiode« gewidmet.

Ich wurde von Münger als einer der wenigen objektiv

arbeitenden Medienvertreter vorgestellt, was mich ehrte, aber gleichzeitig auch verpflichtete, möglichst kritisch über den Anlass zu berichten.

Meine Kameraequipe war für Freitagnachmittag aufgeboten. Zur Schlusssitzung. Damit hatte ich zwei Tage, an denen ich mich auf der Klausenalp frei bewegen konnte. Und ausspannen. Auf Kosten von Wenger, der sich dafür ja weiterhin auf die Rückkehr Hartmanns freuen durfte.

Wie oft im Spätherbst, zeigte sich das Wetter auch im Vorgebirge noch von seiner besten Seite. Die Klausenalp liegt als lang gestrecktes Dorf auf einer Sonnenterrasse über den Berner Oberländer Seen. In etwa 1100 Meter Höhe über Meer und mit herrlicher Sicht auf das Alpenpanorama.

Ich zog mir die Wanderschuhe an und bummelte durch den Ferienort mit seinen zahlreichen Chalets, Hotels und Restaurants, genoss meinen vierten Kaffee auf der Terrasse der zentralen Bäckerei-Konditorei, sah lange hinauf in den blauen Himmel und ließ meine Seele baumeln.

Am Nachbartisch hatte sich ein älteres Paar niedergelassen.

Sie unterhielten sich im Oberländer Dialekt. Einheimische. Der Mann, fünfundachtzig- bis neunzigjährig, von kleiner Statur und mit einem überraschend faltenarmen Gesicht, wies auf die Durchgangsstraße vor der Konditorei und sagte: »Vor etwas mehr als siebzig Jahren sah man hier andere Gäste. Wenn man gut hinschaute, gab es eine Überraschung nach der anderen. Erinnerst du dich noch, Marie?«

»Natürlich, Köbi«, erwiderte die alte Dame. »Da wimmelte es nur so von Prominenz aus Deutschland.« Sie sagte leise: »Keine guten Leute.«

»Und dann nach dem Krieg. Im Grandhotel. Alles Deutsche. In Zivil. Aber man sah ihnen an, dass sie bis vor Kurzem noch eine Uniform getragen hatten.« Köbi brummte: »Hohe Militärs. Sie redeten sich untereinander immer noch als Herr Oberst oder so an. Einige sogar als Herr General. Dass sie nicht salutierten, war ein Wunder.«

Marie flüsterte: »Oder die Hand zum Gruß erhoben.« Sie blickte sich ängstlich um. Wahrscheinlich wollte sie sicher sein, dass niemand zugehört hatte. Da ich am Nachbartisch zu dösen vorgab und den Kopf hängen ließ, wurde ich als unbedenklich eingestuft. Die Frau fügte deshalb noch hinzu: »Aber vornehm ging es zu im Grandhotel. Meine Schwester selig erzählte mir oft, was sie als Serviererin so alles erlebt hatte.«

»Diese Geschichten kenne ich. Aber ich frage mich doch immer wieder, wie das so in aller Öffentlichkeit geschehen konnte, ohne dass jemand darüber berichtete.« Der Alte dachte nach und sagte wie abschließend: »Offenbar haben die da in Bern unten beide Augen zugedrückt. Die Geschichte war ihnen sicher zu heiß.«

Die beiden Klausenälpler zahlten und verschwanden im nahe gelegenen Dorfladen. Ich fragte die Frau, die mich auf der Terrasse bediente, ob sie die beiden Einheimischen kenne. »Natürlich, Herr und Frau Sterchi. Er war früher, glaub ich, Gemeindeschreiber oder so was.«

Interessant. Es juckte mich in allen Fingern, von den beiden Zeitzeugen mehr über die sonderbaren Gäste auf der Klausenalp während der letzten Jahre des Zweiten Weltkrieges und nach dessen Ende zu erfahren. Aber ich hielt mich zurück. Ich war ja nur noch für kurze Zeit beim Bären-TV tätig und als Privatmann hätte ich auch die brisantesten Informationen nicht mehr verwerten können.

Ich lehnte mich also zurück und bestellte mir den fünften Kaffee. Und strich mir Sonnencreme aufs Gesicht.

*

Am späteren Nachmittag traf ich Margreth im Hotel. Sie kam aus einer Arbeitsgruppensitzung und war im Begriff, sich auf ihr Zimmer zurückzuziehen, um sich fürs Nachtessen schön zu machen. Sicher wollte sie Horst mit einem möglichst eleganten Modellkleid imponieren.

Ich fragte, ob sie eine Minute für mich erübrigen könnte. Sie nickte.

»Ich habe nicht lange Zeit«, sagte sie. »Aber setzen wir uns doch.« Sie deutete auf ein großes Ledersofa im Foyer.

»Margreth, ich traf vor Kurzem Ex-Kommissär von Gunten von der Kantonspolizei. Er wies mich darauf hin, dass ein Mitglied der Gruppe Wolf, die in Deutschland rechtsradikale Ziele verfolgt, noch in der Schweiz weilt. Offenbar mit einem Sonderauftrag. Die Polizei vermutet, dass er Indiskretionslöcher bei der PdU stopfen soll.«

»Und, was geht das mich an?«, fragte meine attraktive Sofapartnerin, die mehrere Versuche unternahm, ihre langen, schlanken Beine möglichst gekonnt, also parallel platziert und etwas zur Seite geneigt, übereinanderzuschlagen. Wahrscheinlich nicht, um mir zu gefallen. Sonst hätte sie nicht ständig den Serviceeingang zur Empfangshalle im Auge behalten. Es ging also um Horst. »Das tönt doch eher nach Käthi, die mit diesen Leuten in Kontakt war und ständig etwas ausplaudert.«

»Ich denke an die Ferrari-Dokumentation. Die ist für die Wolf-Gruppe brandgefährlich, da sie deren Identitäten aufdecken könnte.« Ich stand auf und sagte: »Überlege es dir gut, Margreth, ob es nicht besser wäre, diese Unterlagen möglichst bald der Polizei zu übergeben. Damit wärst du nicht mehr im Fadenkreuz der Radikalen.«

Sie antwortete nicht, sondern schaute wie gebannt zum Serviceeingang, wo gerade der hübsche deutsche Kellner auftauchte. Er steuerte direkt auf Margreth zu, die sich erhob und alle Mühe gab, charmant zu lächeln und neben dem hünenhaften, muskulösen Mann nicht allzu klein zu wirken. Wahrscheinlich stand sie auf ihren Zehenspitzen.

Bevor ich mich entscheiden konnte, ob ich die Frau bedauern sollte oder einfach nur grinsen durfte, waren die beiden verschwunden. In Richtung oberer Stock. Merkwürdig, dass sie nicht einen der beiden Lifte benutzten, sondern die Treppe hinaufgingen. Vielleicht wollten sie nicht vor anderen Hotelgästen turteln.

Um acht Uhr begann das offizielle Bankett. Alle PdU-Leute hatten sich herausgeputzt. Sogar Aschi erschien in einem dunklen Anzug mit Krawatte. Margreth hatte ein Cocktailkleid mit vielen fantasievollen Ausschnitten gewählt, während Käthi in einem Umhang hereinstolperte, der spätestens in der Steinzeit noch knapp als Abendkleid durchgegangen wäre.

Ich saß zwischen Münger und der PdU-Sekretärin. Frau Stocker schien sich an der festlichen Tafel nicht sehr wohlzufühlen. Sie zupfte nervös an allem, was in ihrer Nähe stand oder lag. Als sie zu sehr am faltigen Tischtuch zog, kippte ihr Weinglas und sie verschwand für eine Weile, um den Rock zu säubern.

Als sie zurückkam, fragte ich sie: »Wieso ist Käthi Losli bei den Wahltraktanden auf keiner Liste zu finden?«

»Frau Losli hat sich auf eigenen Wunsch aus der aktiven Mitarbeit in der PdU-Leitung zurückgezogen. Sie will sich vermehrt ihren besonderen politischen Neigungen widmen und plant zudem die Herausgabe einer Publikation über die neue europäische Rechtsbewegung.«

Damit war klar: Die Losli war aus dem Parteiausschuss entfernt worden. Ihre einseitigen radikalen Ideen passten nicht zur offenen Aufbruchsstimmung in der Rebellenpartei und schadeten dem Image der PdU gar nachhaltig.

Das bestätigte mir auch Aschi. Er sagte: »Die Losli war nicht bereit, sich unserer liberalen Linie anzupassen. Sie beharrte auf ihren Ansichten und wir mussten ihr ein Ultimatum stellen. Entweder sie brach alle Kontakte zu ihren deutschen Rechtsextremisten ab oder sie musste gehen.«

»Wieso ist sie dennoch zur Tagung erschienen?«, fragte ich. »Sie hätte doch jetzt allen Grund gehabt, dem Anlass fernzubleiben.«

»Ich weiß auch nicht, was sie hier noch zu suchen hat«, meinte Münger. »Wir hatten ihre Zimmerreservation bereits rückgängig gemacht, als sie anrief und uns mitteilte, sie würde zwar nicht mehr kandidieren, möchte aber trotzdem noch auf die Klausenalp kommen.«

Wir zuckten fast gleichzeitig mit den Schultern und widmeten unsere Aufmerksamkeit wieder dem Essen.

Es wurde spät an diesem Abend. Die meisten blieben nach dem Bankett an der Bar hängen. Mit Ausnahme von Margreth, die sich früh zurückzog. Was sonst nicht ihrer Art entsprach. Vielleicht ließ sich dieses seltsame Verhalten dadurch erklären, dass auch Kellner Horst nicht mehr zu sehen war. Er war nach dem Essensservice von einem Kollegen abgelöst worden.

*

Am Morgen kündigte sich erneut ein herrlicher Tag an. Der wolkenlose Himmel versprach nochmals milde Temperaturen und ich beschloss, an diesem Donnerstag einen Ausflug auf den Hausberg von Klausenalp, die Hochfluh, zu unternehmen. Ich verabschiedete mich zwar im Hotel in perfekter Wanderbekleidung, zog es als sehr mittelmäßig trainierter Mensch dann aber doch vor, den Höhenunterschied von rund 700 Metern mithilfe der Sesselbahn zu bewältigen.

Im Bergrestaurant genossen viele Ausflügler die immer noch kräftigen Strahlen der Höhensonne. Auch ich ließ mich von der herrlichen Kombination dieses letzten Hauches von verblassender Sommerwärme mit dem auffrischenden würzigen Herbstwind verwöhnen. Und dachte an nichts. Alles schien so einfach. So klar wie das Alpenpanorama vor mir.

Ich weiß nicht, wie lange ich mich dieser wohligen Illusion des Verdrängens hingab. Vielleicht bis mich der Kellner zum dritten Mal fragte, ob ich noch etwas wünsche, oder bis mir eine vorwitzige Dohle ihr weißes Souvenir auf die neue Wanderhose spritzte.

So machte ich mich schließlich doch auf den Rückweg, wobei ich mich selber überreden konnte, wenigstens den halben Weg bis zur Mittelstation der Sesselbahn zu Fuß zu gehen.

Ich wanderte eine Stunde über Stock und Stein, bewunderte die schon etwas verwelkenden Alpenblumen, hörte den beruhigenden Klang von Kuhglocken und ab und zu den aufmunternden Pfiff eines Murmeltiers.

In der bewirteten Alphütte bei der Mittelstation machte ich ein letztes Mal Rast.

Jemand sprach den Wirt, einen etwa fünfzigjährigen Bergbauern mit verwitterten Gesichtszügen und struppigen Haaren, als Herrn Sterchi an. Ich erinnerte mich an das alte Paar in der Konditorei und fragte den Besitzer der Alphütte, ob er mit dem ehemaligen Gemeindeschreiber Sterchi verwandt sei.

»Ein Onkel von mir.«

»Ich hörte gestern per Zufall, wie sich Marie und Köbi Sterchi über besondere Gäste auf der Klausenalp während des letzten Weltkriegs und kurz danach unterhielten.« Ich sah, wie sich die Miene des Wirts veränderte. Sie wurde verschlossen und abweisend.

Er gab keine Antwort. Als ich ihn fragend ansah, sagte er nur: »Vier Franken, bitte.«

Da war nichts zu machen. Ich zahlte und ließ mich von der Sesselbahn zurück ins Bergdorf transportieren.

Im Hotel Helvetia holte ich mir an der Rezeption den Zimmerschlüssel. Der Mann hinter der Theke sagte: »Frau Pfister hat Sie gesucht. Sie ist auf ihrem Zimmer. Soll ich Sie verbinden?«

Die Stimme der Nationalrätin war am Telefon kaum zu erkennen. Auch was sie sagte, blieb mir unverständlich.

Als ich an ihre Zimmertür klopfte, öffnete Margreth sofort und bat mich mit einer Handbewegung einzutreten.

»Was ist los mit dir?«, fragte ich sie.

»Ich habe mich verliebt. In Horst. Den Kellner, den du ja auch kennst. Unglaublich verliebt. Wie noch nie in meinem Leben.« Sie schluchzte. »Und jetzt das. Ich weiß weder aus noch ein.«

»Sag schon, was ist passiert?«

»Horst hat eine Drohung erhalten. Von der Wolf-Gruppe. Sie verlangen von mir die Herausgabe der Ferrari-Dokumentation. Sofort. Sonst werde Horst sterben.«

Das also war der Sonderauftrag des in der Schweiz verbliebenen Mitglieds der Rechtsradikalen.

Ich setzte mich und überlegte. Etwas war faul an der Sache. Denn Extremisten planen in der Regel möglichst lange voraus. Und die Liebschaft Margreths mit dem Kellner hatte nun wirklich niemand voraussehen können. Auch die rasche Reaktion der Erpresser überraschte mich. Von den Wolf-Leuten war ja nur noch einer in der Schweiz. Hatte Herrmann vielleicht hier im Bergdorf auf Margreth gewartet, um die Sache mit der Erpressung einzufädeln und dann durchzuziehen?

Ich schüttelte ratlos den Kopf und erkundigte mich bei Margreth, was sie jetzt vorhatte.

»Ich habe meinen Anwalt gebeten, die Unterlagen auf die Klausenalp zu bringen. Er wird morgen früh hier eintreffen. Bis dahin dürften wir von der Wolf-Gruppe erfahren, wie man sich die Übergabe vorstellt.«

»Hast du Horst schon gesagt, dass du die Dokumentation übergeben willst?«

»Nein. Horst ist völlig außer sich. Er wurde heute Morgen, als er auf dem Hotelvorplatz die Tische sauber machte, von Unbekannten ins Gesicht geschlagen und kann nicht mehr arbeiten.« Margreth seufzte herzzerreißend. »Die Forderung der Erpresser und die Drohung wurden ihm auf einem Zettel mitgeteilt, der gegen Mittag unter seiner Zimmertür durchgeschoben wurde.«

Sie zeigte mir ein Papier mit wenigen Zeilen in kritzeliger Schrift.

Ich steckte den Zettel in einen Umschlag und sagte Margreth, sie müsse sofort die Polizei verständigen.

»Nein, das tue ich auf keinen Fall.« Sie sah mich voller Zorn an. »Die Polizei nähme mir das Dokument weg und die Wolf-Leute würden sich an Horst rächen. Das will ich nicht.«

Da war nichts zu machen. Ich durfte wenigstens den Umschlag mit dem Drohzettel behalten und nahm mir vor, auf alle Fälle von Gunten über die neuesten Entwicklungen auf der Klausenalp zu informieren.

Paul musste die ganze Geschichte, die ich ihm kurz darauf am Telefon schilderte, offenbar zuerst geistig verarbeiten, denn es war längere Zeit still in der Leitung. Doch endlich sagte er: »Das ist eine äußerst spannende Sache. Weißt du was? Ich komme auf die Klausenalp und sehe mich dort um. Mich kennt niemand und so kann ich im Hintergrund recherchieren. Natürlich werde ich nicht im Hotel Helvetia absteigen, das ist mir zu teuer. Aber ich kenne eine kleine Pension, deren Gaststube bei Einheimischen sehr beliebt ist. Das Alpenrösli. Ich bin morgen früh oben.«

Das war eine gute Nachricht. Damit konnte ich bald auf einen erfahrenen Berater und Helfer zählen. Es ging jetzt um Schadensbegrenzung.

Beim Abendessen fehlte Margreth. Aschi teilte mit, sie leide unter starken Kopfschmerzen, und er hoffe sehr, dass »unsere Nationalrätin« morgen wieder an allen Veranstaltungen teilnehmen könne.

Ich besuchte die prominente Dame mit Liebeskummer am Abend noch kurz und fragte sie, ob es irgendetwas Neues gebe.

»Nein, die Erpresser haben sich nicht mehr gemeldet. Horst ist natürlich glücklich, dass morgen die Forderungen der Wolf-Leute erfüllt werden.« Sie schaute mich an, bekümmert und hilfsbedürftig wie ein Säugling mit vollen Windeln. »Glaubst du, Marc, dass man Horst dann in Ruhe lässt?«

Ich beruhigte die arme Frau und versprach, am nächsten Tag wieder nach ihr zu schauen.

»Du bist so lieb, Marc«, verabschiedete sie sich für die Nacht. »Das habe ich gar nicht verdient.«

Diese Feststellung Margreths entsprach ausnahmsweise einmal der Wahrheit und ich wünschte ihr eine ruhige Nacht. Falls sich Horst nicht plötzlich von all seinen Blessuren erholte, konnte das durchaus eintreffen.

*

Am Freitagmorgen traf ich von Gunten vor der Pension Alpenrösli. Der alte Kriminalist war von seiner Erkältung genesen und blickte so munter und aufgestellt wie immer in die Welt.

Nach einer herzlichen Begrüßung meinte Paul: »Gehen wir an einen stillen Ort. Ich möchte nicht, dass man uns zusammen sieht. Sonst bin ich bei den Einheimischen bereits abgestempelt als Begleiter der PdU-Leute. Die Menschen hier sind sehr aufmerksam und jede Neuigkeit macht innerhalb kürzester Zeit die Runde.«

Wir verzogen uns in den hintersten Winkel eines Touristenrestaurants. Paul bestellte sich ein reichhaltiges Frühstück und sagte beim Streichen des ersten Butterbrots so nebenbei zu mir: »Ich nehme an, dass meine Zwischenauslagen, wie jetzt fürs verspätete Morgenessen, zulasten deines Verlags gehen. Du kannst sicher solche Kleinigkeiten elegant als

Spesen abbuchen.« Er wartete wieder einmal meine Antwort nicht ab, sondern kam sofort zur Sache: »Günter Herrmann, der vierte Mann der Wolf-Gruppe, muss auf der Klausenalp sein. Natürlich unter falschem Namen. Wahrscheinlich hat er auch sein Aussehen verändert.«

Ich ging in Gedanken alle infrage kommenden Leute durch, fand niemanden, der passte, und meinte: »Der mysteriöse Mann muss sich auf irgendeine Weise über das Programm der PdU-Tagung informiert haben. Im Detail. Sonst hätte er nicht so rasch zuschlagen können.«

»Natürlich«, stimmte von Gunten bei, »und da kommt unsere liebe Käthi zum Zug. Der traue ich alles zu. Insbesondere die Gehilfenschaft bei einer Erpressung der Pfister, mit der sie ja eine besonders innige Feindschaft pflegt.«

»Das stimmt. Sie hat sich ja auch erst in letzter Minute entschieden, trotz ihres Ausschlusses aus der PdU-Leitung noch an der Tagung auf der Klausenalp teilzunehmen. Offenbar wollte sie Herrmann bei der Ausführung seines Planes hier oben tatkräftig unterstützen.« Ich nickte. »Damit konnte sie gegenüber ihren Wolf-Freunden gleichzeitig die Scharte auswetzen, die sich aus ihrem blinden Vertrauen in den Edelhelfer Ferrari ergeben hatte. Dessen Dokumentation betrifft ja nicht zuletzt auch ihre Rolle bei den geplanten Anschlägen auf das Ministertreffen.«

Von Gunten beendete endlich seine Frühstückszeremonie, stand auf und entließ mich mit den Worten: »Ich mache mich jetzt auf die Socken und höre mich um. Du kannst wieder einen Ferientag einlegen oder dich als barmherziger Samariter bei Margreth betätigen. Von Letzterem möchte ich dir aber dringend abraten.«

Er schüttelte mir kurz die Hand und fügte, bevor er verschwand, noch hinzu: »Die Witwe Pfister lebt derzeit sehr gefährlich. Fast wie Rotkäppchen im Märchen. Jeder, der ihr zu nahe kommt, begibt sich ebenfalls mitten ins Wolfsrevier.«

Der Prophezeiungsvirus war offensichtlich ansteckend. Nach Bartali schwelgte jetzt auch von Gunten in nebulösen Weissagungen. Alles nur Wichtigtuerei.

Heute war der Himmel über der Klausenalp bedeckt und so beschloss ich, bis zur Schlussveranstaltung der PdU am Nachmittag durchs lang gestreckte Bergdorf zu bummeln. Mit Hans Steiner und dessen Assistenten war ich für zwei Uhr im Hotel Helvetia verabredet.

Niemand saß auf der Terrasse der Bäckerei-Konditorei. Der auffrischende Westwind und die fehlenden Sonnenstrahlen vermiesten heute sowohl Touristen als auch Einheimischen den Aufenthalt im Freien.

Im Ladenlokal waren die Tische jedoch gut besetzt. Ich entdeckte einen freien Platz in einer Fensternische und sah die zwei älteren Damen, die bereits an diesem Tisch saßen, fragend an. Sie nickten wohlwollend.

Während der nächsten halben Stunde durfte ich mit Staunen und wachsender Bewunderung verfolgen, wie sich die beiden einheimischen Frauen mit Kalorien eindeckten. Auf einige belegte Brötchen folgten ein Streuselkuchen und mehrere Sorten Feingebäck. Heruntergespült wurde das Ganze mit Unmengen von Kaffee und später mit ebenso viel Tee.

Obschon meine Tischnachbarinnen ständig mit Kauen beschäftigt waren, versiegte ihr Redeschwall nur selten. Etwa dann, wenn sich eine der Damen am Ladentisch neue Süßspeisen beschaffen musste.

Ich achtete kaum darauf, was am Tisch geplaudert wurde. Bis eine der Klatschtanten auf ein Thema zu sprechen kam, das mich interessierte.

»Du kennst ja Köbi auch. Weißt du, dass er schon mehrmals Ausgangsverbot erhalten hat, weil er zu viel redet? Marie versucht immer, ihn zu stoppen, wenn er vom Zweiten Weltkrieg und den deutschen Spezialgästen auf der Klausenalp zu quasseln beginnt.« Die etwas jüngere Dame machte eine kurze Pause, um letzte Gebäckkrümel auf ihrem Teller mit der Gabel zu zerquetschen und anschließend in den Mund zu führen. »Wir wissen ja alle, dass dieses Thema tabu ist. Es gibt auch selten Leute vom Dorf, die sich nicht an die mehr als ein halbes Jahrhundert alte Schweigepflicht halten.«

»Keiner will unserem Dorf schaden«, sagte die zweite Einheimische. »Wenn alles publik würde, was damals bei uns so ablief, kämen nur noch ein paar spezielle Deutsche auf die Klausenalp. Und vielleicht einige wenige Sensationshungrige.«

Die beiden Tischnachbarinnen kicherten und wechselten das Gesprächsthema.

Das war echt aufschlussreich gewesen. Die Grandhotel-Geschichte auf der Klausenalp erfüllte tatsächlich alle Voraussetzungen für einen richtigen Medienknüller. Schade, dass meine Zeit als wiederauferstandener Journalist zu Ende ging. Sonst hätte ich mich sicher auf diese Story gestürzt.

Ich erhob mich und verabschiedete mich bei den beiden Damen auf Französisch. Damit sie nicht auf den Gedanken kamen, ich hätte sie belauscht.

*

Im Hotel Helvetia herrschte Unruhe. Das war einerseits meiner Kameraequipe zuzuschreiben, die ihre Geräte installierte und einige Leitungen legte. Anderseits verspürte man bereits eine gewisse Aufbruchsstimmung. Die meisten Delegierten der PdU waren im Auto angereist und räumten nun ihre Zimmer, um nach der Schlusstagung sofort wegfahren zu können. Nur der Vorstandsausschuss blieb noch bis Samstag im Hotel. Aschi hatte seine Leute zu einer Schlussbesprechung am nächsten Morgen aufgeboten. Zur Manöverkritik, wie er sagte. Offenbar hatte Münger vor längerer Zeit eine kurze Karriere im Schweizer Militär erleben dürfen, auf die er mit Stolz zurückblickte.

Ich begrüßte meine Leute vom Bären-TV und organisierte die aufzunehmenden Sequenzen. Viel war da nicht vorzubereiten. Es ging um zwei Interviews und ein paar kurze Schwenker über die Versammlung.

Dann schaute ich mich nach Margreth um. Sie hatte ihr Zimmer immer noch nicht verlassen.

»Die Erpresser haben sich erneut bei Horst gemeldet. Wieder mit einem Zettel. Die Übergabe der Dokumentation soll in der kommenden Nacht erfolgen. Zeit und Ort würden noch bekannt gegeben.« Die Politikerin hatte sich offensichtlich etwas gefangen und präsentierte sich in einer für die Schlusstagung passenden Bekleidung. Sehr chic und modisch, aber nicht zu auffallend. Ein möglichst schlichtes und trotzdem elegantes Arbeitstenü eben.

Wir vereinbarten, am Abend gegen halb zehn Uhr das weitere Vorgehen zu besprechen. Auch Horst sollte dabei sein.

Ich verlängerte an der Rezeption meine Zimmerreservation um eine Nacht und harrte gespannt der Dinge, die da auf mich zukommen würden.

Die Nachmittagstagung verlief ohne große Überraschungen. Die Arbeitsgruppen präsentierten ihre Anträge für Stellungnahmen zu aktuellen politischen Themen, die ohne große Widerstände durchgingen. Aschi setzte gegen sechs Uhr zum Schlussakkord an und zeichnete gekonnt ein Bild des nachhaltigen Erfolges und einer ständig wachsenden Bedeutung seiner Kleinpartei. Man beklatschte sich selbst ausgiebig und alle verließen schließlich den Saal in euphorischer Stimmung und in dem Bewusstsein, eine wichtige politische Funktion zu erfüllen.

Ich führte mit PdU-Präsident Münger und der neu gewählten Nationalrätin Pfister zeitlich sehr knapp bemessene Interviews und entließ dann die Kameraequipe mit meinem Kurzbericht über die Tagung und einigen Anweisungen für die Gestaltung des Beitrags. Wie ich Steiner kannte, machten er und sein Assistent unterwegs noch einen längeren Halt, um den bei Bären-TV erhöhten Spesenansatz für auswärtige Einsätze voll auszuschöpfen.

Aschi lud mich zum Nachtessen im kleinen Saal ein. Vorher telefonierte ich noch mit Paul von Gunten, vom dem ich seit unserem Treffen am Morgen nichts mehr gehört hatte. Er sagte mir, ich solle mich kurz fassen. Der Akku seines Handys sei fast leer. So setzte ich ihn in wenigen Worten über die neuesten Entwicklungen in Sachen Ferrari-Dokumentation ins Bild. Er schlug vor, mich am späten Abend, nach meiner Besprechung mit Margreth und Horst, im Alpenrösli zu treffen. Die Gaststube dort sei bis Mitternacht offen.

Beim Dinner der PdU-Führungscrew herrschte eine ausgelassene Stimmung.

Alle waren überzeugt, an der Starttagung einer neuen, erfolgreichen Partei teilgenommen zu haben. Man kam sich als Pionier der modernen Schweizer Politik vor und genoss dieses Gefühl mit geschwellter Brust. In diesem euphorischen Ambiente wurde selbst Käthi Losli geduldet, die sich ausnahmsweise recht still verhielt und versuchte, nicht besonders aufzufallen.

Nach neun Uhr verlagerte sich die angeheiterte Gesellschaft in die Bar. Margreth und ich verzogen uns fast unbemerkt. An der Rezeption ließ sich meine Begleiterin einen versiegelten Umschlag aus dem Hotelsafe aushändigen. »Mein Anwalt war hier und hat mir die Ferrari-Unterlagen ausgehändigt«, teilte sie mir mit. »Er riet mir ebenfalls, sofort die Polizei einzuschalten. Aber das mache ich natürlich nicht.«

Im Zimmer erwartete uns Horst. Ich sah den Kellner erstmals aus der Nähe. Ein junger Mann von beeindruckender Gestalt, etwa dreißig bis vierzig Jahre alt. Mit einem hübschen Gesicht, das weder auffiel noch langweilig oder ausdruckslos wirkte. Und sehr lebhaften Augen, die sofort alles erfassten, was sich in seiner Umgebung tat. Der kahle Schädel wirkte zwar etwas störend auf den Gesamteindruck, aber man gewöhnte sich rasch daran.

Er stellte sich mir als Horst Schneider aus Düsseldorf vor. Hier auf der Klausenalp sei er seit etwa zwei Wochen tätig. Während der Sommersaison habe er in Garmisch-Partenkirchen im Sporthotel gearbeitet.

Ein netter Kerl. Vielleicht etwas durchschnittlich in der Art und Weise, wie er sich gab. Aber von durchaus attraktiver Erscheinung. Ich begann, Margreth zu verstehen.

An der Stirn von Horst waren zwei große Beulen zu sehen, die sich langsam violett färbten. Und die rechte Wange war noch immer geschwollen. Als ich mich nach den Angreifern erkundigte, die ihm diese Verletzungen zugefügt hatten, sagte er: »Sie kamen von hinten, als ich morgens auf dem Vorplatz die Tische reinigte. Einer hielt mich fest und der andere versetzte mir die Schläge. Alles ging sehr schnell. Als ich mich wieder aufrichtete, waren die Angreifer verschwunden. Ich hatte gar keine Gelegenheit, sie zu sehen. Zeugen gab es auch nicht, da um diese Zeit noch kaum Passanten unterwegs sind.«

Na ja. Da war nichts zu machen. Ich fragte ihn, ob die Erpresser sich wieder gemeldet hätten.

Er reichte mir ein bekritzeltes Papier: »Nein, der letzte Kontakt war heute Morgen. Hier, mit diesem Zettel. Ich soll diese Nacht die Dokumentation übergeben. Wann und wo werde mir noch mitgeteilt.«

Damit war alles klar. Wir konnten nur noch abwarten. Horst nahm das versiegelte Kuvert und verabschiedete sich mit einem kräftigen Händedruck von mir und einem innigen Kuss von Margreth. Er sagte, er gehe jetzt in sein Zimmer im Angestelltentrakt, um dort auf weitere Anweisungen der Erpresser zu warten.

Margreth meinte, sie würde auch wach bleiben. Bevor ich auf den dummen Gedanken kommen konnte, sie auf irgendeine Weise beim Wachbleiben zu unterstützen, sagte ich: »Ich mache noch einen kurzen Verdauungsbummel. Gegen Mitternacht werde ich zurück sein. Falls du mich brauchst oder sich die Wolf-Leute erneut melden, kannst du mich jederzeit via Handy oder dann im Zimmer erreichen.«

Von Gunten empfing mich mit einem Schmunzeln: »Hast du dich von der lustigen Witwe trennen können? Oder ist sie gar nicht mehr so lustig?«

Ich verbat mir solche Sprüche und setzte mich neben Paul auf die harte Eckbank in der Alpenrösli-Gaststube.

»Was hast du den ganzen Tag gemacht?«, fragte ich ihn.

»Ich ging durchs Dorf, redete mit vielen Leuten und fotografierte Sehenswürdigkeiten.«

Ich fragte von Gunten, was er unter Sehenswürdigkeiten auf der Klausenalp verstehe.

»Es gibt einige sehr interessante Leute hier oben, die sich durchaus für einen Vergleich mit Personen auf alten Aufnahmen eignen. Konkret: Ich habe mich nach Herrmann umgesehen. Und habe ihn, so glaube ich wenigstens, schließlich auch entdeckt.«

Paul bemerkte meine Aufregung. Er legte seine Hand auf meinen Arm und sagte leise: »Ich kann dir jetzt noch nicht verraten, wen ich im Visier habe. Sonst könntest du das nächste Mal, wenn du ihn siehst, falsch reagieren und ihn so warnen.«

Das war höchst unfair. Aber ich wusste, dass sich der alte Fuchs nicht erweichen ließ und jede noch so nachdrücklich vorgetragene Bitte umsonst war.

Ich orientierte ihn über die neuesten Entwicklungen und das Treffen mit Horst.

»Das wird eine lange Nacht für Herrn Schneider«, lächelte von Gunten, »und auch für uns. Ich werde dich ins Hotel Helvetia begleiten und euch beim Warten auf die Erpresser unterstützen.« Er verzog sein Gesicht zu einer spöttischen Grimasse: »Dieses Warten könnte etwas länger dauern.«

Immer diese vagen Andeutungen. Wie ich das hasse.

Gegen halb zwölf Uhr machten wir uns auf den Weg in mein Hotel. Paul verstand es, völlig unbemerkt an der Rezeption vorbeizukommen. In meinem Zimmer richteten wir uns für eine längere Nacht ein. Von Gunten machte es sich auf dem großen Sofa bequem und ich streckte mich auf dem Bett aus.

Ich rief Margreth an und fragte, ob es Neuigkeiten gäbe.

»Nein, ich habe soeben mit Horst telefoniert. Er hat nichts gehört.« Sie werde versuchen, etwas zu schlafen.

Das war eine gute Idee. Bald darauf schnarchten Paul und ich um die Wette.

*

Gegen drei Uhr früh summte mein Handy.

Es war Margreth, die mir mitteilte, Horst habe eine Botschaft der Erpresser erhalten. Er sei übers Mobiltelefon aufgefordert worden, den Umschlag mit den Ferrari-Unterlagen sofort aus dem Fenster zu werfen.

Unter dem Zimmer von Schneider befand sich der große Hof des Hotelkomplexes; zu dieser nächtlichen Stunde lag er völlig im Dunkeln.

Von Gunten schüttelte den Kopf, als ich vorschlug, nach dem Kuvert zu suchen: »Nein, das hat keinen Sinn. Wir würden nur einen unnötigen Wirbel verursachen. Herrmann hat den Umschlag längst an sich genommen und wahrscheinlich gut versteckt.«

Ich eilte ins Zimmer von Margreth, wo sich die Politikerin offenbar bereits intensiv mit Horst beschäftigt hatte. Die beiden Verliebten sahen erleichtert, ja geradezu glücklich aus, und ich konnte guten Gewissens zu Paul zurückkehren, der schon wieder laut schnarchte.

Am nächsten Morgen schmuggelte ich meinen väterlichen Freund wieder unbemerkt an der Rezeption vorbei. Im Alpenrösli ließen wir uns ein opulentes Frühstück servieren und ich wollte herausfinden, wie sich Paul das weitere Vorgehen vorstellte.

Das war gar nicht so einfach, denn von Gunten hatte Hunger. Und in diesem Zustand neigte er jeweils zu größter Wortkargheit.

Ich versuchte es trotzdem: »Herrmann hat jetzt, was er wollte. Er wird die Ferrari-Dokumentation entweder vernichten oder sie seinen Kumpanen in Deutschland abliefern. Damit ist sein Sonderauftrag erledigt. Können wir den Fall abschließen?«

»Ich glaube kaum«, nuschelte Paul zwischen zwei Bissen. »Da ist noch eine Pendenz. Eine Person, die zu viel weiß und zu viel redet. Und die keine Politprominenz mehr ist, also unbedeutend geworden ist.«

Während von Gunten weiter mampfte, wurde mir rasch klar, wen er damit meinte. Käthi Losli natürlich. Sie hatte die Kontakte zu den deutschen Extremisten gesucht und gepflegt, wusste alles über den Fall Ferrari und hatte hier auf der Klausenalp die Fäden bei der Erpressung Margreths gezogen.

»Donnerwetter, Paul, das ist ja schrecklich. Da sitzen wir beim gemütlichen Morgenessen und die Losli schwebt in Lebensgefahr.« Ich war entsetzt über Pauls Gleichgültigkeit.

»Immer mit der Ruhe, Marc. Ich habe heute Morgen, während du noch selig schliefst und von schönen Mädchen träumtest, mit meinen Kollegen in Bern und Interlaken telefoniert. In etwa einer Stunde wird ein Detachement von sechs Polizeibeamten hier auf der Klausenalp eintreffen und Herrmann verhaften.«

»Wer ist Herrmann?«, fragte ich erregt.

Von Gunten wischte sich den Mund. Er verzichtete ausnahmsweise auf den Gebrauch des Zahnstochers, kratzte sich dafür ausgiebig am Kopf, wahrscheinlich, um seine Gedanken zu sammeln, und legte endlich los: »Meine gestrige Jagd auf Herrmann war erfolgreich. Ich fotografierte alle infrage kommenden Männer von der Seite. Es ging mir ums linke Ohr, das auf der alten Aufnahme, die du ja auch hast, bei Herrmann gut zu sehen ist. Die Ohren sind bei allen Menschen unterschiedlich in Größe, Form und Farbe. Deshalb ermöglichen sie die eindeutige Identifikation einer Person. Fast wie Fingerabdrücke.«

Er machte es wie immer spannend.

»Die kriminaltechnische Abteilung der Berner Kantonspolizei stellte aufgrund meiner Fotos fest, dass Horst Schneider mit einer Wahrscheinlichkeit von über 90 Prozent identisch ist mit Günter Herrmann.«

Mir fiel es wie Schuppen von den Augen. Natürlich. Horst war der Wolf, der sich planmäßig an Margreth herangemacht hatte, um sich die Ferrari-Papiere zu schnappen.

»Aber Schneider oder Herrmann, wie er eigentlich heißt, wurde doch vorgestern überfallen. Ich habe die Beulen und die Schwellung an seinem Kopf gesehen«, wandte ich ein.

»Die hat er sich selber zugefügt. Für einen Kriminellen dieser Klasse eine Kleinigkeit. So kann man rasch in eine Opferrolle schlüpfen und von sich ablenken. Und Verbände oder Wundpflaster am Kopf erschweren die Identifikation erheblich.« Paul stand auf: »Ich muss jetzt noch etwas im Hotel Helvetia erledigen. Wir sehen uns später.«

Und weg war er. Selbstverständlich ohne zu bezahlen oder mir fürs Frühstück zu danken. Aber das war ich ja bei ihm gewohnt.

*

In meinem Hotel versammelten sich um zehn Uhr die Mitglieder des PdU-Vorstandsausschusses zur Manöverkritik von Aschi. Ich saß im Vorraum des Konferenzzimmers und versteckte mich hinter einer Morgenzeitung.

Münger traf zuerst ein. Mit seiner Sekretärin Beatrice Stocker. Dann folgten zwei Damen und drei Herren, an deren Namen ich mich nicht mehr erinnerte. Und schließlich kam Margreth herein, dicht gefolgt von Käthi Losli.

Die Losli lebte also noch, stellte ich erleichtert fest. Aber was wollte sie an dieser Manöverkritik? Das ging sie nun wirklich nichts mehr an.

Schon nach fünf Minuten kam Käthi wieder aus dem Konferenzraum. Sie hatte sich offenbar nur von ihren ehemaligen Kolleginnen und Kollegen verabschiedet und wollte nun abreisen. Sie steuerte in Richtung Empfangshalle, wo sie ihren Koffer nahm und sich dann umsah.

In diesem Augenblick tauchte Herrmann alias Schneider im Hoteleingang auf. In Zivilkleidung, also nicht im Kellnerdress. Er winkte der Losli zu, die zu ihm eilte und ihm ihren Koffer übergab. Dann verließen die beiden das Hotel.

Was sollte und konnte ich tun?

Ihnen nachrennen und sie am Wegfahren hindern? Oder von Gunten anrufen?

Ich wählte den zweiten, einfacheren Weg. Paul antwortete prompt und ich schilderte ihm den Vorfall. Er sagte nur: »Weiß ich schon. Wir werden den beiden auf den Fersen bleiben.«

Damit war ich aus dem Spiel. Ich bummelte durchs Dorf und war gegen Mittag im Hotel zurück, als Aschi Münger gerade seine Manöverkritik beendet hatte und sich in der Halle von seinen Getreuen verabschiedete.

»So, Marc, hast du dich gut amüsiert bei uns?«, fragte er mich. Ob er damit auf meine Kontakte zu Margreth anspielte oder ob er darauf hinweisen wollte, dass mir die paar

Tage auf der Klausenalp vor allem als Erholungszeit gedient hatten?

Ich nickte unverbindlich und erkundigte mich: »Und du, Aschi, bist du zufrieden mit der Tagung? Ist Frau Losli bei euch nun endgültig weg vom Fenster?«

»Ja, Gott sei Dank. Damit können wir wieder ungestört den politischen Mittelkurs ansteuern. Und müssen uns nicht mehr mit irren rechtsextremen Ideen herumschlagen.« Münger klopfte mir auf die Schulter und sagte: »Wir sind friedliche Rebellen, die sich mit Themen befassen, die von den traditionellen Parteien über Jahre vernachlässigt worden sind. Aufräumer eben, nicht Zerstörer.«

Damit hatte Aschi recht schön die Parteilinie seiner Unzufriedenen umschrieben.

Wir verabschiedeten uns freundschaftlich und ich bedauerte es jetzt fast, in der bevorstehenden Legislaturperiode nicht mehr dabei zu sein.

Aber Ascona war ja auch sehr schön.

8

Um halb ein Uhr rief mich von Gunten an. Er sei wieder im Alpenrösli und habe vor, etwas zu essen. Ob ich auch kommen könne.

Natürlich konnte ich.

Vor Paul stand ein riesiger Suppentopf, als ich die Gaststube betrat.

»Das reicht für beide, Marc«, sagte er und rief nach einem zweiten Teller. »Die machen hier eine formidable Fleischsuppe mit viel Gemüse. Komm, setz dich.«

Wir löffelten eine Weile still vor uns hin. Dann verlor ich die Geduld.

»Nun sag schon, Paul, was ist passiert mit den beiden? Habt ihr Herrmann erwischen können?«

Von Gunten machte es diesmal gnädig. Er wischte sich nur den Mund ab und begann gleich mit seinem Bericht: »Die Polizei errichtete eine Straßensperre kurz nach dem Panorama-Restaurant. Also auf halbem Weg zwischen dem Bezirkshauptort und der Klausenalp. Ich hatte die Kollegen über den Wagentyp und das Kennzeichen des Autos von Herrmann informiert.« Nach einer völlig unnötigen Pause fügte er hinzu: »Leider bildete sich vor der Sperre eine längere Wagenkolonne, sodass die Beamten einige Zeit brauchten, um bis zum Auto von Herrmann vorzudringen. Als sie beim Wagen eintrafen, waren die beiden Insassen verschwunden. Man sucht jetzt nach ihnen auf dem Fußweg, der parallel zur Straße verläuft. Groß ausweichen können die Flüchtenden nicht, denn beidseits des Weges sind steil abfallende Felswände.«

Erneut folgte eine wortlose Phase des Suppenlöffelns.

Bis Paul den Löffel hinlegte und feststellte: »Das ist die Gelegenheit für Herrmann.«

»Wofür?«, fragte ich gespannt.

»Sich der Käthi zu entledigen, natürlich. Notfalls könnte der Kerl einen Absturz der Losli sogar als Unfall darstellen. Während der Flucht.« Von Gunten schnaubte. »Und niemand wäre in der Lage, eine solche Behauptung zu widerlegen.«

Wir blieben in der Gaststube. Nichts geschah. Paul hatte die besseren Nerven als ich. Er döste vor sich hin, während ich auf dem harten Stuhl hin und her rutschte und mehrmals die Toilette aufsuchte. Nur um mir die Beine vertreten zu können.

Kurz nach drei Uhr summte das Handy meines Begleiters.

Er nahm die Mitteilung mit einem »Aha«, einem »Oh« und einem »O.k.« entgegen. Offenbar enthielt sie sowohl gute als auch schlechte Nachrichten.

Natürlich musste ich ihn wieder einmal dazu drängen, mich auch zu informieren. Er zierte sich wie üblich und sagte dann: »Es war Neuenschwander. Sie haben die beiden Flüchtigen nicht fassen können. Herrmann hat es offenbar geschafft, über einen steilen Abstieg zu entkommen, den Forstarbeiter bei ihren periodischen Kontrollgängen benutzen. Die Losli hätte ihn bei dieser Klettertour unmöglich begleiten können. Wir nehmen daher an, dass Herrmann sie beseitigt hat. Man sucht jetzt die ganze Wand nach ihr ab.«

»Martin wird uns über die Ergebnisse dieser Suchaktion orientieren. Das dauert wahrscheinlich. Bis dahin haben wir

Zeit für einen Spaziergang durchs Dorf.« Von Gunten zupfte mich am Ärmel: »Du kannst dann am Abend mit mir nach Bern zurückfahren. Ein Wagen der Kantonspolizei wird uns gegen sechs Uhr abholen.«

In der Ferne hörte man Helikoptergeräusche. Sonst war es recht still im Oberländer Feriendorf. Für die Hotels hatte die Zwischensaison begonnen und an diesem windigen Spätherbsttag gab es nur wenige Passanten.

Beim Bummeln ließen wir uns den ganzen Fall nochmals durch den Kopf gehen. Die meisten Fragen waren beantwortet, aber etwas musste ich doch noch wissen: »Weiß man eigentlich, wer mich damals beim Joggen verprügelt hat? Und wieso?«

»Das waren zweifellos die Brüder aus Mailand, die im Auftrag des Drogenkartells die Ausstände bei Bruno eintreiben sollten.« Paul grinste. »Du warst einfach zur falschen Zeit am falschen Ort. Als du frühmorgens im Trainingsanzug von Bruno aus Margreths Wohnung kamst, nahmen die beiden Gangster an, du seist der Gesuchte. Sie verabreichten dir auftragsgemäß eine tüchtige Abreibung. Als letzte Warnung sozusagen, wie das in diesen Kreisen üblich ist.«

Von Gunten kicherte noch eine Weile, dann gab er endlich Ruhe. Mir fiel Margreth ein, die jetzt wahrscheinlich nach ihrem Geliebten suchte. Ich fragte Paul, ob sich jemand ihrer annehme.

»Neuenschwander hat ein Care-Team aufgeboten, das sich um Frau Pfister kümmert.« Mein Begleiter sah mich von der Seite her spöttisch an: »Du musst also bei ihr deine besonderen Fähigkeiten als Tröster nicht mehr einsetzen.«

Dumme Bemerkung.

Ich lenkte rasch von diesem unangenehmen Thema ab, indem ich wissen wollte, ob es nun klar sei, wer den Lobbyisten Ferrari umgebracht hatte. Paul schüttelte den Kopf: »Bis Herrmann gefasst ist, bleibt das offen. Sowohl er als auch die

Losli hatten an der PdU-Versammlung Gelegenheit, Ferrari das Gift zu verabreichen.«

Unser Verdauungsspaziergang zeigte Wirkung. Von Gunten steuerte zielbewusst auf die Bäckerei-Konditorei zu und brummte: »Die Fleischsuppe war herrlich. Aber jetzt muss ich etwas Süßes haben.«

Paul schaufelte sich am Ladentisch mehrere Patisserievarianten auf den Teller und setzte sich an den nächstgelegenen Tisch, wo er sich sofort intensiv mit den Kalorienbomben beschäftigte.

Ich erinnerte mich gerade noch rechtzeitig an eine kritische Bemerkung Margreths, die meinen in letzter Zeit leicht gewachsenen Bauchansatz betroffen hatte, und widerstand den süßen Verlockungen.

Von Gunten war für einige Zeit nicht zu sprechen. Als ich mich nach einer Tageszeitung umsehen wollte, summte sein Handy. Neuenschwander teilte mit, dass die Leiche von Käthi Losli auf einem Felsabsatz unter dem Panoramarestaurant entdeckt worden war. Die Tote sei bereits geborgen und nach Bern überführt worden. Zur Obduktion. Von Herrmann fehle nach wie vor jede Spur. Die Polizei habe das Gebiet großräumig abgesperrt und man hoffe, den Flüchtigen an einer Straßensperre oder einem Bahnhof abzufangen.

Kurz vor sechs Uhr traf ein Streifenwagen der Kantonspolizei ein, der Paul und mich abholte. Der Fahrer wusste nichts Neues. Die Großfahndung nach Herrmann war noch voll im Gang.

Wir plauderten bis Bern über dies und das. Natürlich auch über die Ereignisse des Tages. Als ich bemerkte, die Wolf-Leute hätten nun also leider doch ihr Ziel erreicht, erwiderte Paul nur: »Fast.« Eine sibyllinische Antwort.

*

Am Dienstagmorgen fand eine Medienkonferenz der Kantonspolizei im Amtshaus des oberländischen Bezirkshauptortes statt.

Kommissär Martin Neuenschwander skizzierte die Vorgeschichte des Mordfalles Losli, ohne allzu sehr in Einzelheiten zu gehen. So vermied er es unter anderem, einen Bezug zum Ferrari-Fall herzustellen, und auch die Aktivitäten der deutschen Wolf-Gruppe in der Schweiz blieben unerwähnt. Günter Herrmann wurde als Einzeltäter dargestellt. Sein Versuch, sich an die wohlhabende Käthi Losli heranzumachen und sie um einen Teil ihres Vermögens zu erleichtern, sei gescheitert und er habe sich schließlich der ihm immer lästiger werdenden Dame entledigt.

Die Fahndung nach ihm lief noch auf Hochtouren. An einer Straßensperre hatte eine Autofahrerin am Samstag ausgesagt, sie habe einen jungen Mann mit Rucksack bis nach Thun mitgenommen. Sie erkannte Herrmann aufgrund der Polizeifotos. Der Flüchtige trage jetzt aber eine tief in die Stirn gezogene Strickmütze.

Nach der Medienorientierung zog mich Neuenschwander in ein benachbartes Sitzungszimmer. Er bat mich eindringlich, seine abgespeckte Version des Mordfalles zu übernehmen. Der Schweizer Nachrichtendienst habe sich eingeschaltet und angeordnet, dass die Tätigkeit der Wolf-Gruppe im Zusammenhang mit dem Justizministertreffen nicht publik werden dürfe. Dazu gehöre auch der Giftmord an Maxim Ferrari, der für die deutschen Radikalen arbeitete.

»Und der Tod von Bruno Pfister ist ja eine ganz andere Geschichte«, fügte der Kommissär bei. »Der hat sowieso nichts mit Frau Losli zu tun.«

Er lächelte mich freundlich an, drückte mir die Hand und verschwand.

Mein Beitrag in den Abendnachrichten von Bären-TV war eine reine Pflichtübung. Ich hielt mich weitgehend an die Anweisungen Neuenschwanders und deutete nur an wenigen Stellen des Berichts vage an, dass allenfalls noch andere Kreise vom Mord betroffen waren. Der Beitrag kam trotzdem einigermaßen an und sogar Wenger meinte am nächsten Morgen: »Das war zwar kein Knüller, aber gutes Medienhandwerk. Danke, Marc.«

Als mein Verleger außer Sicht war, streckte ich ihm die Zunge heraus. Wenn Wenger gewusst hätte, was für eine Sensation uns gerade entging, wäre er wohl reif für den Psychiater gewesen.

*

Die restliche Zeit meines stellvertretenden Einsatzes bei Bären-TV verging nur allzu rasch.

In der letzten Woche vor meiner Rückkehr nach Ascona räumte ich das Pult für Erich Hartmann und machte meine Ehrenrunde bei Freunden und Bekannten in Bern. Von Gunten lud mich zu einem Käsefondue in seiner Wohnung ein, was eine außerordentliche Ehre war, denn der alte Kriminalist empfing sonst nie Gäste zu Hause.

Ich war natürlich gespannt, wie es bei Paul aussehen würde.

Er begrüßte mich in einer Vierzimmerwohnung im Kirchenfeld-Quartier, einer durchaus guten Adresse in Bern, und führte mich stolz durch sein Domizil. Entweder hatte der liebe Kerl eigens für meinen Besuch die ganze Wohnung aufgeräumt oder er lebte tatsächlich in einem so wohlgeordneten Ambiente, wie ich es ihm nicht zugetraut hätte.

Von Gunten bewirtete mich fürstlich und das Käsefondue schmeckte vorzüglich. Ich wusste, was alles bei der Zubereitung dieser Speise schiefgehen kann, und drückte dem Gastgeber denn auch meine uneingeschränkte Bewunderung für seine Kochkunst aus.

Beim abschließenden Espresso mit viel Kirschwasser gerieten wir ins Plaudern und Fachsimpeln. Wir erinnerten uns an gemeinsam Erlebtes während meiner Zeit als Sendeleiter und kamen dabei natürlich auch auf Kriminalfälle zu sprechen.

»Eigentlich schade, dass man sich an die Auflösung dieser Verbrechen mit der Zeit kaum mehr erinnert«, sagte ich. »Man sollte sich Souvenirs aufbewahren. Wenigstens von den wichtigsten und interessantesten Fällen. In einer Art Kriminalmuseum.«

»Du hast recht, Marc«, erwiderte von Gunten. »Das habe ich mir jeweils auch gedacht.« Und nach einer Pause ließ er mich wissen: »Und entsprechend gehandelt. Vielleicht nicht immer regelkonform oder unseren Reglementen entsprechend.« Er kicherte. »Deshalb lade ich auch nicht allzu viele Leute in meine Wohnung ein.«

Wir begaben uns in sein Arbeitszimmer, wo sich ein großer Glasschrank über eine ganze Wand erstreckte. Er war gefüllt mit kuriosen Dingen. Kleine weiße Schilder gaben Auskunft über den Ursprung der Gegenstände und die damit zusammenhängenden Fälle.

»Das ist mein privates Kriminalmuseum«, sagte Paul stolz.

Ich schaute mir die seltsamen Sachen näher an. Da lagen Patronenkugeln neben Messern und Schlingen, verschmutzte Stoffreste neben Schuhsohlenabdrücken, kleine Dosen mit dem Giftsignet neben einer Dynamitkapsel. Und in einem Regal waren zahlreiche Schriftstücke und Belege ausgestellt.

Mehrere Exponate stammten aus der Zeit, als Paul von Gunten als amtierender Kommissär und ich als Sendeleiter von Bären-TV gemeinsam in etlichen Kriminalfällen ermittelt hatten. So ein leicht angerosteter großer Schlüssel und das Foto eines bekannten Gemäldes von Cézanne. Mit dem Schlüssel hatte sich seinerzeit ein Mörderduo über die Geheimtreppe im Hotel Bellevue des Alpes auf der Kleinen Scheidegg Zutritt ins Schlafzimmer des Konzernchefs verschafft und das intensive Rot der Äpfel auf dem Cézanne-Stillleben war von Gunten und mir bei der Aufklärung eines Mordfalles im Zusammenhang mit kostbarem Raubgut behilflich gewesen.

Ich nickte anerkennend und sagte lachend: »Hoffentlich hast du die Dynamitkapsel entschärft.«

»Natürlich. Ich will ja nicht das ganze Haus einstürzen lassen. Auch die Giftdosen sind leer.« Von Gunten sah mich von der Seite her an: »Hast du meine neueste Errungenschaft bei den Papieren schon entdeckt?«

Ich beugte mich zum Regal mit den Schriftstücken und stieß einen Schrei aus: »Das ist doch nicht möglich.«

Vor mir lag der Umschlag der Ferrari-Dokumentation, versehen mit dem Siegel und den Schriftzügen des verstorbenen Lobbyisten. Auf dem Hinweisschild stand, zusammen mit dem Datum des Verbrechens und dem Fundort der Leiche: Mordfall Käthi Losli.

»Wie bist du nur zu diesen Unterlagen gekommen, Paul?«, fragte ich erregt. »Alle meinen doch, Herrmann sei damit geflohen.«

»Vielleicht erinnerst du dich noch. Damals auf der Klausenalp. Am Samstagmorgen nach dem Frühstück im Alpenrösli.« Von Gunten machte es noch einmal spannend. »Als ich ins Hotel Helvetia ging, um was zu erledigen.«

»Ja, ich weiß. Aber wo waren die Dokumente?«

»Im Auto von Herrmann alias Schneider. Unter der Abdeckung der linken hinteren Tür. Ich behändigte die Papiere und nahm an, Herrmann werde sich bald absetzen und keine Zeit mehr haben, vor der Abfahrt nach dem Umschlag zu sehen. So war es auch.«

»Aber wo sind die Unterlagen jetzt?«

Paul schmunzelte: »Ich übergab sie dem Schweizer Nachrichtendienst, der eine Kopie davon an den deutschen BND weiterleitete. Wie das im neuesten Abkommen der Justizminister vorgesehen ist. Als Dank überließ man mir das Originalkuvert.«

Günter Herrmann war also mit leeren Händen zu seinem Wolfsrudel nach Deutschland zurückgekehrt. Die Radikalen mussten sich nun auf einiges gefasst machen, da der BND aufgrund der Ferrari-Informationen gezielter gegen die Gruppe vorgehen konnte.

Ich freute mich noch lange darüber.

In Ascona feierten wir mit Enrico Bartali meine Rückkehr und stießen bei einem feinen Merlot auch auf Paul von Gunten und dessen Sieg über die deutschen Rechtsextremen an.

Unser Hausfreund erkundigte sich, wann wir nach Arosa gehen würden. Und erinnerte uns gleichzeitig erneut an sein auf uns wartendes Hochzeitsgeschenk.

»Bald, Enrico, bald«, sagte Nina. »Hab noch etwas Geduld mit Marco.«

Aber das ist bereits die nächste Geschichte.

TEIL II

1

Die Rhätische Bahn kurvte durch das Schanfigger-Tal in Richtung Arosa. Ab und zu quietschten die Räder. Sonst herrschte fast ehrfürchtige Stille im Wagen. Alles schaute gebannt auf die weiße Pracht, die seit einer Stunde wie ein touristischer Werbefilm vor den Fenstern vorbeizog.

Im hellen Sonnenlicht unter tiefblauem Himmel glitzerte viel Neuschnee und versprach beste Wintersportverhältnisse in dem hoch gelegenen Kurort. Nina und ich ließen uns vom Staunen der vielen Touristen anstecken. Alltagssorgen verblassten. Wir fühlten, wie wir uns entspannten und wie sich eine unbeschwerte Urlaubsstimmung in unseren Köpfen ausbreitete. Vierzehn herrliche Ferientage lagen vor uns, gestiftet von Enrico Bartali, unserem Hausfreund in Ascona. Als Verlobungsgeschenk.

Nach ein paar weiteren engen Kurven zeigten sich die ersten Häuser von Arosa. Ich erinnerte mich an einen Ferienaufenthalt vor vielen, vielen Jahren. Damals, es war in den Siebzigerjahren des letzten Jahrhunderts, begleitete ich meinen Vater während einer längeren Erholungskur. Er musste sich nach einer schweren Krankheit in einer Klinik, ich glaube, sie hieß Altein, einer Reha-Behandlung unterziehen. Dabei hatte ich natürlich viel Zeit für individuelle Aktivitäten und lernte so Arosa sehr gut kennen.

Der Bahnhof hatte sich in den fast vierzig Jahren kaum verändert. Noch immer standen auf dem Vorplatz neben den Taxis einige Pferdeschlitten und an der Theke der kleinen Stehbar beim Kiosk wärmten sich die Fahrer und Kutscher mit einem heißen Getränk auf. Einzig die Hotelportiers, die sich früher bei jeder Bahnankunft in einer Reihe aufgestellt und um die Gäste ihres Hauses bemüht hatten, waren nicht mehr zu sehen. Mit ihren Mützen, auf denen jeweils der Name des Hotels in großen goldenen Lettern stand, hatten sie mich damals außerordentlich beeindruckt.

Nina und ich ließen uns mit einem Taxi zum Weisshorn-Palace, einem Fünfsternehotel, fahren. Wir wurden fürstlich empfangen. Ein Hotelboy riss die Autotüren auf und half Nina beim Aussteigen, legte unser Gepäck auf den Trolley und ging uns voran in die Hotelhalle, wo wir vom Concierge mit einem höflichen Bückling begrüßt wurden.

In der Lobby, die fast das ganze Erdgeschoss einnahm, räkelten sich an diesem späten Sonntagnachmittag die Hotelgäste lässig auf weichen Ledersesseln und -sofas, und in einer Ecke spielte ein Barpianist Evergreens. Eine künstliche Atmosphäre, wie von einem Regisseur für Filmaufnahmen über das Leben der oberen Zehntausend gestaltet. Mit dem Unterschied natürlich, dass sich die Akteure hier nicht als Statisten, sondern durchwegs als Hauptdarsteller fühlten. Oder sollte man sagen als Stars? Ihre Gesichter drückten denn auch die in diesen Kreisen weit verbreitete ständige Langeweile aus, die nur ab und zu von einem Ausdruck demonstrativen Leidens abgelöst wurde. Begleitet wurde diese Nachmittagsshow des Geldadels von einem ständigen Geplapper, das kaum je den Geräuschpegel eines mittleren Froschweihers unterschritt und durch regelmäßig ertönende schrille Lacher ergänzt wurde.

Nina grinste, als sie mich bei meiner Kurzanalyse der auserlesenen Schar von Mitgästen ertappte: »Du kannst es einfach nicht lassen, Lieber. Der Journalist in dir regt sich auch im Augenblick der Entspannung.« Sie boxte mich leicht in die Seite: »Lass die Leute. Wir werden sie nach diesen zwei Wochen ja sowieso nie mehr sehen.«

Der Oberkellner näherte sich uns mit einem Champagnerkübel und fragte: »Dürfen wir Ihnen im Namen des Hauses einen kleinen Wellcome-Drink servieren?«

Sie durften. Wir setzten uns an einen kleinen Tisch in der Ecke der Bar und stießen auf schöne Ferientage an. Natürlich ohne die Sektgläser klingen zu lassen. Das gehörte sich in diesem feinen Ambiente nicht.

In der Mitte der großen Halle residierte ein kleiner Mann von etwa fünfundsiebzig Jahren. Er war ganz offensichtlich der ungekrönte König dieser vornehmen Leute hier. Wahrscheinlich ein besonders reicher und einflussreicher Mensch. Der Platzhirsch saß allein an einem großen Tisch. Von den Vorübergehenden wurde er stets mit einem liebenswürdigen Lächeln bedacht. Er erwiderte diesen Gruß entweder gar nicht oder mit einem gnädigen Nicken. Nur in seltensten Fällen verzog er kurz die Mundwinkel. Wie es eben die ausgeklügelte Hackordnung des Geldadels so erforderte.

Als wir nach einer guten halben Stunde aufbrachen, kamen wir auf dem Weg zu den Liften in die Nähe des gesellschaftlichen Mittelpunkts. Der wichtige Alte übersah uns geflissentlich. Ihm unbekannte, neue Gäste existierten für ihn ganz offensichtlich überhaupt nicht.

Wir speisten vorzüglich und verbrachten einen Teil des Abends in der Disco unseres Hotels. Nina schmiegte sich beim Tanzen wie einst im Mai an mich und ich fühlte mich um mindestens zwanzig Jahre jünger. Was sich natürlich in dieser Nacht auszahlte.

Ein wunderbares, sicher auch nachhaltiges Erlebnis. Enrico sei Dank.

Am darauffolgenden Tag beschloss Nina, Skiunterricht zu nehmen. Sie war als junge Frau des Öfteren Ski gefahren. Dann gab es eine bis heute andauernde Unterbrechung, als sie in Ascona den Barbetrieb übernahm und kaum mehr Zeit für Winterferien hatte. Und wahrscheinlich auch kein Geld.

Ich erkundigte mich wohlweislich nicht, mit wem sich Nina seinerzeit beim Wintersport vergnügt hatte. Aber mir war wohl im Gesicht abzulesen, dass mir ihr Wunsch, wieder mit dem Skifahren zu beginnen, keine allzu große Freude bereitete.

»Sei nicht kindisch, Liebster.« Nina lachte mich an. Und wahrscheinlich auch aus. »Das hat doch nichts mit früher zu tun. Ich möchte einfach wieder einmal so richtig Sport treiben. Und Skifahren ist herrlich.«

Wir ließen uns vom Concierge einen Privatskilehrer empfehlen. Hans Meissen, so hieß der Fachmann, war gerade frei und traf schon eine Stunde später im Hotel ein. Der mittelgroße Mann im eleganten Skilehrerdress begrüßte uns wie Altbekannte und sagte fröhlich: »Ich bin Hans. Ihr könnt mich aber auch Johnny nennen.«

Johnny bot uns zuerst einen Ehepaar-Unterricht an, was ich entsetzt zurückwies. Nicht wegen der Bezeichnung Ehepaar, sondern aus denselben Gründen, die mich in Ascona vom täglichen Frühjoggen mit Nina abhalten. Ich bin schlicht und einfach etwas unsportlich veranlagt, verabscheue also alle unter den Sammelbegriff Sport fallenden freiwilligen körperlichen Anstrengungen von ganzem Herzen. Fast ebenso sehr wie selbst verordnete Sporttorturen hasse ich den modernen Wellness-Rummel. So mache ich jeweils einen großen Bogen um Spa-Ressorts großer Hotels. Auch hier im Weisshorn-Palace. Anders Nina. Die freut sich über luxuriöse Hallenbäder und Spa-Tempel jeder Art.

Nach zehn Minuten verschwand der Skilehrer mit meiner Verlobten im nächstgelegenen Sportladen des Dorfes, um die nötige Skiausrüstung zu mieten. Man vereinbarte anschließend eine Doppelstunde am Nachmittag und Nina lud Meissen zu einem Aperitif im Weisshorn-Palace ein. Zu einem Start- und Begrüßungsdrink, wie sie meinte.

Ich fügte mich diesem komischen Brauch eher widerwillig. Es wurde aber dann doch noch recht lustig und wir plauderten über eine Stunde in der Hotelbar, stießen mehrmals an und waren bald alle per Du. Hans kannte als Einheimischer die meisten Stammgäste der nobleren Hotels. So auch den alten Wichtigtuer, der mir gestern als Leithammel unserer Nobelschafe aufgefallen war.

»Das ist Conrad von Hertzingen, ein deutscher Baron. Oder sagt man Freiherr? Ich verwechsle das immer«, sagte Johnny. »Er kommt jedes Jahr drei- bis viermal ins Weisshorn-Palace, wo er als unbestrittener Chef des vornehmen Haufens jeweils einen Monat lang den gesellschaftlichen Ton angibt. « Er lachte vergnügt. »Es gibt nur einen, der ihm diese Position strittig macht. Und der wird wohl noch heute hier eintreffen. Manfred Latzmann, Hauptaktionär des gleichnamigen deutschen Industriekonzerns und um einiges reicher als unser Baron. Das wird wie immer einen Hahnenkampf erster Güte geben.«

Latzmann war, wie wir erfuhren, etwas über siebzig Jahre alt, aber noch sehr sportlich. Er fuhr täglich Ski und wurde dabei während seines Aroser Aufenthalts stets von Meissen betreut. »Ich werde also ab morgen jeweils einen halben Tag mit dem Grandchef unterwegs sein. Für dich, Nina, reserviere ich den anderen halben Tag.« Hans grinste übers ganze Gesicht: »Um mich dabei von Latzmann zu erholen.«

Das waren ja schöne Aussichten. Bevor ich einen faulen Spruch von mir geben konnte, fragte Nina den Skilehrer: »Vorhin, im Sportgeschäft, sagte jemand Gigi zu dir. Hast du zwei Vornamen, Johnny? Oder besser gesagt drei?«

»Nein, Gigi ist ein blöder Übername. Seit den frühen

Siebzigerjahren des letzten Jahrhunderts, als der Song ›Gigi von Arosa‹ im ganzen Land Furore machte, wird immer ein Skilehrer als Gigi bezeichnet.« Hans lächelte etwas verlegen. »Gegenwärtig bin ich halt dieser Gigi. Das ist eine dumme Sitte.«

Später erfuhren wir, dass die Aroser Skilehrer ihren Gigi immer für zwei Jahre auswählten. Kriterien für diese durchaus ehrenhafte Verleihung des Namens waren die Beliebtheit bei den Skischülerinnen, der Bekanntheitsgrad bei den Gästen und das Auftreten ganz allgemein. Wobei das Schwergewicht natürlich bei den jungen Damen lag.

Wie dem auch sei, Johnny machte Eindruck. Nicht nur bei seinen Kollegen und Kolleginnen. Auch bei Nina. Das war offensichtlich.

Ich beschloss, mich von solchen Nebensächlichkeiten nicht beeindrucken zu lassen.

Meine Liebste ging am Nachmittag mit ihrem Skilehrer auf die Piste und ich machte mir einen vergnügten freien halben Tag. Bei schönstem Sonnenschein spazierte ich über den Arlenwaldweg, freute mich am herrlichen Bergpanorama und genoss in den Bergrestaurants einige Spezialkaffees – mit sehr wenig schwarzem Kaffee und dafür umso mehr Grappa.

Als ich ins Hotel zurückkehrte, war ich nicht mehr ganz nüchtern. Nina war noch nicht da und so setzte ich mich im Hotelfoyer in einen Ledersessel. Bevor ich ganz in diesem äußerst bequemen, aber besitzergreifenden Möbel versank, bat ich den Kellner, mich in spätestens einer Stunde zu wecken, falls ich eindösen sollte.

Ich schlummerte sofort friedlich ein.

Es war nicht der Kellner, der mich weckte, sondern laute Stimmen von der nahen Rezeption.

Ein sehr elegant gekleideter älterer Mann beklagte sich beim Concierge über den miserablen Empfang, wie er sich ausdrückte. Er sei es gewohnt, von einem Direktionsmitglied des Hotels begrüßt zu werden. Nicht von einem Hotelboy. Dieser Lausebengel da draußen habe zudem keine Manieren und sei auch unordentlich gekleidet. Zwei Knöpfe der Uniformjacke seien offen gewesen. Und dann die Warterei an der Rezeption. Er habe über drei Minuten anstehen müssen, bis er bedient wurde. Das sei eines Hauses dieser Kategorie einfach nicht würdig.

Einen Schritt hinter dem sich immer mehr ereifernden Herrn stand ein Hüne. Im Chauffeurtenü, die Fahrermütze unter den linken Arm geklemmt. Auf einem Rollwägelchen des Hotels lagen drei Riesenkoffer und zwei kleinere Metallkoffer. Der große Mann wehrte gerade zwei Bedienstete des Hauses ab, welche die Gepäckstücke an sich nehmen und über den Servicelift aufs Zimmer des neuen Gastes bringen wollten.

Auf einen herrischen Wink des Alten übergab der Fahrer die beiden kleinen Koffer dem Concierge.

»Sofort in den Hotelsafe«, befahl der neue Gast. »Herausgabe nur gegen Vollmacht.«

»Natürlich, Herr Latzmann, natürlich. Wie immer.« Der Mann hinter den Empfangstresen wiederholte sich vor lauter Ehrerbietung: »Wie immer.«

Der inzwischen herbeigeeilte Hoteldirektor beruhigte den Nobelgast. Er zog ihn in eine Ecke der Empfangshalle und redete lange auf den erzürnten Alten ein. Mit Erfolg, denn der Neuangekommene winkte schließlich seinen Chauffeur zu sich und gab ihm den Befehl, die restlichen Koffer aufs Zimmer zu schaffen und auszupacken.

Ich grinste. Ein charmantes Kerlchen. Passte eigentlich nicht schlecht in diese abgehobene Meute hier.

Bald traf auch Nina ein. Sie strahlte wie ein frisch gebadeter Säugling und verabschiedete sich von ihrem Johnny mit einem Wangenkuss. Na ja, das ging ja gerade noch.

»Toll, Marco, wirklich toll. Ich bin schon vom Weisshorn

hinuntergefahren. Und das nach über zehn Jahren ohne Skifahren.« Nina umarmte mich und versprühte so viel Lebenslust, dass ich mich mit ihr freute und den Skilehrer vergaß.

Nach dem Nachtessen zog es uns für einen Schlummertrunk in die Hotelhalle. Zum Tanzen hatten wir heute keine Lust. Dazu war Nina nach ihrem fulminanten Neustart in den Skisport auch viel zu müde.

Am Prominententisch in der Hallenmitte saß diesmal nicht der Baron, sondern Latzmann. Er schien von den Nobelgästen sofort als neuer Leithammel anerkannt worden zu sein, denn alle grüßten beim Vorbeigehen nun auch ihn mit einem nichtssagenden Lächeln. Seine Reaktion auf dieses Zeichen selbstverständlicher Akzeptanz der gegebenen gesellschaftlichen Rangordnung war genau gleich wie bei Conrad von Hertzingen. Er ignorierte oder nickte. Nur lächeln sah ich ihn nie. Vielleicht gab es derzeit keine Gäste, die er dieser huldvollen Geste würdig fand.

Der entthronte Baron ließ sich nicht blicken. Wohlweislich. Denn er hätte bei einer Auseinandersetzung mit dem Wirtschaftsmagnaten heute zweifellos den Kürzeren gezogen. Ich war gespannt, ob damit der Kampf um die Vorherrschaft bereits entschieden war oder ob es in den nächsten Tagen doch noch zu einer Konfrontation der beiden alten Häuptlinge kommen würde.

*

Johnny betreute Nina hervorragend. Sie machte täglich Fortschritte und konnte nun bereits die schwärzeste Piste mit Eleganz meistern.

Bei Latzmann war der Skilehrer offenbar weniger als Instruktor denn als Begleiter im Einsatz, der während der Ausflüge in die großartige Skiarena Arosas für das Wohl seines Kunden sorgen musste. Und wahrscheinlich auch für dessen Sicherheit. Nina erzählte mir, der stämmige Chauffeur des

Magnaten sei sonst auch als Leibwächter tätig. Da er aber nicht Ski fahren könne, müsse halt Meissen unterwegs auf Latzmann aufpassen.

Wovor fürchtete sich der Industrielle?

Nach ein paar Tagen lud Nina ihren Skilehrer nach dem Unterricht zu einem Glas Wein ins Hotel Weisshorn-Palace ein. Sie hatte mir das per SMS mitgeteilt und ich erwartete die beiden an der Bar. Johnny taute bei diesem gemütlichen Zusammensein auf und erzählte uns kleine Erlebnisse mit berühmten oder seltsamen Kunden. Dabei kamen wir natürlich auch auf Latzmann zu sprechen.

Johnny gab bereitwillig Auskunft über seinen noblen deutschen Gast. Die Familie Latzmann sei seit Generationen im Besitz großer Manufakturen in Deutschland und der einundsiebzigjährige Manfred der Letzte dieser berühmten Dynastie. Seine Blütezeit habe das Industrieimperium Latzmann während des Zweiten Weltkriegs erlebt, als die Kriegsmaschinerie Hitlers über ganz Europa hinwegrollte. Es gebe viele Geschichten und Gerüchte über enge Beziehungen der Besitzerfamilie zu den Nazis, auch über Einsätze von KZ-Häftlingen bei der Waffenproduktion. Aber niemand wisse etwas Konkretes und das Thema sei absolut tabu. Latzmann lasse sofort jeden wegen Verleumdung verklagen, der sich auch nur andeutungsweise negativ zur Geschichte seiner Dynastie äußere. Nach dem Krieg habe sich die Familie Latzmann dank einer besonderen Fürsprache der amerikanischen Besatzungsmacht, die großes Interesse an einigen speziellen Produkten der Latzmann-Werke zeigte, allen Nachforschungen und auch den gerichtlichen Konsequenzen bezüglich ihrer Nazi-Kooperation entziehen können.

Das war zwar interessant, für mich aber ohne Belang. Dass Manfred Latzmann sich nicht nur mit dem Verhalten früherer Generationen seiner Familie auseinandersetzen musste, sondern offenbar auch mit ganz aktuellen gesundheitlichen

Problemen konfrontiert war, wurde am nächsten Tag ersichtlich, als der Auslieferungsdienst der Dorfapotheke an der Hotelrezeption ein Päckchen für den deutschen Industriellen abgab. Der Fahrer sagte laut zum Concierge, dass das neue, stärkere Medikament zur Blutverdünnung täglich nach dem Frühstück eingenommen werden müsse. Ich war zufällig in der Nähe und hörte, wie der Mann hinter dem Tresen antwortete, er werde das ausrichten.

An diesem Abend gab es dann doch noch ein Kurzduell der beiden Alten um die Rudelführung im Weisshorn-Palace. Baron Conrad von Hertzingen wollte in der Hotelhalle seinen üblichen Schlummertrunk genießen und steuerte auf seinen Tisch in der Saalmitte zu. Der war aber schon besetzt durch Latzmann. Die nun folgende Auseinandersetzung der beiden noblen Alten hätte als bühnenreifer Kurzsketch bei jedem Humorfestival eingesetzt werden können.

Die Streithähne waren offenbar nicht zum ersten Mal aneinandergeraten. Sie beendeten ihre Auseinandersetzung denn auch im richtigen Augenblick, also bevor die Hoteldirektion eingreifen musste oder es gar zu Handgreiflichkeiten kam. Der eine blieb mit überheblicher Miene sitzen, der andere ließ sich mit hochrotem Kopf vom Oberkellner einen anderen Tisch zuweisen. Am Rande der Manege, weit weg vom improvisierten Kampfplatz.

Die Nobelgäste hatten den Hahnenkampf mit sehr distanziertem Interesse verfolgt. Kundgebungen des Beifalls oder des Missfallens waren also ausgeblieben. Man nahm den an sich selbstverständlichen Ausgang der Auseinandersetzung einfach zur Kenntnis und wandte sich wieder dem üblichen abendlichen Small Talk zu.

Nina und ich standen während des Wortgefechts der Alten an der Bar. Wir mussten uns an der Theke festhalten, um nicht laut herauszulachen. Auch der Kellner hinter dem Tresen schmunzelte. Er zwinkerte mir zu und sagte leise: »Die beiden Herren kennen sich seit Jahren und haben schon zusammen bei mir in friedlichster Eintracht gezecht. Aber ab und zu müssen sie sich wohl duellieren, um sich selbst ihren Status zu bestätigen.« Als ich ihn fragte, ob Latzmann immer so empfindlich reagiere, zuckte der Barkeeper nur mit den Schultern. Er wollte damit wohl andeuten, dass er grundsätzlich nicht über Gäste rede. Seinen spontanen Kommentar über den kurzen Streit bedauerte er sicher bereits.

Johnny, der am nächsten Tag Nina über Mittag betreute, zeigte keine derartigen Skrupel, sondern plauderte beim Imbiss in der Skihütte munter drauflos: »Manfred ist ein Choleriker. Ab und zu kann er ganz nett sein, aber wenn er glaubt, jemand komme ihm in die Quere, dann wird er richtig bösartig.« Er lachte: »Vor zwei Jahren kam es zu einem Wortwechsel mit dem Mann an der Rezeption des Weisshorn-Palace-Hotels. Latzmann ließ so lange nicht locker, bis die Hoteldirektion den Concierge entließ. Paul Bischof, so der Name des besagten Mannes, ist jetzt Taxifahrer in Arosa, und wir alle hoffen, dass sich der deutsche Industrielle nie in dessen Wagen verirrt. Sonst gibt es Mord und Totschlag.«

»Wieso hat Latzmann so viel Einfluss?«, fragte ich. »Es braucht doch einiges, bis ein Hotelmanager seinen Concierge entlässt. Die Reklamation eines einzelnen Gastes genügt sicher nicht.«

»Der deutsche Magnat besitzt ein größeres Aktienpaket des Hotels. Und zudem kommen viele Bekannte und Geschäftsfreunde von ihm regelmäßig ins Weisshorn-Palace. Da könnte er dem Hotel schwer schaden, wenn er wollte.«

Wie auch immer, ich begann langsam zu verstehen, wieso sich der einflussreiche Alte von einem Leibwächter begleiten ließ.

*

Am Freitag hatte Nina morgens Unterricht bei Johnny. Latzmann musste um zehn Uhr zum Arzt, wahrscheinlich für eine Routinekontrolle, und deshalb wurde an diesem Tag sein Skiausflug mit Meissen auf den Nachmittag verlegt.

Der Himmel war wolkenverhangen. Wahrscheinlich stand Schneefall bevor. Ninas Versuch, mir den riesigen Spa-Bereich unseres Hotels schmackhaft zu machen, blieb erfolglos. So bummelte ich durchs Dorf und kam auch beim Bahnhof vorbei, wo ich mir am Kiosk eine Tageszeitung kaufte. An der Stehbar neben dem Kiosk entdeckte ich den Leibwächter von Latzmann, der mitten in einer Gruppe von Taxifahrern stand und sich besonders lebhaft mit einem Touristen unterhielt. Er wartete sicher auf seinen Chef, der im nahe gelegenen Arzthaus behandelt wurde.

Im Hotel zurück, übergab mir der Mann an der Rezeption eine Mitteilung von Enrico Bartali. Der kündigte einen Besuch in Arosa an. Um zu sehen, wie es seinen Schäfchen gehe, so seine Begründung. Er treffe am Samstagabend ein und bleibe bis Sonntagmittag.

Wenn's denn sein musste. Wir konnten unserem Feriensponsor schlecht diesen Freundschaftsbesuch abschlagen. Falls es ihm tatsächlich nur um eine Kurzvisite ging. Ich traute dem vielseitigen und in mancher Beziehung etwas undurchsichtigen, aber im Grunde liebenswerten Kerl nicht über den Weg. Jede Aktivität von ihm war mit irgendeiner Hinterabsicht verbunden, die Außenstehende meist erst im Nachhinein erkannten.

Was wollte Bartali wirklich in Arosa?

Nina und ich rätselten beim Aperitif über den Grund des unerwarteten Besuchs, bis meine Verlobte auf eine Idee kam, die sie entzückte: »Vielleicht will uns Enrico dabei helfen, wie wir die Heirat planen könnten. Und uns mehr über sein Geschenk sagen.« Ihr liebliches Gesicht war zwar von der sonnigen Skisportwoche stark gebräunt, aber man sah doch noch, wie sich die Haut über ihren hohen Wangenknochen vor Aufregung leicht rötete. Sie ergriff meine Hand und sagte: »Ich freue mich ja so.«

Ob sie sich auf den Besuch Bartalis oder eine baldige Heirat freute, ging aus dieser Äußerung nicht hervor. Aber ich war mir nur allzu sehr bewusst, dass uns Enrico mit Nachdruck an unsere immer noch ausstehende Eheschließung erinnern würde.

Kurz nach 17 Uhr hörte man vor dem Hotel Lärm. An der Rezeption entstand Unruhe und einige Bedienstete wurden vom Empfangschef mit Instruktionen versehen.

Die große schwarze Limousine von Latzmann war vorgefahren und der Chauffeur half seinem Chef beim Aussteigen. Der Magnat kam offenbar vom Skifahren mit Johnny.

Auf dem breiten Hotelvorplatz standen drei Gestalten. Sie riefen laut: »Nazi-Latzmann. Nazi-Latzmann. Nazi …«

Ich war aufgestanden und aus lauter Neugierde nach draußen geeilt.

Die drei Unruhestifter waren eher einfach gekleidet. Mit ganz normalen dunklen Stoffmänteln, also nicht mit den hier oben üblichen pelzbesetzten Wintersportjacken aus Leder. Dazu trugen sie Mützen, die sie tief in die Stirn gezogen hatten. Die Gesichter waren kaum zu erkennen.

Nach mehreren Zurufen verschwanden die Figuren plötzlich. Sie waren wie vom Boden verschluckt.

Latzmann schien die Randalierer überhaupt nicht gesehen zu haben. Er nahm in aller Ruhe an der Rezeption den Zimmerschlüssel entgegen und ging gemessenen Schrittes zu den Liften. Sein Leibwächter lief zwar noch einige Male auf dem Vorplatz hin und her, aber er beendete seine ziellose Suche bald und verschwand mit dem Mercedes in der Einfahrt zur Hoteleinstellhalle.

Einer der drei Protestierer war mir irgendwie bekannt

vorgekommen. Ich erinnerte mich dunkel, ihn schon einmal gesehen zu haben. Wo, das wusste ich nicht mehr.

Nina war an der Bar geblieben. Als ich zurückkam, blickte sie mich fragend an: »Was ist da draußen passiert? Gab es Proteste? Etwa gegen Latzmann?«

Sie zeigte sich kaum überrascht. Ihr Skilehrer hatte ihr erzählt, der deutsche Industrielle sei schon mehrmals in Arosa von Nachkommen der in Latzmann-Fabriken während der Nazi-Zeit umgekommenen KZ-Häftlingen angepöbelt worden. Vor allem deshalb lasse er sich heute von einem Leibwächter beschützen.

»Die Nachkommen der auf grausamste Weise ausgebeuteten und meist an Unterernährung gestorbenen Sklavenarbeiter stoßen sich an der provozierend aufwendigen Lebensweise der heutigen Latzmann-Erbengemeinschaft, die sich keinen Deut um die düstere Herkunft ihres Milliardenvermögens schert und stets alle Genugtuungsforderungen zurückgewiesen hat. Selbst gerichtliche Auseinandersetzungen brachten nichts. Mangels Beweisen. Alle Akten über die Zusammenarbeit der damaligen Latzmann-Generation mit den Nazis sind nach dem Krieg offenbar spurlos verschwunden.« Nina rümpfte ihr Näschen.

Das war nun wirklich eine unschöne Geschichte. Wir versuchten, die Gedanken an die damit verbundenen Kriegsgräuel zu verdrängen und bestellten uns einen zweiten Aperitif, der aber nur sehr beschränkt half, die plötzlich aufgetauchten Schatten der Vergangenheit ganz zu bannen.

Manfred Latzmann dagegen zeigte sich von der Protestaktion unbeeindruckt. Er thronte nach dem Essen am eroberten Mitteltisch und nahm wie immer die Huldigungen seiner mehr oder weniger schönen Reichen entgegen. Niemand sprach über die Störenfriede. Das Thema Nazi-Latzmann schien absolut tabu zu sein.

Der Hotelinformationsdienst meldete für das anstehende Wochenende schönes Wetter mit angenehmen Februartemperaturen. Nina hatte für Samstag und Sonntag auf Skilektionen bei Johnny verzichtet und schlug eine ausgedehnte Wanderung über den Höhenweg vor: »Wir haben genug Zeit für die große Tour. Enrico kommt ja erst am Abend.«

Ich regte an, einen Pferdeschlitten für die von ihr geplante Tour zu mieten. Vergeblich. Nina schüttelte ihr reizendes Köpfchen: »Wir gehen zu Fuß. Das tut dir gut und verhilft dir zur nötigen Gesichtsbräune. Damit unsere Leute in Ascona auch sehen können, dass wir den Urlaub in Arosa zusammen verbracht haben.«

Das war endgültig. Ich bereitete mich geistig auf eine mehrstündige Wanderung vor und strich genügend Sonnencreme übers Gesicht.

Wir wanderten über Innerarosa zur Carmennahütte, wo wir erstmals Rast machten und uns dem wohligen Gefühl völliger Entspannung in traumhaft schöner Umgebung hingaben. Während des Aufstiegs zur Hütte hatten wir mehrmals Platz für vorbeifahrende Pferdeschlitten machen müssen, die den ganzen Weg beanspruchten. Wenn sich die Fußgänger an die hohen Schneemauern links und rechts des hier nicht sehr breiten Pfades drückten, ging das gerade so.

Auf einer der Kutschen hatte ich Manfred Latzmann gesehen, der mit seinem Leibwächter unterwegs war. Auch andere Gäste des Weisshorn-Palace und anderer Nobelhotels ließen sich im bequemen Sitz eines Schlittens die tief verschneite Winterlandschaft um Arosa zeigen. Gemütlich eingehüllt in warme Decken. Ich seufzte nur kurz und so leise, dass Nina es nicht hören konnte.

Nächste Raststation war die Tschuggenhütte, wo wir uns zum Mittagsimbiss auf eine Holzbank der Sonnenterrasse setzten. Nina war mit Johnny schon einige Male hier gewesen und rief nach einem Aroserli, einer Wurstspezialität des Ortes. Ich wollte das natürlich auch versuchen und so mampften wir bald mit vollen Backen um die Wette.

Übersättigt, aber glücklich lehnten wir uns schließlich zurück, und nach einem verdauungsfördernden Spezialkaffee waren wir bereit, den Rest der Rundwanderung in Angriff zu nehmen.

Zwei Holztische entfernt entdeckte ich einen Mann mittleren Alters, der mir bekannt vorkam. Da mir sein Name gerade nicht einfiel und ich außerdem auch nicht mehr wusste, wo ich ihn schon einmal gesehen hatte, unterließ ich es, ihn zu grüßen. Als wir an seinem Tisch vorbei zum Ausgang liefen, blickte er mich an und sagte: »Guten Tag, Herr Dubach.«

Ich nickte freundlich und murmelte etwas Unverständliches. Wie immer, wenn mir der Name einer Person entfallen ist, die ich eigentlich kennen sollte. Was mir in letzter Zeit des Öfteren unterlaufen ist. Wahrscheinlich eben doch ein Zeichen, dass ich die Fünfzig überschritten habe.

Bald hatte ich den unbekannten Bekannten vergessen und genoss die Wintermärchenlandschaft wieder in vollen Zügen.

Auf der Alp Maran verlangte es Nina nach einem Süßgebäck. Der Patissier des Maraner Hofs ist weitherum bekannt für seine Spezialitäten. Mein Hinweis auf die cholesterinreiche Mittagswurst und das bevorstehende Fünf-Gänge-Menü im Hotel wurde daher von meiner Liebsten überhaupt nicht zur Kenntnis genommen. Sie kam triumphierend mit einer Riesen-Cremeschnitte und einer Schokoladen-Mousse auf dem Teller vom Buffet zurück und beachtete mich während der nächsten Viertelstunde nicht mehr.

Am Abend waren wir leicht angeschlagen. Nina kämpfte mit leichteren Verdauungsbeschwerden und wählte eine leichte Fischspeise als Hauptgang. Ich hatte mir während der fast vierstündigen Wanderung zwei große Blasen an den Füßen zugezogen und humpelte sichtbar.

Es verwunderte deshalb kaum, dass Enrico Bartali, der kurz vor dem Nachtessen eingetroffen war, uns mehrmals erstaunt ansah und schließlich feststellte: »Ihr seht prächtig aus, meine Lieben. Aber ich hätte euch eigentlich fitter erwartet.« Und er fügte hinzu: »Höchste Zeit, dass ihr heiratet.«

Während Nina dieser Feststellung Enricos begeistert zustimmte, schlug ich vor, für den Kaffee in die Halle zu wechseln.

Wir fanden noch einen guten Tisch. Fast in der Hallenmitte. Also in der Nähe des Leithammels.

Als Latzmann seinen abendlichen Auftritt zelebrierte, sagte Enrico schmunzelnd: »Herrlich, diese unverfälschte Natürlichkeit der Rangordnung. Da herrscht noch Disziplin im Rudel.«

Ich erzählte ihm von der kurzen Auseinandersetzung des alten Industriemagnaten mit dem Baron und der gestrigen Protestaktion.

»Der Konflikt der letzten Angehörigen der Latzmann-Dynastie mit den Nachfolgern von Opfern ihres Industrieimperiums im Zweiten Weltkrieg hat sich in letzter Zeit zugespitzt. Insbesondere die Arroganz von Manfred Latzmann treibt immer seltsamere Blüten. So bezeichnete er vor Kurzem in einem Interview seine Kritiker als kriminelles Gesindel. Das hat natürlich viele Leute empört.« Bartali war wie immer gut vorbereitet in Arosa erschienen. Er hatte sich über unser Hotel erkundigt und war dabei auf den Miteigentümer Latzmann gestoßen. Dieser Name kam ihm bekannt vor und so hatte er sich über sein ausgeklügeltes Informationssystem weitere Einzelheiten über den letzten Erben der Dynastie beschafft.

Enrico nippte an seinem Espresso und fuhr fort: »An sich wäre es jetzt höchste Zeit, einen Strich unter viele Gräueltaten des Zweiten Weltkriegs zu ziehen. Die heutigen Repräsentanten der Kriegsgewinnerdynastien können ja nicht für die Verfehlungen ihrer Vorfahren verantwortlich gemacht werden.« Er sinnierte einige Zeit und sagte abschließend: »Natürlich gibt es einige wenige Ausnahmen. Leute wie dieser Manfred Latzmann, die offenbar nichts gelernt haben aus der Geschichte.«

Wir wechselten das Thema. Enrico war bester Stimmung und bald lachten wir über seine neuesten Witze und die Anekdoten aus seinem abwechslungsreichen Leben. Dass wir uns so glänzend unterhielten, fiel offenbar auf, denn einige vornehme Gäste in der Umgebung schauten etwas indigniert in unsere Richtung.

Bartali verzog das Gesicht und meinte: »Ich schlage vor, dass wir diese Abdankungsfeier in eigener Sache bald verlassen und tanzen gehen.« Nina stimmte sofort zu. Sie hoffte wahrscheinlich, durch ausgelassenes Tanzen ihre Verdauungsprobleme zu bewältigen. Ich dagegen bekundete einige Mühe, freudig auf Enricos Vorschlag zu reagieren. Die Blasen an meinen Füßen schmerzten bei jedem Schritt und moderne Tanzrhythmen waren eh nicht meine Sache.

Aber natürlich landeten wir bald in der Disco. Nina verschwand mit Enrico im Gewühl auf der Tanzfläche und ich tröstete mich mit mehreren Whiskys.

Zu meinem größten Erstaunen verhielt sich unser Hausfreund an diesem Abend ausgesprochen brav. Er verzichte selbst bei langsamen Tänzen auf jeden Annäherungsversuch. Auch Nina schien überrascht zu sein, denn sie war es sonst gewohnt, Bartali immer etwas auf Distanz halten zu müssen.

Als mich Nina nach einiger Zeit aufforderte, auch einmal mit ihr zu tanzen, drängte mich Enrico geradezu aufs Parkett: »Vergiss deine Blasen, Marc. Genieß den Augenblick mit der schönsten Frau der Welt.«

Der Kerl übertrieb zwar wie immer etwas, hatte in gewisser Beziehung aber doch recht. Wir verschmolzen beim Tanz zu einem neuen Wesen, das sich rasch in eine höhere Ebene der Problemlosigkeit und des unbedingten Glücks abhob.

Als wir zum Tisch zurückkehrten, schmunzelte Bartali zufrieden: »Na, seht ihr, es geht ja doch. Es ist nun wirklich höchste Zeit zum Heiraten.«

Es wurde fast Mitternacht, bis auch Nina erstmals verstohlen gähnte. Enrico reagierte sofort: »So, ihr geht jetzt aufs Zimmer. Ich bleibe noch eine Weile hier.« Er verabschiedete sich und sagte abschließend: »Verliert nicht zu viel Zeit mit den Blasen an Marcos Füßen. Es gibt Gescheiteres zu tun für euch.«

2

Am Sonntagmorgen trafen wir uns gegen halb zehn Uhr zum Frühstück. Während Enrico schon wie eine wilde Hummel herumsurrte, rieben Nina und ich uns noch die Augen und die Konversation am Frühstückstisch hielt sich in Grenzen.

Es hatte die ganze Nacht geschneit und die Umgebung des Hotels glänzte in neuer weißer Pracht. Man hörte, wie sich Räumungsequipen draußen bemühten, die Straßen und Wege wieder begehbar zu machen. Das würde jedoch einige Zeit in Anspruch nehmen, und so beschlossen wir, auf den geplanten Morgenbummel zu verzichten und in der Hotelhalle eine gemütliche Plauderstunde abzuhalten.

Wir unterhielten uns glänzend, räkelten uns wohlig in den bequemen Ledersesseln und ließen die Zeit einfach an uns herabrieseln.

Gegen Mittag fuhr ein Krankenwagen vor, aus dem der Chauffeur und Leibwächter von Latzmann mit viel Mühe ausstieg. Humpelnd näherte er sich dem Eingang. Sein linker Fuß war mit einem großen weißen Verband versehen.

»Es war heute Morgen glatt auf den Straßen«, kommentierte Enrico das Bild. »Der Mann ist wahrscheinlich ausgerutscht. Sein Chef wird toben.« Er sann eine Weile vor sich hin und meinte dann: »Und sich vielleicht bald auch fürchten.«

Man sah an diesem Sonntag nichts mehr von dem verletzten Chauffeur, und auch Latzmann ließ sich nicht blicken. Wahrscheinlich überarbeitete er im Zimmer sein Sicherheitskonzept.

Bartali kündigte an, er werde nach dem Mittagessen abreisen. Wir blieben im Hotel und aßen im Passantenrestaurant eine Kleinigkeit.

Der Abschied von unserem Hausfreund war kurz und schmerzlos. Als das Taxi vorfuhr, drückte Enrico mich flüchtig an sich, küsste Nina auf beide Wangen und sagte: »Ich wünsche euch noch schöne Tage. Könntet ihr mir nach eurer Rückkehr das Datum der Hochzeit so rasch wie möglich mitteilen? Ich brauche Zeit für die Vorbereitungen.« Und weg war er.

Damit kannten wir unsere Hausaufgaben für die kommende Woche.

Nina und ich beschlossen, am Nachmittag die kleine Kirche in Innerarosa zu besuchen. Um vier Uhr fand dort ein Orgelkonzert statt.

Es blieb uns also noch genügend Zeit für einen Kaffee in der Hotelhalle.

»Ein Hundewetter heute«, sagte eine Stimme neben uns. »Da bleibt man lieber im Hotel.« Es war Johnny, Ninas Skilehrer. »Ich wurde heute von Herrn Latzmann zu einer außerordentlichen Besprechung hergebeten. Und dies an einem Sonntag. Das kostet ihn mindestens zweihundert Franken.« Er grinste freudig.

Der Magnat hatte in der Tat sein Sicherheitsdispositiv nach dem Unfall des Leibwächters überarbeitet. Er teilte Meissen mit, er habe kein Vertrauen in den ordentlichen Schutzdienst des Hotels und beabsichtige deshalb, am Montag einen Ersatzmann aus Deutschland anzufordern. Bis dieser eintreffe, frühestens Ende der Woche, müsse man halt improvisieren. Indem er gewisse Aufgaben des ausgefallenen Chauffeurs übernahm, sollte auch Johnny dabei eine Rolle spielen.

»Mein Skiunterricht für Latzmann endete bisher jeweils auf dem Prätschli, wo ihn der Chauffeur mit dem Wagen erwartete und in Empfang nahm. Jetzt soll ich den Deutschen bis ins Hotel zurückbegleiten.« Meissen kratzte sich am Kopf. »Das passt mir gar nicht, und das habe ich Latzmann auch gesagt. Ich verliere so zu viel Zeit und kann an diesem Halbtag keine anderen Kunden mehr unterrichten.« Er verzog das Gesicht. »Der Geizhals war nicht bereit, mich entsprechend zu entschädigen. Na, wir werden ja sehen. Wenn mir ein Kunde wegen dieses unnötigen Begleitschutzes entgehen könnte, werde ich Latzmann einfach auf dem Prätschli stehen lassen.« Johnny schnaubte empört. »Der Alte kann dort ja in den Dorfbus steigen, der bis zum Hotel Weisshorn-Palace fährt. Und im Bus wird ihm sicher niemand etwas antun.«

Als wir Meissen erzählten, wir würden das Orgelkonzert im Bergkirchli besuchen, riet er uns: »Lasst euch vom Concierge noch zwei Plätze reservieren. Die Konzerte von Hansi Müller sind immer ausverkauft. Das ist ein international anerkannter Top-Organist, der sich nicht scheut, auch unkonventionelle Musik zu spielen. Ihr werdet sicher begeistert sein.« Er schmunzelte: »Und außerdem wird er euch vielleicht sogar eine Wettervoraussage für nächste Woche liefern. Müller ist bei den Einheimischen für seine etwas nachlässige Art, sich zu kleiden, bekannt. So trägt er selten zwei gleichfarbige Stricksocken. Aufgrund der wechselnden Kombination der Sockenfarben stellen einige Aroser jeweils Meteo-Prognosen auf. Gelb-schwarz beispielsweise bedeutet ruhiges Wetter, während rot-weiß auf Turbulenzen hindeutet.«

Wir saßen fast ganz hinten in dem kleinen Kirchenschiff, sodass ich nicht sehen konnte, welche Socken Müller an diesem Tag trug. Das war auch nicht so wichtig, denn sein Konzert war eine kleine kulturelle Sensation.

*

Nina hatte am Montag schon morgens Skiunterricht. Latzmann war am Vormittag wieder beim Arzt, sodass Johnny ihn erst um zwei Uhr im Hotel abholen konnte.

Der Himmel war immer noch bedeckt und ich verzichtete auf einen längeren Ausflug, spazierte durchs Dorf, trank mehrere Kaffees und langweilte mich.

So schlenderte ich zum Bahnhofskiosk, um mir dort einige Tageszeitungen zu kaufen. An der Stehbar daneben erkannte ich den seit Kurzem gehbehinderten Chauffeur von Latzmann, den Fahrer der Dorfapotheke sowie den Mann, der mich am Samstag vor der Tschuggenhütte mit Dubach begrüßt hatte. Die drei plauderten eifrig miteinander.

Als mich der Mann von der Tschuggenhütte erkannte, verabschiedete er sich rasch von seinen Gesprächspartnern und kam auf mich zu.

»Herr Dubach, darf ich Sie kurz sprechen?«, fragte er. »Ich schlage vor, wir gehen in die Gaststube des Posthotels. Dort sind wir ungestört.«

Damit war mein Interesse geweckt. Ich wollte endlich wissen, wer dieser Mann war und woher ich ihn kannte.

»Wie ich heiße, tut nichts zur Sache«, begann er, »und Sie kennen mich eigentlich überhaupt nicht. Sie sahen mich zum ersten Mal am letzten Freitag, als Sie sich beim Bahnhofskiosk, wie heute, Ihre Zeitung holten. Zum zweiten Mal auf dem Vorplatz Ihres Hotels, als wir gegen Latzmann demonstrierten. Und zum dritten Mal am Samstag auf der Terrasse der Tschuggenhütte. Wahrscheinlich war ich Ihnen schon beim ersten Mal aufgefallen, als ich mich mit dem Chauffeur und Leibwächter von Latzmann an der Stehbar unterhielt.«

Der Mann wischte sich mit einem Taschentuch übers Gesicht. »Ich gehöre einer Organisation an, die seit Jahren um eine angemessene Wiedergutmachung von Kriegsverbrechen kämpft. Dabei haben wir auch Manfred Latzmann im Visier, der sich an seinem Wohnort in Deutschland völlig abschottet und nur während seinen Ferienaufenthalten für uns persönlich erreichbar ist. In Arosa beispielsweise, wo er sich jedes Jahr mehrmals im Hotel Weisshorn-Palace aufhält. Wir versuchen seit Längerem, einen Kontakt mit ihm herzustellen. Vergeblich. In diesem Jahr hat er uns nun auf verschiedenen Ebenen den Kampf erklärt.«

»Der Grundstein für das heutige riesige Latzmann-Vermögen wurde im Zweiten Weltkrieg gelegt, als KZ-Häftlinge des Nazi-Regimes als Sklaven in den Werken dieser Dynastie schuften mussten. Die meisten starben an Misshandlungen und Unterernährung. Wir haben Manfred Latzmann mehrmals aufgefordert, einen kleinen Teil des Familienvermögens, das von Wirtschaftsexperten auf mehrere Milliarden Euro geschätzt wird, an unsere Organisation abzutreten. Als späte Wiedergutmachung einer Familie, die sich aufgrund des Nazi-Terrors maßgeblich bereichert hat.« Nach einer Weile fügte der Unbekannte hinzu: »Wir sind eine Stiftung, die sich unter anderem um notleidende Menschen bei Roma, Sinti oder Juden kümmert. Auch geistig oder körperlich Behinderte sowie andere vom Hitler-Regime seinerzeit verfolgte Gesellschaftsgruppen werden von uns in Notsituationen regelmäßig unterstützt.«

»Das ist ja alles schön und gut«, erwiderte ich, »aber was hat das mit mir zu tun? Wieso kennen Sie meinen Namen? Und was haben Sie und Ihre Kollegen hier in Arosa überhaupt vor?«

»Wir sind bei Latzmann mit unseren Anliegen immer auf taube Ohren gestoßen. Im letzten Jahr haben wir nun den Druck etwas erhöht und ihm angedroht, Einzelheiten über die Gräuel in den Waffenfabriken seiner Familie während des Zweiten Weltkriegs zu veröffentlichen, falls keine Einigung über Wiedergutmachungszahlungen zustande kommen sollte.« Mein anonymer Begleiter machte eine Pause und überlegte wahrscheinlich, was er mir sagen durfte: »Das führte dazu, dass Latzmann in die totale Offensive ging. Er ließ unsere Organisation von Privatdetektiven überwachen und seine Beauftragten drangen mittels illegaler Hackermethoden in unser Rechenzentrum ein. Man entdeckte bei uns einige kleinere Unregelmäßigkeiten, die Latzmann jetzt an die große Glocke hängen will. Er hat für übernächste Woche eine Medienkonferenz einberufen, um sich, wie er sagt, mit Fakten gegen ein kriminelles Gesindel zu wehren, das ihn zu erpressen versucht.«

Bevor ich meine Frage wiederholen konnte, was das alles mit mir zu tun habe, sagte er: »Das würde höchstwahrscheinlich das Ende unserer Organisation bedeuten. Latzmann weiß das und wir vermuten, dass er alles daran setzen wird, dieses Ziel zu erreichen.«

»Ein Tycoon wie er kennt keine Hemmungen, um ein Ziel zu erreichen. Dazu gehören selbstverständlich auch schmutzige Tricks, wie beispielsweise ein Einsatz unverdächtiger Drittpersonen bei der Ermittlung gegnerischer Pläne und Identitäten. Wir haben im Hotel Weisshorn-Palace einige Informationsquellen, die uns jeweils mitteilen, wenn plötzlich neue Gäste während des Aufenthalts von Latzmann auftauchen. Deshalb haben wir auch Sie unter die Lupe genommen.« Er lächelte erstmals: »Wir stellten fest, dass Sie ein ehemaliger Medienmann sind, der sich mit höchster Wahrscheinlichkeit nicht vor den Karren des Magnaten spannen lässt. Aber wir müssen sichergehen, dass Sie uns keine Steine in den Weg legen.«

Wieder kam er meiner Frage zuvor. Er sagte: »Sie wollen natürlich wissen, welche Pläne wir verfolgen. Ich kann Ihnen hier nur eine generelle Antwort geben: Wir werden alles tun, um die Medienkonferenz Latzmanns zu verhindern.« Er blickte über meinen Kopf hinweg in eine imaginäre Ferne: »Wir wollen Ihnen natürlich nicht drohen, Herr Dubach. Aber ich bin froh, dass wir uns so gut verstehen. Dazu gehört, dass Sie über alles, was Sie heute von mir erfahren haben, schweigen. Selbst gegenüber Ihrer Freundin, aber auch gegenüber Herrn Bartali.«

Ich erschrak. Der Mann wusste offenbar sehr vieles über mich.

Und es kam noch besser: »Ich habe Sie kontaktiert, Herr Dubach, um zu verhindern, dass Sie Ihrem alten Journalisteninstinkt folgen und zu recherchieren beginnen. Das gilt natürlich auch für alles, was in diesen Tagen eventuell noch geschehen wird.«

Ich holte tief Atem und wollte mich energisch gegen diese unzulässige Einmischung in meine Privatsphäre wehren, als der freche Mensch mich plötzlich anlächelte: »Bitte fassen Sie diese Worte nicht falsch auf. Meine Organisation will Sie weder einschüchtern noch kritisieren.« Er beugte sich über den Tisch zu mir herüber und sagte: »Wir sind Ihnen sogar dankbar für Ihre bisherigen Aktivitäten gegen deutsche Neonaziumtriebe in der Schweiz. Die im Übrigen von Erfolg gekrönt waren.«

Bevor ich mich erkundigen konnte, was er damit meinte, fuhr er fort: »Günter Herrmann alias Horst Schneider konnte aufgrund der Ferrari-Unterlagen in Berlin gefasst werden. Und mit ihm einige der meistgesuchten deutschen Rechtsextremisten. Meine Organisation hatte diese gefährlichen Leute schon länger im Visier und ist sehr froh, dass sie jetzt außer Gefecht gesetzt worden sind.« Er schloss: »Wir kämpfen in Europa ja alle für Offenheit und Toleranz.«

Der Anonyme stand auf, bedankte sich höflich für die freundschaftliche Unterredung, wie er sich ausdrückte, bezahlte die Zeche und sagte abschließend: »Es war sehr nett,

Sie kennenzulernen. Ich nehme an, dass wir uns nie mehr sehen werden.« Der unheimliche Kerl drehte sich an der Tür nochmals zu mir um und fügte bei: »Ich hoffe es wenigstens.«

*

Das Wetter beruhigte sich rasch und wir konnten wieder Spaziergänge unternehmen. Natürlich nur an den halben Tagen, die nicht für Ninas Skiunterricht reserviert waren.

Meine Verlobte hatte bemerkt, dass mich etwas beschäftigte. Sie sprach mich während einer Wanderung darauf an: »Was ist dir über die Leber gekrochen, Liebster?«

Ich zögerte nur kurz und erzählte ihr dann von dem Gespräch mit dem mysteriösen Unbekannten.

Sie überlegte lange und stellte schließlich fest: »Das ist eine schreckliche Geschichte, die uns aber nur ganz am Rande etwas angeht. Lass dich davon nicht zu sehr beeindrucken.«

»Und misch dich vor allem nicht ein«, fügte Nina später hinzu, »das könnte gefährlich werden. Für uns alle.«

So verdrängte ich alle Gedanken an Latzmann und seine Gegner und freute mich an den wärmenden Sonnenstrahlen, die über das Aroser Rothorn ins Tal drangen und die letzten Schanfigger-Nebel verdrängten.

Wir machten Rast im Selbstbedienungsrestaurant an der Mittelstation der Weisshorn-Bahn und sahen amüsiert dem hektischen Treiben der Wintersportler zu. Am Tisch neben uns saß der ehemalige Chauffeur Latzmanns. Der Mann wollte sich vor seiner Rückreise offenbar noch einmal das herrliche Bergpanorama ansehen. Er hatte den lädierten linken Fuß hochgelagert und genoss die Höhensonne.

Als ihm der Kaffeelöffel aus der Hand rutschte und zu Boden fiel, versuchte er sich zu bücken, was ihm wegen des ausgestreckten Beins einige Mühe bereitete. Nina kam ihm zuvor und überreichte ihm das Rührinstrument mit einem Lächeln. Er bedankte sich sehr und begann in der Folge mit uns zu plaudern.

Hans Stemmler, so sein Name, kam aus München, wo er Karriere als Ringkämpfer, Rausschmeißer und Barbesitzer gemacht hatte. Bis er von Latzmann als Fahrer und Leibwächter angestellt worden war.

»Es ist nicht immer leicht mit meinem Patron«, sagte er. »Aber wenn du gut aufpasst und stets einsatzbereit bist, ist es ein guter Job.«

Das glaubten wir ihm gerne. Nina erkundigte sich aus lauter Höflichkeit, was denn mit seinem Fuß geschehen sei.

»Nach dem heftigen Schneefall in der Nacht von Samstag auf Sonntag musste ich für meinen Herrn am Bahnhofskiosk die Sonntagszeitungen holen. Der Schneepflug hatte nach getaner Arbeit eine spiegelglatte Straße hinterlassen. So rutschte ich aus und verknackste mir den linken Fuß.« Der ehemalige Rausschmeißer lächelte friedlich: »Vor ein paar Tagen habe ich hier in Arosa nette Leute aus Deutschland kennengelernt. Einer von ihnen ist Arzt und hat mich nach dem Unfall im Wartesaal des Bahnhofs behandelt. Kostenlos.«

Als ich ihn fragte, wie er mit diesen freundlichen Menschen in Kontakt gekommen sei, antwortete er: »Ich traf einen von ihnen an der Stehbar beim Bahnhof, als ich auf meinen Chef wartete. Der musste zum Arzt. Wegen seines Infarkts.« Er sah uns fragend an: »Habe ich das richtig gesagt? Ich habe oft Mühe mit Fremdwörtern.«

Wir lobten seine Wortwahl und erkundigten uns, wie es nun mit ihm weitergehe.

»Ich kann für ein paar Wochen nicht mehr Auto fahren. Das hat mir der Arzt aus Deutschland gesagt. Deshalb muss ich zurück, sobald ein Stellvertreter eintrifft. Wahrscheinlich am Donnerstag oder Freitag.« Er nickte selbstzufrieden: »Bis dahin kann ich meinem Chef wenigstens im Hotel als Leibwächter dienen. Das geht auch mit kaputtem Fuß. Im Ring musste ich oft verletzt antreten.«

Ich fragte den tapferen Mann behutsam, wieso sein Patron überhaupt einen Bodyguard brauche.

»Das ist halt ein wichtiger Mann. Sehr reich. Mit vielen Gegnern.« Er dachte nach, was ihm offenbar einige Mühe bereitete, denn er verzog fast schmerzhaft das Gesicht. »Er sagt oft, er werde bedroht. Von Leuten, die sich für etwas rächen wollen. Warum, weiß ich nicht.«

Das war's dann wohl. Wir verabschiedeten uns mit besten Genesungswünschen von dem angeschlagenen Kämpfer und setzten unsere Wanderung fort.

Nina schubste mich in die Seite und meinte spöttisch: »Nimm dir ein Beispiel an diesem Mann. Der steigt selbst mit verknackstem Fuß noch in den Ring, während du dich vor Kurzem wegen zwei kleinen Blasen an den Zehen kaum in mein Bett wagtest.«

Das war eine äußert unfaire Darstellung der Dinge. Aber ich enthielt mich wohlweislich jeden Kommentars und lenkte ab: »Ich bin keineswegs überzeugt, dass dieser Mann wirklich für mehrere Wochen als Fahrer ausfallen muss. Das ist doch eine Finte der Gegner Latzmanns. So muss der Alte nämlich für einige Tage auf seine Leibwache außerhalb des Hotels verzichten.«

Nina war das ganz offensichtlich völlig egal. Sie hakte sich bei mir ein und sagte: »Deine Zehen sind wieder in Ordnung. Ich muss also nicht mehr befürchten, dich unnötig zu quälen, wenn ich dich jetzt auffordere, möglichst rasch in mein Bett zu steigen.«

Dem konnte ich nun wirklich nichts entgegenhalten. So brachen wir unseren Spaziergang vorzeitig ab und kehrten ins Hotel zurück.

*

Gegen Abend mischten wir uns wieder unter die Leute. Nina ging ins Hallenbad und ich in die Bar.

Um diese Zeit spielte der Barpianist wie immer seine Evergreens. Die Lieblingsmelodien der Nobelgäste halt. Nur ab und zu versuchte sich der Mann am Klavier mit neuen Kompositionen, natürlich zivilisiert in Rhythmus und Lautstärke.

Der mittelgroße, hagere Mann mit schütterem Haarkranz und einer übergroßen Brille lebte von der Gunst seines Publikums. Selbst der kleinste Applaus der müden, übersättigten und versnobten Gästeschar machte ihn überglücklich und eine abfällige Reaktion einzelner Leute ließ ihn sofort die Melodie wechseln.

Ich sah mich vergeblich nach jungen Leuten um. Ehepaare mit Kindern gab es zwar einige im Hotel, aber die Mitglieder dieser Familien gingen meist ihre eigenen Wege. Die Eltern lebten in ihrem isolierten Lebensraum des abgehobenen Vergnügens und der gesellschaftlichen Verpflichtungen. Und der Nachwuchs wurde von Nannys oder Instruktoren im Rahmen eines umfassend organisierten Freizeit- und Sportangebots fast Tag und Nacht intensiv betreut. In luxuriösen Spiel- und Aufenthaltsräumen oder in abgeschotteten Sonderklassen. Man traf sich in der Regel zum gemeinsamen Nachtessen, wobei nur allzu oft festliche Abendanlässe unter Ausschluss der Kinder stattfanden. Dass sich die Familien trotz der unterschiedlichen Tagesabläufe einigermaßen verbunden fühlten, war der modernen Kommunikationstechnologie zu verdanken. Jedes Kind hatte entweder ein Tablet, ein Smartphone oder zumindest ein Handy. Man sah die Jugendlichen tagsüber oft mit diesen Dingern beschäftigt. Vorzugsweise in einer dunklen Ecke, auch wenn draußen Prachtwetter herrschte.

Kurz vor sieben Uhr tauchte Nina auf. Sie sah wie immer reizend aus. Eine raffinierte Kombination von jugendlich-frischer Unbekümmertheit und großer Erfahrung. Sie erregte Aufmerksamkeit als attraktive Frau, gleichzeitig aber auch Sympathiegefühle und den Wunsch, mit ihr zu sprechen, sie kennenzulernen.

Wir genossen die vornehme Atmosphäre des Speisesaals und fühlten uns, wie so oft in diesen Tagen, als neugierige Passanten in einer für uns sonst verschlossenen Nobelwelt.

Der Pianist hatte von der Hotelhalle zum Dinner-Raum gewechselt und kam auch hier brav seinen Verpflichtungen als Lieferant dezenter Hintergrundmusik nach.

»Johnny hat mir erzählt, unser Mann am Klavier sei Pole. Er stamme aus einer im Zweiten Weltkrieg vom Nazi-Terror stark betroffenen jüdischen Familie und habe sich bei anderen Angestellten schon sehr abfällig über Kriegsgewinnerdynastien geäußert. Das betrifft wohl vor allem Latzmann.« Nina sah sich im Speisesaal um. »Ich habe ihn heute noch gar nicht gesehen. Ob er sich versteckt? Er hat ja im Hotel immer noch seinen Leibwächter.«

Was dieser Skilehrer nicht alles wusste. Früher wurde man beim Coiffeur über alles informiert, was sich im Dorf so tat. Heute sind es wohl Leute wie Johnny, die als Drehscheibe für Neuigkeiten aller Art dienen und dafür sorgen, dass die Gerüchteküche weiter besteht. Und natürlich in erster Linie die Social Media.

Nach dem Essen schlossen wir uns wie immer dem Zeremoniell der Hotelgäste an und ließen uns in der großen Halle Kaffee und Digestif servieren.

Latzmann war noch nicht erschienen. Selbst einige sonst sehr zurückhaltende Stammgäste schienen sich zu verwundern. Die Herde vermisste offenbar ihren Leithammel.

Kurz nach 21 Uhr wurde es laut in der Halle. An der Rezeption schrie jemand Zeter und Mordio.

Es war der alte Industriemagnat, der sich wortreich beschwerte. Da er dies in der Lautstärke einer startenden Boeing tat, konnten alle verstehen, was er sagte.

Latzmann hatte sich offenbar indisponiert gefühlt und das Nachtessen aufs Zimmer bringen lassen. Nach dem Abräumen entdeckte er auf dem Tisch einen Zettel mit den Worten: »Manfred, deine Zeit ist um. Wir erwarten dich. Die Toten der Latzmann-Werke.«

Der herbeigeeilte Hoteldirektor versuchte vergeblich, den aufgebrachten Gast zu beruhigen.

»Ich will, dass die Polizei nach den Urhebern sucht. Das ist kein Scherz, sondern eine Morddrohung.« Der Alte war außer sich. Er wischte sich den Schweiß von der Stirn und schnappte nach Luft wie ein Fisch auf dem Trockenen.

Nach einer Weile gelang es dem Manager, Latzmann in sein Büro zu führen. Der Lärm verebbte und in der Halle wandten sich alle wieder ihren Kaffeetassen oder Schnapsgläsern zu.

»Die Einschüchterung des sturen Alten zeigt offenbar Wirkung«, meinte Nina. »Ob er schließlich der Stiftung doch noch eine Spende zukommen lässt?«

Ich zuckte mit den Schultern.

Wir sahen an diesem Abend jedenfalls keine Polizei auftauchen und der geschockte Latzmann verzog sich bald wieder auf sein Zimmer. Wahrscheinlich kam dem treuen Bodyguard aus München in dieser Nacht die hohe Ehre zu, im Salon der Suite seines Patrons übernachten zu dürfen.

*

Am nächsten Tag war Nina am Nachmittag mit Johnny verabredet. Dessen Stammgast Latzmann war am Morgen für eine dreistündige Lektion eingeschrieben. Ein weiterer Interessent hatte sich für einen Skiunterricht über Mittag gemeldet, den Meissen um zwölf Uhr, also nach Abschluss der Latzmann-Betreuung, vor dem Prätschli-Hotel treffen würde.

»Mein Skilehrer hat dem alten deutschen Brummbär mitgeteilt, er müsse allein den Weg zurück ins Hotel finden.«

Nina lachte. »Das kam offenbar gar nicht gut an, denn Johnnys Stimme am Telefon tönte ziemlich niedergeschlagen. Ich habe ihn getröstet und gesagt, ich würde allenfalls in der nächsten Saison für Latzmann als Dauerkundin einspringen.«

Das hätte gerade noch gefehlt.

Da das Wetter erneut umgeschlagen hatte und aus dem Schanfigger-Tal einzelne Nebelfetzen bis nach Arosa aufstiegen, machten Nina und ich an diesem Morgen einen Bummel durchs Dorf.

Meine Verlobte bewunderte lange die Auslagen des Juwelier- und Uhrengeschäfts. Sie zeigte entzückt auf einen Ehering, der mitten im Schaufenster prangte und mich an eine dringende Pendenz erinnerte.

Ich rief mir im Kopf kurz den Kontostand bei meiner Bank in Erinnerung, ergriff dann Ninas Hand und betrat mit ihr das Geschäft.

Nach einer Viertelstunde setzten wir unseren Spaziergang fort. Ninas Gesicht glänzte vor Freude. Sie legte ihren Arm um meine Taille, drückte sich an mich und sagte: »Das ist der schönste Tag meines Lebens.« Und nach einer Weile schob sie noch nach: »Bisher.«

*

Nina hatte sich nach dem Mittagsimbiss ins Skitenü gestürzt und wollte gerade mit dem Bus ins Prätschli zum Treffen mit Johnny fahren, als ihr Handy summte.

Es war ihr Skilehrer, der den Nachmittagsunterricht absagte. Es sei etwas Fürchterliches geschehen. Als Nina Näheres wissen wollte, sagte Johnny nur noch kurz, er komme ins Hotel, sobald ihn die Polizei entlassen habe. Dann legte er auf.

Nina ging ins Zimmer, um sich wieder umzukleiden. Anschließend warteten wir in der Hotelhalle auf den Skilehrer und rätselten, was Johnny denn mit der Polizei zu tun haben könnte.

Dass irgendetwas Außergewöhnliches vor sich ging, spürte man auch im Hotel. Der Hoteldirektor und sein Stellvertreter standen an der Rezeption - was sonst nie vorkam. Ihre besorgten Mienen drückten aus, dass sie mit einer bald hereinbrechenden Katastrophe rechnen würden.

Sonst war es, wie immer um diese Tageszeit, ruhig in der Halle. Die meisten jüngeren Gäste waren unterwegs und die älteren Semester hatten sich in ihre Zimmer zurückgezogen.

Gegen halb drei Uhr tauchte Johnny im Hoteleingang auf.

Er beachtete die Zurufe des Hotelmanagers nicht, sondern steuerte direkt auf uns zu, ließ sich in einen Ledersessel fallen und atmete tief durch.

»Es war schrecklich«, begann er zu erzählen. »Als ich Latzmann gegen zwölf Uhr im Prätschli verabschiedete, kamen zwei Männer auf mich zu, die mir einige Fragen stellten. Deutsche. Einer von ihnen zeigte Interesse am Privatskiunterricht und ließ sich von mir über die Konditionen informieren.« Johnny stöhnte: »Derweil machte sich Latzmann davon. Der Bus ins Dorf war schon überfüllt und der vornehme Industrielle war nicht bereit, sich noch hineinzuquetschen. Ich hatte ihm vorgeschlagen, ein Taxi zu bestellen, was er jedoch strikt ablehnte. Wahrscheinlich hatte er Angst, dabei zufälligerweise auf den ehemaligen Concierge des Weisshorn-Palace zu stoßen.«

»Einer der Deutschen hatte sich anerboten, Latzmann über den Waldweg bis ins Dorf zu begleiten, was dieser dankend annahm. Der Alte kannte diese Skiabfahrt nicht, da er sonst immer im Prätschli vom Chauffeur abgeholt worden war. Die beiden verschwanden, während ich noch mit dem anderen Mann über die Preise beim Privatskiunterricht sprach.« Johnny schüttelte den Kopf. »Als ich mich dann nach meinem Kunden umsah, den ich mittags hier treffen sollte, machte sich auch der zweite Deutsche auf den Weg ins Dorf. Er stürzte jedoch schon nach wenigen Metern so unglücklich, dass er den engen Waldweg völlig versperrte und andere Skifahrer einige Zeit warten mussten, bis sie die einzige Schneespur wieder benutzen konnten.«

»Ja, und? Das ist doch nichts Außergewöhnliches und schon gar nichts Schreckliches«, sagte ich. »Wieso bist du so aufgeregt?«

»Der Waldweg wird weiter unten etwas breiter, sodass zwei Schneespuren möglich sind. An einer Stelle macht der Weg Kurven um große Bäume und dort wird es wieder enger.« Meissen suchte nach Worten. »Hier verunfallte Latzmann. Er prallte mit voller Wucht an einen Baumstamm und erlitt schwerste innere Verletzungen. Ein zufällig am Unfallort anwesender deutscher Arzt leistete Erste Hilfe und alarmierte per Handy die Rettungsdienste. Leider konnte der in Chur stationierte Helikopter wegen des dichten Nebels im Schanfigger-Tal nicht fliegen. So musste der Verletzte mit einem Krankenwagen ins Bezirksspital überführt werden. Als die Ambulanz in Chur eintraf, war Latzmann bereits tot.«

»Du sagtest Nina am Telefon, du seist auf der Polizeistation. Wieso hat sich die Polizei eingeschaltet?«, forschte ich nach.

»Das geschieht bei jedem Unfall. Ich wurde als Zeuge einvernommen, weil ich zuletzt mit Latzmann zusammen war.«

Johnny sah so mitgenommen aus, dass ich ihm einen Spezialkaffee bestellte. Ich fragte ihn: »Was ist mit dem Deutschen, der den Magnaten auf dem Waldweg begleitete? Der war doch eigentlich der Letzte, der ihn noch lebend gesehen hat.«

»Von diesem Mann weiß man nichts. Er fuhr voraus und hat wahrscheinlich gar nicht bemerkt, dass ihm Latzmann zuletzt nicht mehr folgte.«

Das war durchaus möglich.

»Und dein neuer Kunde? Hast du ihn auf dem Prätschli noch getroffen?«

»Nein, der kam nicht. Vielleicht verpasste ich ihn im Trubel mit den beiden Deutschen. Oder er fand mich unter diesen vielen Leuten um die Mittagszeit nicht.« Meissen wischte sich den Schweiß vom Gesicht. »Das macht nichts. Ich hätte ihn eh nicht unterrichten können. Die Polizei rief mich schon kurz nach dem Unfall an. Sie hatte im Hotel erfahren, dass Latzmann mit mir unterwegs gewesen war.«

Wir unterhielten uns noch fast eine halbe Stunde. Nina und ich versuchten, den total verunsicherten Johnny etwas aufzuheitern, was uns allerdings nur leidlich gelang. Schließlich verabschiedete er sich von uns. Weit kam er nicht, denn der Hoteldirektor fasste ihn vor dem Ausgang ab und zog ihn ins Büro. Das Management wollte sicher wissen, was mit dem Minderheitsaktionär Manfred Latzmann geschehen war.

*

Die Kunde vom Tod Latzmanns verbreitete sich im Hotel wie ein Lauffeuer. Beim Tee herrschte gedämpfte Stimmung und selbst der Barpianist verzichtete auf allzu fröhliche Melodien.

Nina holte nach vier Uhr die verlorenen Skisportstunden durch einen Besuch des tollen Hallenbades und Spa-Bereichs unseres Hotels nach. Ich hörte, wie sie fröhlich vor sich hin trällerte, als sie im weißen Bademantel zu den Wellness-Räumen ging. Schließlich war heute ihr schönster Tag des Lebens. Oder besser gesagt, ihr bisher schönster Tag, wie sie ja noch präzisiert hatte. Am ihrem linken Ringfinger funkelte der neue Verlobungsring von mir, der bald zum Ehering werden sollte.

Die Sache mit Latzmann war ihr völlig egal. Mir eigentlich auch. Aber irgendein verborgener Winkel meines Gehirns beschäftigte sich dennoch dauernd mit diesem Unfall. Vielleicht war es mein Journalisteninstinkt, vielleicht auch meine Erfahrung aus einigen Kriminalfällen.

Es hatte wieder begonnen leicht zu schneien. Ich beschloss, während Ninas Abstecher ins Spa-Paradies auch etwas für meine Gesundheit zu tun, und machte mich auf zu einem Spaziergang an der frischen Bergluft.

Während auf der Dorfstraße noch recht viel Betrieb war, blieben die Nebenstraßen des Bergdorfs an diesem Tag fast menschenleer. Der Wintereinbruch hielt viele Leute in ihren Hotels und Chalets fest und nur einige Unentwegte waren bereit, sich dem auffrischenden Wind auszusetzen. Es wurde auch schnell dunkel, sodass schon ab halb fünf Uhr die Straßenlampen brannten.

In der Bündnerstube neben dem Eisstadion versuchte ich mich aufzuwärmen. An den paar wenigen Holztischen sah ich fast nur Einheimische, die meist still vor ihrem Getränk saßen. Nur am großen Stammtisch ging es etwas lauter zu und her. Ich hörte, wie sich fünf Aroser auch über den Unfalltod Latzmanns unterhielten.

»Der Waldweg ist gefährlich«, sagte ein älterer Mann mit einem zerfurchten, kantigen Gesicht. Wahrscheinlich ein Handwerker oder Gemeindeangestellter, der oft draußen arbeitete. »Da gab's schon einige Unfälle. Und fast immer bei den großen Bäumen, wo der Weg Kurven macht und sich die beiden Skispuren an den engsten Stellen sehr nahe kommen.«

»Ja, da braucht es nur einen Windstoß, und ein nicht sehr erfahrender Skifahrer stürzt aus der Spur«, meinte ein dünner Kerl, dem man den Büromenschen von weitem ansah. »Und das soll ja ein älterer Bursche gewesen sein, dieser Prominente aus Deutschland. So um die siebzig. Ein Milliardär. Da werden die Erben lachen.«

»Man hört so einiges über diese reichen Dynastien in

Deutschland«, meldete sich ein kleiner, dicker Glatzkopf zu Wort. Ich schätzte ihn auf etwa sechzig. Vermutlich ein Gewerbetreibender. »Viele der riesigen Vermögen stammen noch aus Zeiten des Zweiten Weltkriegs.«

»Das war vor über 70 Jahren. Die heutige Generation dieser Familien ist doch nicht für allfällige braune Flecken im Leumundszeugnis ihrer Urgroßväter verantwortlich.« Ein kleiner, wirbliger Mann mit einer bunten Wollmütze, die er selbst in der warmen Gaststube auf dem Kopf ließ, verwarf die Arme und sagte: »Das sind doch alles Spinner, die immer noch von Kriegsgewinnern reden.« Dieses Votum erinnerte mich an eine Äußerung Bartalis vom Samstag.

Es folgte eine erregte Diskussion über die Verantwortlichkeiten von Wirtschaftsdynastien. Dieser Stammtisch hatte es wahrlich in sich.

Ich grinste still vor mich hin, als ich von der Seite her angesprochen wurde.

»Das ist fast wie beim Fernsehen. In einer sogenannten Diskussionsrunde. Jeder ist davon überzeugt, dass er recht hat, und keiner hört auf den anderen«. Ein etwa vierzigjähriger, kräftig gebauter Mann mit dunklen Haaren und einer vornehmen Nickelbrille, die eigentlich gar nicht zu ihm passte, lehnte sich vom Nachbartisch zu mir herüber und deutete mit dem Zeigefinger auf den Stammtisch.

»Darf ich mich zu Ihnen setzen?«, fragte ich, was er freudig bejahte. Wir kamen sofort ins Schwatzen und landeten dabei schließlich fast notgedrungen bei dem Unfall des alten Industriemagnaten.

»Da hat die Welt nicht viel verloren«, kommentierte der Einheimische. »Diesen abgehobenen, arroganten Alten, der meinte, alle müssten sich vor ihm wegen seiner Milliarden verbeugen, wird niemand vermissen. Dabei stammt sein Geld aus einer Dynastie von Kriegsgewinnern.« Er schnaubte empört.

Ich tat so, als wäre mir das alles ganz neu: »Das ist aber hochinteressant. Woher wissen Sie das?«

»Ich war mehrere Jahre Concierge im Hotel Weisshorn-Palace, bis ich einen Zusammenstoß mit Latzmann hatte. Der beklagte sich bei der Hoteldirektion, drohte mit rechtlichen Konsequenzen und machte seinen Einfluss als Minderheitsaktionär des Hotels geltend. Ich wurde prompt entlassen.« Paul Bischof, so hieß mein Tischnachbar, setzte noch einen drauf: »Dabei traf mich überhaupt keine Schuld. An der Rezeption wurden auch Eintrittskarten fürs Aroser Heimatmuseum verkauft. Als er sich einmal kurz unbeobachtet fühlte, griff Latzmann über den Tresen und riss sich ein Ticket vom Block. Ich bemerkte das und machte ihn höflich darauf aufmerksam, dass ich ihm den Preis für die Eintrittskarte verrechnen müsse.«

»Und das genügte für eine Entlassung?«, fragte ich ungläubig.

»Nun, der Alte wollte sich meinen Hinweis nicht gefallen lassen und begann, mich zu beschimpfen. Mit Ausdrücken, die man bei einem Mann dieser Herkunft eigentlich gar nicht erwartet hätte.« Er kratzte sich am Kopf. »Und da verlor auch ich die Beherrschung. Ich sagte ihm tüchtig meine Meinung und wurde dabei natürlich etwas grob.«

Bischof war jetzt selbständiger Taxifahrer.

Ich spendierte noch einen halben Liter Rotwein und wir verabschiedeten uns mit den besten Wünschen.

*

Im Hotel erwartete mich Nina mit Ungeduld.

»Du warst über zwei Stunden weg. Bei diesem miesen Wetter.« Sie sah mich forschend an. »Hast du eine hübsche Barmaid entdeckt?«

Ich beruhigte sie diesbezüglich und erzählte ihr von den Diskussionen in der Bündnerstube. Viel Neues war ja nicht dabei und wir unterzogen uns bald dem üblichen Tagesritual des Nobelhotels.

In der Halle war der Schock über den plötzlichen Tod des Leithammels immer noch spürbar. Es waren weniger schrille Kurzlacher als sonst zu hören und auch der Pianist gab sich weiterhin größte Mühe, mit seiner Hintergrundmusik nicht aufzufallen.

Nina und ich bestellten, wie stets vor dem Abendessen, appetitanregende Drinks und vertieften uns in die Tageszeitungen.

Die Wissenschaftsbeilage meines Leibblattes war unter anderem dem Thema der medikamentösen Nachbehandlung von Infarkten und Schlaganfällen gewidmet. Neben Cholesterinsenkern und blutdruckregulierenden Medikamenten wurden dabei auch Blutverdünner erwähnt. Letztere würden in der Stärke variieren, je nach Bedarf. Bei schwächeren Blutverdünnern müssten keine besonderen Vorsichtsmaßnahmen getroffen werden, während die starken Präparate mit gewissen Risiken verbunden seien. Vor allem bei Unfällen. Die Patienten würden meist mit speziellen Ausweisen versehen, die den behandelnden Notärzten helfen sollten, gefährliche Blutungen zu verhindern.

Gefährliche Blutungen. Das war das Stichwort.

Ich nahm mir vor, nächstens mit einem Arzt über dieses Thema zu sprechen.

Beim Nachtessen schlug Nina wieder einmal zu. Heute bestellte sie keinen mageren Fisch, sondern ein Riesensteak mit Pommes frites. Sie sei am Verhungern nach dem Spa-Besuch und den zehn Hallenbadlängen. Und zudem mache Liebe Appetit auf mehr, auch beim Essen.

Wir genossen den Abend in vollen Zügen. Und der unbändige Appetit auf mehr verging Nina auch in der Nacht nicht. Es war einfach herrlich.

Am nächsten Morgen fühlten wir uns entsprechend müde.

Zudem schmerzte meine große Zehe am linken Fuß. Wahrscheinlich war auch dieser Körperteil in der Nacht auf irgendeine Weise strapaziert worden. Nina riet mir zu einem Arztbesuch: »Mit diesem Fuß würdest du dich nur wieder vor längeren Spaziergängen drücken. Dabei hat die Meteo schönes Wetter für die nächsten Tage angesagt. Richtiges Wanderwetter.«

Meine Liebste hatte am Donnerstag Skiunterricht bei Johnny. Ich bummelte ins Dorf und kaufte am Bahnhofskiosk alle möglichen Tageszeitungen. Es wunderte mich, was über den Unfall von Latzmann berichtet wurde.

Im Café am Obersee las ich mich durch den Zeitungsstapel. Alle Blätter brachten eine Meldung über den tödlichen Unfall. Man kam dabei mehr oder weniger ausführlich auch auf das deutsche Industrieimperium Latzmann zu sprechen, aber nirgends fand sich ein Hinweis auf die problematischen Nazi-Beziehungen der Familiendynastie während des Zweiten Weltkriegs. Der Unfallhergang wurde in allen Artikeln etwa gleich dargestellt. Der greise Skifahrer habe in einer engen Kurve des steilen Waldweges unfreiwillig seine Schneespur verlassen, wahrscheinlich wegen des weichen Neuschnees und einer zu hohen Geschwindigkeit, und sei nach einem Sturz über die Böschung mit voller Wucht gegen einen Baum geprallt. Laut Auskunft der Bündner Kantonspolizei gebe es keine Anzeichen einer Fremdeinwirkung. In der Bündner Zeitung stand zusätzlich ein Interview mit dem Chefarzt des Kantonsspitals in Chur. Der Mediziner wies auf gravierende vorbestandene Krankheiten von Manfred Latzmann hin, die maßgeblich zum tödlichen Ausgang des Unfalls beigetragen hätten. Die eigentliche Todesursache werde erst nach der Obduktion feststehen. Aber es sei sehr wahrscheinlich die angerissene Milz gewesen, die zu den starken inneren Blutungen geführt habe.

Da war dieses Stichwort wieder. Starke innere Blutungen.

Ich beschloss, vor der Rückkehr ins Hotel den Arzt aufzusuchen. Meine Zehe schmerzte immer noch.

Im Arzthaus beim Bahnhof war Hochbetrieb. Zwei Ambulanzen standen vor dem Eingang und mehrere Sanitäter waren damit beschäftigt, Patienten auf Tragbaren ins Haus zu schaffen. Die ersten Skiunfälle des Tages. Da ich nicht vorhatte, Stunden im Vorzimmer zu warten, wollte ich gerade umkehren, als ein hochgewachsener Mann im weißen Kittel vor die Tür trat. Er sah mich und winkte: »Kommen Sie nur, ich nehme Sie dann zwischendurch.«

Ich wurde rasch durch die Administration geschleust und stand schon zehn Minuten später vor dem Mediziner. Eine ältere, aber sehr vital aussehende Persönlichkeit mit Augen, die mich innerhalb weniger Augenblicke musterten, einschätzten und beurteilten.

Er lächelte freundlich: »Was kann ich für Sie tun, Herr Dubach?«

Als ich ihm von der schmerzenden Zehe am linken Fuß erzählte, nickte er: »Aus Ihrem Gang lässt sich erkennen, dass wohl nichts gebrochen ist. Sicher eine Verstauchung oder eine Prellung. Hatten Sie eine allzu bewegte Nacht?«

Nun nickte auch ich. Erstaunlich, was der Kerl so alles erriet, ohne einen zu untersuchen. Allein durchs Anschauen.

Nach einigen Minuten war die Sache bereits erledigt. Meine linke Zehe schmerzte kaum mehr und passte mit dem Verband gerade noch in den Schuh. Eine Meisterleistung des Mediziners.

Trotz des großen Andrangs fand der Arzt noch Zeit für ein paar persönliche Worte: »Meine Assistenten betreuen die beiden verunfallten Skifahrer. Nichts Schlimmes. Sind Sie zum ersten Mal in Arosa?«

Ich wies kurz auf meine Kindheitserinnerungen hin und konnte zum Schluss nebenbei den Unfall von Latzmann erwähnen: »Nicht alle Skiunfälle gehen so glimpflich aus. Ich hörte, dass gestern ein prominenter Gast aus unserem Hotel zu Tode stürzte.«

»Ja, das geschieht ab und zu. Leider. Herr Latzmann wurde von einem deutschen Kollegen noch am Unfallort versorgt.«

»Aber Sie kannten ihn. Skilehrer Meissen musste einige Male Lektionen verschieben, weil sich der prominente Mann von Ihnen behandeln ließ.«

»Das ist so«, lächelte der Arzt. »Aber wenn Sie mich jetzt noch fragen, ob der Hinweis des Churer Chefarztes auf gravierende vorbestandene Krankheiten des Verunfallten gemäß Bündner Zeitung stimmt, muss ich Sie enttäuschen. Ich kann Ihre diesbezügliche Neugierde nicht befriedigen.«

Das war deutlich.

Ich dankte dem Mediziner für die hervorragende Behandlung, bezahlte in der Praxisadministration die eher bescheidene Rechnung und begab mich auf den Heimweg ins Hotel. Zwar leichteren Fußes, aber mit unvermindert vielen unbeantworteten Fragen im Kopf.

*

Nina saß schon in der Empfangshalle, als ich im Hotel ankam.

Wir beschlossen, das schöne Wetter auszunutzen und am Nachmittag einen kleinen Spaziergang durch den Arlenwald oberhalb von Maran zu unternehmen. Nina verzichtete also auf den von ihr ursprünglich geplanten ausgiebigen Rundgang. Sie wollte, wie sie sagte, mein zartes Füßchen noch etwas schonen.

An der Bar ließen wir uns einen kleinen Imbiss servieren und wechselten dann wieder in die Halle zum Kaffee.

Bei der Rezeption tat sich etwas.

Eine große schwarze Limousine war vorgefahren. Zwei Männer in eleganten dunklen Anzügen stiegen aus, warteten, bis ihnen der Hotelboy die Eingangstür öffnete und begaben sich dann gemessenen Schrittes zum Empfangspult.

Der Concierge kannte die beiden offenbar. Er wieselte um den Tresen, stellte sich vor die Neuankömmlinge und bat sie mit einer angedeuteten Verbeugung, ihm an einen freien Tisch in der Empfangshalle zu folgen. Man setzte sich und der herbeigeeilte Kellner servierte bald Getränke und kleinere Snacks.

Da wir nicht sehr weit entfernt von der Dreiergruppe saßen, konnten wir das meiste verstehen, was geredet wurde.

»Es tut mir aufrichtig leid, meine Herren«, sagte der Empfangschef, »aber die beiden Metallkoffer sind nicht mehr hier.«

»Herr Latzmann hat uns ausdrücklich mitgeteilt, dass er diesmal noch etwas mehr Unterlagen als sonst mitbringen würde. Wir sollten sie wie immer am Donnerstag der zweiten Ferienwoche abholen. Das ist heute.« Der ältere der beiden Besucher öffnete seine Aktentasche und übergab dem Concierge ein Papier. »Hier unsere Vollmacht. Wie jedes Mal.«

»Wie Sie sicher aus den Zeitungen erfahren haben, ist Herr Latzmann gestern leider verunfallt.« Der Mann von der Rezeption wischte sich den Schweiß von der Stirn. »Kurz nach dem Unfall, etwa um halb ein Uhr, erschien der Notarzt, ein Deutscher, und verlangte im Auftrag des Verunfallten die Herausgabe der beiden Koffer. Er wies ebenfalls eine von Herrn Latzmann unterzeichnete Vollmacht vor.«

Der Concierge fügte hinzu: »Der Arzt sagte, er sei beauftragt, die Gepäckstücke mit nach Chur zu nehmen, wo der Patient im Kantonsspital behandelt werde. Ich musste ihm die Koffer aushändigen.«

»Wer war dieser Notarzt?«, fragte der andere Besucher.

»Er hat mir zwar seinen Arztausweis gezeigt. Es standen aber viele Leute vor den Tresen und so habe ich mich auf den Inhalt der Vollmacht konzentriert und die Angaben auf dem Ausweis nicht festgehalten. Es tut mir leid. Ich weiß den Namen nicht mehr.« Die Stimme des Concierge tönte zerknirscht.

»Na gut. Da ist wohl nichts mehr zu machen. Wir haben unseren Auftrag erfüllt. Könnten Sie uns der Form halber noch schriftlich bestätigen, dass die beiden Gepäckstücke von Herrn Latzmann nicht mehr vorhanden sind?«

»Sicher, meine Herren, sicher«. Der Mann von der Rezeption eilte zurück an seinen Arbeitsplatz, wo er die Bestätigung schrieb und ausdruckte.

»Hier die gewünschte Unterlage. Ich entschuldige mich nochmals und hoffe, dass die sehr guten Beziehungen unseres Hotels zu Ihrer Bank durch diesen unliebsamen Vorfall nicht beeinträchtigt werden.« Der Concierge verbeugte sich und begleitete die vornehmen Businessleute aus Zürich bis zum Ausgang.

Nina und ich sahen uns an. Wir wussten nicht, ob wir lachen oder weinen sollten, entschlossen uns aber schließlich, die Sache mit Humor zu nehmen.

»Dieser alte Gauner. Deshalb kam er mehrmals jährlich nach Arosa. Um seine Schäfchen ins Trockene zu bringen. Oder besser gesagt, seine Euros vor dem deutschen Fiskus zu retten.« Ich grinste. »Das müssen seine Gegner gewusst haben. Sonst hätten sie den Coup nicht so sorgfältig planen können.«

*

Der Arlenwaldweg ist eine Perle des touristischen Angebots von Arosa. Ein gut ausgebauter Wanderweg mit herrlicher Aussicht aufs Bergpanorama. Immer gut unterhalten, sodass ihn selbst Pferdeschlitten befahren können.

Wir schlenderten dahin und ließen uns von den wärmenden Sonnenstrahlen, dem feinen Arlenholzgeruch in der

Luft und den aufmunternden Rufen der Alpendohlen in eine abgehobene Stimmung versetzen, die gut zu unserem Gesprächsthema passte.

Ich schlug Nina vor, den Termin für die Hochzeit auf Mitte März, kurz vor Beginn der Frühlingssaison festzulegen. Von Ostern bis etwa Ende Oktober sind wir ja meist voll ausgelastet mit dem Hotelbetrieb. Es gab noch einiges zu planen und viel Zeit für die Vorbereitungen des wichtigen Anlasses hatten wir nicht mehr. Wir freuten uns deshalb auf unsere Rückkehr nach Ascona.

In der Tschuggenhütte herrschte Hochbetrieb. Wir sahen Johnny mit einer Skischülerin flirten. Gigi in Aktion. Offenbar hatte sich Meissen von seinem Schock erholt und war zum normalen Skilehreralltag zurückgekehrt. Er winkte uns fröhlich zu und widmete sich dann wieder voll seinem Skigirl.

Im Hotel war Teatime angesagt und bald bevölkerte sich die große Halle mit palavernden und gestikulierenden Nobelgästen. Nichts war mehr zu spüren von der gestrigen Ernüchterung nach dem Tode Latzmanns. Auch der Pianist klimperte wieder dahin wie vorher.

Nur etwas war anders. Der Leithammeltisch in der Hallenmitte blieb verwaist. Baron Conrad von Hertzingen hatte darauf verzichtet, hier die formelle Nachfolge Latzmanns anzutreten. Wenigstens bisher. Wahrscheinlich war er abergläubisch und meinte, eine allzu rasche Wiedereroberung des Herdenvorsitzes bringe Unglück.

Der Abend mit Nina verlief harmonisch. Wir freuten uns wie Kinder über die bevorstehende Hochzeitsfeier und gegen zehn Uhr meinte meine Liebste: »Komm, wir gehen ins Bett. Ich verspreche dir, diese Nacht rücksichtsvoll mit dir umzugehen und insbesondere deine Zehen und andere besonders empfindliche Körperteile sorgfältig zu behandeln.«

3

Am Freitag, dem zweitletzten Tag unseres Aroser Aufenthalts, wollten wir uns noch einmal so richtig entspannen. Nina buchte die letzte Skilektion bei Johnny und ich nahm mir vor, heute an nichts anderes zu denken als an die bevorstehende Hochzeit.

Es kam anders.

Schon am Morgen herrschte im Hotel erneut Unruhe. Ich hatte mich gerade von Nina verabschiedet, die mit dem Dorfbus zum Skiunterricht fuhr, als ein großer Mercedes in der Hoteleinfahrt auftauchte. Der Fahrer blieb hinter seinem Steuerrad sitzen, da er sich auf die Dienstleistungen des Hotelboys verließ, die das Wagentüröffnen mit einschlossen. Das war der Fall, und eine dunkel gekleidete Gestalt entstieg der Nobelkarosse.

Der Empfangsboy machte seinen Diener und eilte voraus, um auch das Hotelportal zu öffnen, worauf der ältere Mann zur Rezeption schritt. Ein ähnliches Szenario wie bei den Bankern gestern.

Ich wollte beim Empfang gerade meinen Zimmerschlüssel abgeben und hörte daher das folgende Gespräch.

»Mein Name ist Latzmann. Gerhard Latzmann. Ich bin der jüngere Bruder des gestern Verunfallten und möchte im Namen der Familie die persönlichen Effekte von Manfred abholen. Und zudem allfällige Pendenzen erledigen. Wie zum Beispiel die offene Hotelrechnung.«

Der Concierge hatte die Hoteldirektion avisiert, denn der Direktor erschien persönlich und begrüßte den Besucher mit ausgesuchter Höflichkeit.

»Was wünschen Sie, Herr Latzmann?«, fragte der Manager. »Möchten Sie sich in der Suite des Verstorbenen umsehen? Und darf ich Ihnen noch unser tief empfundenes Beileid aussprechen?«

Mehr lag nun wirklich nicht drin und ich begann mich über das devote Schauspiel zu amüsieren. Wahrscheinlich sah der Direktor im Besucher bereits den nächsten Vertreter der Aktionärsfamilie Latzmann im Hotelverwaltungsrat.

Der ältere Mann verschwand mit dem Concierge im Lift.

Ich setzte mich in der Nähe des Empfangs und harrte gespannt der Dinge, die da kommen würden. Der für diesen Vormittag geplante Dorfbummel konnte warten.

Nach etwa einer halben Stunde kam der Besucher von seiner Inspektion der Suite zurück und verabschiedete sich von dem Hoteldirektor, der geduldig an der Rezeption gewartet hatte.

»Ich habe die Effekten meines verstorbenen Bruders durchgesehen. Nur ein paar wenige Dokumente sind für die Familie von Interesse. Ich nehme sie mit nach Deutschland. Der Rest kann entsorgt werden.« Der vornehme ältere Herr erkundigte sich nach offenen Rechnungen. Da Manfred Latzmann wahrscheinlich die Hotelrechnungen jeweils mit seinem Dividendenguthaben verrechnen ließ, ergab sich nur ein kleiner Betrag, den sein Bruder gleich in bar beglich.

Wieder folgten einige Bücklinge der gesamten Hotelhierarchie und der Mann verschwand bald mit seinem großen schwarzen Mercedes.

Der Manager atmete erleichtert auf und wies den Concierge an, sofort die Räumung der Suite des Verstorbenen zu veranlassen.

Ich machte mich auf zum Morgenspaziergang.

Unterwegs ließ ich mir den Besuch von Gerhard Latzmann im Hotel durch den Kopf gehen. Es war neu für mich, dass Manfred einen Bruder hatte. Der Verstorbene war mir immer als letzter Vertreter der berühmten Industriellendynastie bezeichnet worden. Wobei es aber sicher noch einige entferntere Verwandte gab, die nun ebenfalls als Erben zum Zuge kommen konnten.

Beim Bahnhofskiosk besorgte ich mir wieder einige Tageszeitungen. An der Stehbar erkannte ich den Taxifahrer Paul Bischof. Nachdem ich ihn begrüßt hatte, bestellte ich zwei doppelte Espressi.

»Heute ist nicht viel los«, meinte der ehemalige Hotel-Concierge. »Morgen wird es dann wieder hektisch mit den vielen Abreisen und Ankünften am Wochenende. Bleiben Sie noch länger in Arosa?«

»Nein, wir reisen morgen auch ab.« Ich fragte so ganz nebenbei: »Wissen Sie zufälligerweise, ob der verstorbene Herr Latzmann einen Bruder hatte? War der vielleicht während Ihrer Zeit als Mann an der Rezeption ebenfalls Gast des Hotels?«

»Ein Bruder von Manfred, sagen Sie? Das ist völliger Unsinn. Der Verstorbene war der Letzte seines Clans.« Bischof lachte. »Hoffentlich auch. Ein weiterer Latzmann, welch unerträglicher Gedanke.«

Ich witterte etwas Sensationelles.

»Kennen Sie den Fahrer von Manfred Latzmann, der sich den Fuß verknackste und deshalb seinen Job nicht mehr machen konnte?«, fragte ich. »Ist der noch in Arosa oder ist er bereits nach Hause zurückgekehrt?«

»Hans Stemmler kenne ich gut. Er war oft hier an der Bar. Gestern sah ich ihn noch, als er mit einer Gruppe deutscher Touristen im Posthotel ein Bier trank.« Der Taxihalter überlegte eine Weile. »Stemmler ist wieder O.k. Er ging später noch zu dem Aroser Arzt. Dieser schimpfte und sagte, der Fuß sei nur leicht verstaucht gewesen und die Gehbehinderung habe sich allein aus dem übermäßigen Verband ergeben.«

Auch eine tolle Neuigkeit.

Und es kam noch besser: »Hans kam nach dem Posthotel noch rasch an die Bahnhofbar. Er teilte mir im Vertrauen mit, er habe einen neuen Job. Als Fahrer von Agenten einer wichtigen deutschen Behördenstelle.« Bischof verzog das Gesicht: »Steuerfahndung, glaub ich.«

Bei mir klingelten mehrere Alarmglocken.

»Er ist also noch in Arosa?«

»Ja, mit seinen neuen Arbeitgebern, die sich hier offenbar als Touristen ausgeben.« Der Ex-Concierge trank seinen Espresso aus, dankte mir und verabschiedete sich: »Hier kommen neue Gäste mit dem Elf-Uhr-Zug. Entschuldigen Sie mich bitte.« Bevor er sich davonmachte, fügte er noch bei: »Die Fahnder haben sich übrigens nicht nur den Fahrer von Manfred Latzmann ausgeliehen, sondern auch dessen Mercedes. Wozu, weiß ich nicht.«

Damit war alles klar.

Auch die deutsche Steuerfahndung hatte Manfred Latzmann im Visier gehabt. Seine zahlreichen Auslandreisen in die Schweiz waren offensichtlich den Behörden aufgefallen und man vermutete illegale Geldtransfers mit dem Ziel, namhafte Beträge am Fiskus vorbeizuschleusen. Da es keine offiziellen Nachforschungen geben durfte, leitete man nach dem Tod Latzmanns eine verdeckte Fahndung in Arosa ein. Dazu gehörte auch der Auftritt des fiktiven Bruders im Hotel Weisshorn-Palace. Das Hotelmanagement ließ sich durch den pompösen Auftritt des Fahnders täuschen und erlaubte ihm eine Durchsuchung der Suite des Verstorbenen. Dabei kamen sicher einige Dokumente zum Vorschein, die für die Ermittler von Interesse waren. Die Latzmann-Dynastie musste in nächster Zeit mit einigen Unannehmlichkeiten rechnen.

Dazu kam das verschwundene Geld vom letzten Transfer.

Nun, diese superreichen Leute in Deutschland würden den Verlust rasch verschmerzen und sich mit ihren vielen Rechtsanwälten gegen alle behördlichen Attacken effizient zur Wehr setzen.

Ich spazierte ins Hotel.

Nina war von ihrer Skilektion zurück. Der für den Nachmittag geplante gemeinsame Bummel fiel ins Wasser, da meine Liebste ein längeres Rendezvous mit dem Coiffeur vereinbart hatte. Sie wollte gut frisiert, manikürt und pedikürt nach Ascona zurückkehren.

Der Himmel über Arosa war strahlend blau wie auf einer Postkarte. So machte ich mich nach dem gemeinsamen Mittagessen auf zur Tschuggenhütte. Ohne Nina natürlich nicht zu Fuß, sondern mit der Weisshorn-Luftseilbahn bis zur Mittelstation.

Auf dem Hochplateau herrschte Hochbetrieb. Die Schneelandschaft sah von oben aus wie eine mit weißer Watte gefüllte riesige Schüssel, auf der sich Hunderte von Ameisen tummeln.

In der Tschuggenhütte fand ich Platz an einem Tisch mit englischen Touristen. Ich wurde mit britischer Gastfreundschaft willkommen geheißen und bald in die regen Gespräche mit einbezogen.

Man unterhielt sich über dies und das, und ich musste meinen ganzen englischen Wortschatz aus dem Gedächtnisarchiv abrufen, um mithalten zu können. Ich war vertieft in die Diskussionen mit den freundlichen Leuten und bemerkte erst nach einer Weile, dass mich jemand vom Nachbartisch beobachtete. Es war der Unbekannte, mit dem ich mich im Posthotel vor einigen Tagen über die Latzmann-Geschichte unterhalten hatte. Und der mich eigentlich nie mehr treffen wollte.

Als die englischen Skifahrer aufbrachen, setzte sich der geheimnisvolle Fremde zu mir.

»Mein Kollege und ich werden am Samstag abreisen«, sagte er. »Wie Sie, Herr Dubach, und Ihre Braut. Ich hoffe, Sie hatten einen erholsamen Urlaub hier in Arosa.«

»Es waren interessante Ferien.« Ich lächelte und fragte: »Ist Ihr dritter Kollege bereits abgereist?«

»Ja, er hatte Gelegenheit, einen schwer verunfallten Deutschen nach München in eine Spezialklinik zu begleiten. Der Patient konnte sich glücklich schätzen, während der langen Fahrt in der Ambulanz von einem Arzt betreut zu werden.«

Mich stach der Hafer und ich antwortete: »Auch Ihr Kollege war sicher glücklich, mit dem Notfall-Krankenwagen die Hürden an der Grenze rasch und unkompliziert überwinden zu können. Wie beispielsweise Zoll- und Polizeikontrollen.«

»Wie kommen Sie auf diese Idee, Herr Dubach?«, fragte mich der Unbekannte.

»Nur so. Ich dachte mir einfach, dass die beiden Metallkoffer in der Ambulanz kaum auffielen. Sie konnten ja notfalls als Arztmaterial deklariert werden.«

»Sie scheinen sich gut informiert zu haben«, erwiderte er. »Ich bin froh, dass ich Sie rechtzeitig über die Hintergründe der Latzmann-Affäre ins Bild gesetzt habe. So dürften Sie doch ein gewisses Verständnis für unsere Maßnahmen aufbringen.«

»Ich bemühe mich, Herr Anonym«, sagte ich. »Es fällt mir zwar nicht leicht, aber ich möchte Ihnen und Ihrer Organisation doch ein Kompliment für die tadellose Vorbereitung des Coups aussprechen. Und für die perfekten Improvisationen. Wie Sie zum Beispiel in so kurzer Zeit eine Vollmacht Latzmanns herbeizaubern konnten, wird mir immer ein Rätsel bleiben.«

»Danke«, antwortete er. »Man sagt oft, dass Gärtner einen

grünen Daumen haben. Bei Ihnen könnte man von der Spürnase des guten Journalisten sprechen. Ihre Fähigkeit, Ungereimtheiten richtiggehend zu wittern, hat uns zuerst einige Sorgen bereitet.« Er lächelte: »Eigentlich schade, dass Sie den Medienberuf an den Nagel gehängt haben.«

Damit waren genug Schmeicheleien verteilt worden. Der Unbekannte ging zur Tagesordnung über und meinte: »Das heißt natürlich nicht, dass wir Ihnen einen Freipass zur späteren journalistischen Aufarbeitung der Latzmann-Geschichte erteilen. Die Sache ist und bleibt für Sie tabu. Bisher haben Sie sich brav an unseren Wunsch nach absoluter Diskretion gehalten. Und wir hoffen, dass das so bleibt.« Er sah mich an. »Wir werden Sie noch einige Zeit im Auge behalten. Ich rate Ihnen dringend an, keinerlei Risiken einzugehen.«

Mir lief es kalt den Rücken hinunter. Das war keine leere Drohung, sondern eine sehr nüchterne Lagebeurteilung und eine fast freundschaftliche Gefahrenanalyse.

Wir unterhielten uns noch eine ganze Weile wie normale Touristen, sprachen über das Wetter und andere belanglose Themen. Dann stand der geheimnisvolle Mann auf und verabschiedete sich mit einem kurzen Händedruck.

*

Ich kehrte ins Hotel zurück, wo ich die neue Frisur von Nina gebührend bewunderte. Sie bat mich, zum Fünfuhrtee in die Halle zu kommen und Johnny den verdienten Abschiedsdrink zu spendieren.

Zum letzten Mal nahmen wir an der Teatime-Zeremonie der Nobelgäste teil. Alles war so wie immer. Der Geräuschpegel hielt sich im üblichen Rahmen, der Pianist war meist kaum zu hören und die ungeschriebenen Hierarchiegrundsätze des Geldadels wurden strikt eingehalten. Nur die technische Revolution nagte an den traditionellen Umgangsformen der feinen Gesellschaft. Das summende Handy hatte jetzt stets Vorrang vor der höflichen Antwort auf eine Frage des Tischnachbarn.

Baron Conrad von Hertzingen übernahm an diesem Freitag wieder das Kommando. Als Konzession und im Sinne einer posthumen Rücksichtnahme auf den ehemaligen Konkurrenten hatte er den Leithammeltisch an einen anderen Platz der Hotelhalle verlegt. An eine Position mit bester Übersicht in der Nähe des Pianisten. Von Hertzingen mochte die Evergreens des polnischen Musikers, hörte aber sehr schlecht und war daher glücklich über die Distanzverminderung zum Mann am Klavier.

Johnny tauchte gegen halb sechs Uhr auf. Er begrüßte Nina mit einer kollegialen Umarmung und mich mit einem ebensolchen Klaps auf die Schulter. Der Skilehrer hatte sich fein herausgeputzt und war bester Laune.

Es wurde eine würdige Verabschiedung von Gigi. Wir schieden als enge Freunde, versprachen, uns regelmäßig E-Mails zu schreiben, und Nina und ich verpassten beinahe den letzten Termin für das Nachtessen.

Entsprechend spät schlossen wir uns dem Abendritual der Nobelherberge an. Die Halle war gut besetzt, sodass wir uns nach einem freien Platz umsehen mussten.

In der Nähe der Rezeption hatte sich Hoteldirektor Fritz Schär mit einer ausgesuchten Schar von Gästen niedergelassen. Eine Art Captains-Table. Nach dem Vorbild der Kreuzfahrtschiffe. Ob sich daraus mit der Zeit auch ein Gegenpol zum Leithammeltisch des einsamen Barons am anderen Ende der Halle ergeben könnte, blieb offen.

Der Manager winkte uns: »Kommen Sie zu uns. Es sind noch zwei Plätze frei.«

Am Tisch des Hoteldirektors saßen zwei jüngere Paare und drei Einzelgäste. Wir wurden als Herr und Frau Dubach vorgestellt, was Nina natürlich mit glänzenden Augen zur Kenntnis nahm. Ich durfte mich links neben den Hotelmanager setzen, während Nina zwischen zwei vornehme Herren undefinierbaren Alters platziert wurde, die sie sofort in Beschlag nahmen.

»Wie ich hörte, leben Sie in Ascona, Herr Dubach«, sprach mich der Tischnachbar zur Linken an, ein etwa fünfundvierzigjähriger Pharmaindustrieller aus Basel. »Wir kennen uns dort gut aus. Eine prachtvolle Gegend. Und dann dieser Golfplatz. Der ist mit seinen vielen Schatten spendenden Bäumen wirklich einmalig.« Er begann mich in ein Gespräch über Golfaktualitäten zu verwickeln und bemerkte erst nach etwa zehn Minuten, dass ich überhaupt nichts von dieser Sportart verstand. So war er entsprechend enttäuscht und wandte sich nach ein paar höflichen Floskeln seiner Nachbarin zur Linken zu.

Meine Liebste unterhielt sich dagegen glänzend mit den beiden Herren, die sie offenbar mit Komplimenten geradezu überschütteten. Was ich ihr von Herzen gönnte, mich aber in einen gewissen Nachhol-Notstand versetzte. Nina wirft mir ab und zu vor, ihre besonderen äußeren Vorzüge verbal eher selten zu würdigen. Ich musste mir da dringend etwas einfallen lassen.

Ich war gerade daran, mir eine Liste neuer Komplimente für meine Liebste auszudenken, als mich der Hoteldirektor ansprach: »Herr Dubach, wir unterhalten mit Ihrem Freund, Herrn Bartali aus Locarno, gewisse Geschäftsbeziehungen, vor allem im Bereich Referenzen und Firmenauskünfte. Er sagte mir am letzten Wochenende, Sie hätten als Medienprofi einige komplizierte Kriminalfälle erlebt.« Der noch recht junge Manager war viel zu gut erzogen, um sich am Kopf zu kratzen, aber man merkte ihm doch eine leichte Verlegenheit an: »In letzter Zeit sind bei uns im Hotel viele seltsame Dinge geschehen, die mir Sorgen bereiten. Ich möchte einmal mit einem Außenstehenden darüber sprechen, der sich mit solchen Sachen auskennt.« Er lehnte sich zu mir herüber und sagte leise: »Könnten Sie vor Ihrer Abreise eine halbe Stunde für mich reservieren? Vielleicht morgen Vormittag, etwa um neun Uhr in meinem Büro? Ich wäre Ihnen zu außerordentlichem Dank verpflichtet.«

Ich nickte. Das würde ein interessantes Gespräch werden.

Es wurde fast Mitternacht, bis wir uns zurückziehen konnten. Nina zeigte sich aufgeräumt wie selten.

Im Zimmer versuchte ich unbeholfen, meiner Liebsten einige neue Komplimente zu machen, was mir natürlich gründlich misslang. Sie lachte nur und sagte: »Spar dir diese dummen Floskeln. Du kannst auf andere Art viel besser ausdrücken, was dir so alles an mir gefällt.«

Es wurde eine entsprechend lebhafte Nacht.

4

Am Samstagmorgen wollte Nina noch einmal den Spa-Bereich unseres Hotels genießen. Wir packten früh unsere Siebensachen und ich machte mich gegen neun Uhr auf ins Büro des Hotelmanagers.

Schär begrüßte mich mit ausgesuchter Höflichkeit und ich kam mir kurz vor wie ein Nobelgast. Dann sagte er: »Herr Dubach, Sie haben sicher vom Tod unseres Stammgastes Manfred Latzmann gehört. Von der berühmten Industriellendynastie.«

»Natürlich«, erwiderte ich, »das war ja einige Tage hier das Hauptgesprächsthema. Was macht Ihnen denn im Zusammenhang mit dem Skiunfall überhaupt Sorgen? Die superreiche Latzmann-Familie hat allfällige Ausstände sicher bereits beglichen, sodass Ihr Hotel keinen finanziellen Schaden erleidet. Auch imagemäßig wirkt sich die ganze Geschichte für Sie nicht negativ aus. Die Publizität um den Tod des deutschen Magnaten ist beste Werbung für Ihr Hotel als Resort von Nobelgästen.«

»Das ist richtig. Aber es gibt trotzdem einiges, das ich mir nicht erklären kann.«

Ich fand es an der Zeit, den Mann aus der Reserve zu locken: »Wie beispielsweise das unerklärliche Verschwinden der beiden im Hotelsafe deponierten Metallkoffer Latzmanns?« Und ich setzte noch einen drauf: »Dies, nachdem der deutsche Industrielle jahrelang auf die Zuverlässigkeit und Verschwiegenheit Ihres Hotelpersonals beim Koffertransfer an die Zürcher Bank rechnen konnte.«

Es blieb eine ganze Weile still im Büro.

Der Hoteldirektor sah mich entsetzt an und suchte offensichtlich nach Worten: »Woher wissen Sie das? Hat Ihnen das unser Concierge verraten?«

»Nein. Ich war zufälligerweise in der Nähe der Rezeption, als zwei Banker die Koffer abholen wollten. Den Rest habe ich mir selber zusammengereimt.«

»Wenn das nur nicht bekannt wird«, jammerte Schär. »Das wäre eine Katastrophe.«

»Ich glaube nicht, dass irgendjemand Interesse daran hat, die Sache an die große Glocke zu hängen. Weder die Banker, die für einmal leer ausgehen, noch die Diebe. Und schon gar nicht die Latzmann-Erben.« Ich fixierte den Direktor: »Für Sie sollte der Fall damit eigentlich abgeschlossen sein. Es sei denn, Gerhard, der nicht existierende Bruder von Manfred Latzmann, findet noch konkrete Beweise für den Tatbestand einer wiederholten Steuerhinterziehung. Aus Dokumenten, die er sich dank Ihrer Mithilfe aus der Suite des Verstorbenen beschaffen konnte.«

Das war zu viel für ihn. Er wurde blass und saß für eine ganze Weile still in seinem Sessel.

Endlich raffte er sich wieder auf und sagte: »Das stimmt. Als der angebliche Bruder des Verstorbenen weggefahren war, kam mir der ganze Vorfall irgendwie seltsam vor. Ich erkundigte mich am Hauptsitz der Latzmann-Werke, ob es einen Gerhard Latzmann gebe. Man verneinte das, verwies mich aber noch an einen Vertreter der Familien-Stiftung. Auch dort wusste man nichts von einem Bruder des Verstorbenen.«

»Damit ist klar, dass sich jemand unter falschem Namen Zutritt zur Suite von Manfred Latzmann verschaffte.«

Ich wollte den sichtlich angeschlagenen Manager trösten: »Wahrscheinlich wäre ich an Ihrer Stelle ebenfalls auf den Schwindel reingefallen. Da waren Profis am Werk. Sie fuhren stilgerecht mit dem großen schwarzen Mercedes des Verstorbenen vor und auch der Auftritt des Gerhard-Darstellers war absolut filmreif.«

»Aber wer könnte so eine Show organisieren? Oder besser gesagt, wer steckt hinter diesem Coup?«, fragte Schär.

»Es handelte sich sehr wahrscheinlich um eine verdeckte Operation der deutschen Steuerfahndung«, erwiderte ich. »Eine durchaus erfolgreiche Aktion, das muss man neidlos anerkennen.«

Nach und nach beruhigte sich der Hotelmanager und er offerierte mir schließlich noch einen besonders guten Whisky aus dem Geheimfach unter seinem Pult.

*

Um halb elf Uhr konnte ich endlich mit dem Hotelbus das Gepäck auf den Bahnhof bringen. Ich besorgte mir am Kiosk anschließend mein Leibblatt und wollte mich gerade zur Lektüre ins Stübli des benachbarten Posthotels zurückziehen, als ich auf dem Bahnsteig den geheimnisvollen Herrn Anonym aus Deutschland mit seinem Kollegen entdeckte. Die beiden wollten offenbar mit dem Mittagszug verreisen.

Mein unbekannter Gesprächspartner vom Posthotel und der Tschuggenhütte hatte bemerkt, dass ihm noch eine gute halbe Stunde bis zur Zugabfahrt blieb, und zündete sich auf dem Bahnhofsvorplatz eine Zigarette an.

Ich sprach ihn an: »Guten Tag, Herr Unbekannt. Also doch ein letztes Zusammentreffen. Wie das Schicksal so spielt.«

Der Mann sah mich zuerst etwas verunsichert an, dann lächelte er: »In der Tat. Unsere Wege kreuzten sich hier in Arosa mehrmals.«

»Ich habe es überlebt. Im Gegensatz zu Manfred Latzmann.« Ich musste es einfach loswerden: »Dem brachte die letzte Begegnung mit Ihren Kollegen den Tod.«

Keine Reaktion bei meinem Gegenüber.

Ich wurde deutlicher: »Dieser Kollege wusste als Arzt genau, dass der alte Herr sehr starke Blutverdünnungsmittel einnahm. Das hatte ihm unter anderem der Fahrer der Apotheke verraten. Diese Medikamente können sich bei einem Unfall verheerend auswirken, wenn nicht sofort ein Gegenmittel verabreicht wird.«

Der Unbekannte verzog noch immer keine Miene.

»Deshalb wurde die Aktion Waldwegabfahrt geplant und durchgeführt. Man sorgte zuerst dafür, dass der Chauffeur von Latzmann wegen eines unnötigen Riesenverbandes ausfiel, und hielt dann am Unfalltag Skilehrer Meissen auf dem Prätschli fest, damit er den Senior nicht ins Hotel zurückbringen konnte.« Ich kam in Fahrt: »Ihr Kollege bot sich an, Latzmann zu begleiten, und fuhr dem Alten voran ins Dorf. Sie beendeten das Gespräch mit Johnny und produzierten einen spektakulären Sturz auf dem Waldweg, der damit für einige Zeit für andere Skifahrer gesperrt war. Ihr dritter Kollege, der Arzt, wartete wahrscheinlich bereits an der Stelle, wo sich der Weg verengt.«

Herr Anonym zündete sich eine zweite Zigarette an. In aller Ruhe.

»Wer Latzmann an der gefährlichen Kurve der Waldabfahrt einen kräftigen Schubs gab und ihn so aus der Schneespur über die Böschung hinunterdrängte, weiß ich nicht. Ihr Arztkollege blieb auf alle Fälle am Unfallort und stellte sicher, dass der Verunfallte nicht anderweitig medizinisch erstversorgt wurde. Dabei hätte man ja auch den Ausweis finden können, den Patienten mit starkem Blutverdünner in der Regel auf sich tragen.«

Mein Gegenüber ließ aus seinem Mund etwas Tabakrauch in die klare Bergluft entweichen und drehte sich zu mir um.

Im musste mich beeilen mit meinem Schlussvotum: »Durch den Aufprall an einem Baum verletzte sich der Senior schwer. Es kam zu starken inneren Blutungen, wahrscheinlich durch einen Riss der Milz. Was zu seinem Tod führte, bevor er das Spital in Chur erreichte.«

»Eine spannende Geschichte, Herr Dubach«, sagte der Unbekannte. »Sie besitzen nicht nur eine gute Spürnase, sondern auch eine blühende Phantasie. Alles, was Sie mir erzählt haben, basiert auf reinen Vermutungen. Es gibt keinerlei Beweise dafür.«

»Mord bleibt Mord«, betonte ich. »Da spielen selbst nachvollziehbare Motive des Mörders oder andere mildernde Umstände höchstens beim Strafmaß eine Rolle. Und handfeste Beweise für meine Darstellung des Latzmann-Todes wären wahrscheinlich nicht allzu schwer zu beschaffen.«

»Meinen Sie?« Der Deutsche schaute auf seine Armbanduhr, wie um mir kundzutun, dass sein Zug bald abfahre. »Ich hoffe, dass Sie trotz der schaurigen Geschichte, die Sie sich da ausgedacht haben, noch gut schlafen können.«

Er gab mir diesmal nicht die Hand, sondern winkte mir zum Abschied bloß zu. Bevor er sich abwandte, sagte er so leise, dass ich es kaum verstehen konnte: »Wir hoffen, dass auch unsere 23 Vorfahren, die seinerzeit in den Latzmann-Fabriken ums Leben kamen, jetzt ruhig schlafen können. In ihrem Massengrab.«

Zehn Minuten später verschwand der rote Zug im Tunnel. Ich sah den mysteriösen Unbekannten und seine Begleiter nie mehr.

*

Im Hotel erwartete mich Nina einmal mehr mit Ungeduld.

Sie sah mir sofort an, dass ich sie nicht grundlos hatte warten lassen, und fragte: »Was ist geschehen? Hast du irgendetwas Neues erfahren in Sachen Latzmann?«

»Ja. Ich werde dir dann im Zug alles erzählen.«

Sie hörte mir während der Fahrt nach Chur gespannt zu. Als ich mit meinem Bericht fertig war, blieb sie eine Weile still. Dann schaute mich meine Liebste an und sagte voller Entschlossenheit: »Damit ist wohl alles geklärt. Dass du mir ja nichts davon unserem alten Freund Paul von Gunten erzählst. Der ehemalige Kriminalkommissär könnte sonst noch auf die dumme Idee kommen, das Ganze wieder aufzurollen und nach den drei Männern fahnden zu lassen.«

Damit waren die drei Unbekannten endgültig aus dem Schneider. Wir sprachen nie mehr über den Fall Manfred Latzmann.

Wenige Wochen später ließ sich Nina in Ascona als Braut feiern. Wir erlebten eine herrliche Hochzeit und freuten uns auf möglichst viele gemeinsame Jahre.

Und natürlich auf das Hochzeitsgeschenk von Enrico Bartali. Welche Überraschung uns hier erwartete, ist vielleicht eine andere Geschichte.

ALLE DUBACH-KRIMIS ALS EBOOK

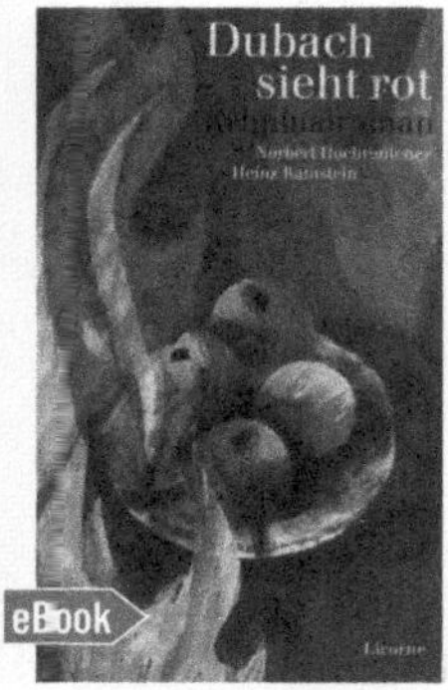

Dubach sieht rot

Marc Dubach ist Reporter beim Lokalfernsehsender Bern-1. Er wird mit einem spektakulären Mord an einem prominenten Berner konfrontiert. Dabei geht es unter anderem um Kunstschätze, die als Raubgut der Nazis im Zweiten Weltkrieg in die Schweiz gelangten.

2005, Licorne Verlag, 232 Seiten, ePub

Dubach im Abseits

Mord im Stade de Suisse während der Fußball-Europameisterschaft 2008. Wer von den Prominenten in der VIP-Lounge kommt als Täter infrage? Der Anti-Held Dubach und Polizeikommissär Paul von Gunten übernehmen den Fall.

2008, Weltbild Verlag, 224 Seiten, ePub

Dubach im Machtpoker – Mord im Bellevue

Kurz nach ihrer unerwarteten Wahl zur Bundesrätin wird Katrin Bürgi tot aufgefunden. War es Mord oder gar Selbstmord? Nichts von alldem kann ausgeschlossen werden und selbst Polizeikommissär von Gunten tappt im Dunkeln. Auch Marc Dubach macht sich als ermittelnder Journalist keine Freunde.

2010, Weltbild Verlag, 222 Seiten, ePub

Dubach am Berg – Kampf um die Jungfrau

Auf der Kleinen Scheidegg in der Jungfrau-Region wird der Hauptaktionär einer bedeutenden Schweizer Unternehmensgruppe ermordet. Haben die Chinesen ihre Finger im Spiel oder hängt der Tod des Konzerngründers mit persönlichen Querelen innerhalb der Besitzerfamilie zusammen? Marc Dubach ist Kommunikationschef des Konzerns und wird gegen seinen Willen in den Strudel der gewaltsamen Ereignisse gezogen.

2012, Weltbild Verlag, 224 Seiten, ePub

Dubach wittert Mord

Norbert Hochreutener und Heinz Ramstein lassen ihren fünften Kriminalroman wieder in Bundesbern spielen. Eine rechtspopulistische Partei löst bei den etablierten Parteien im Vorfeld der Parlamentswahlen viel Unruhe aus. Marc Dubach als »ermittelnder Journalist« ist mitten im Geschehen als ein Bundeshaus-Lobbyist misteriös ermordet wird…

2014, Weltbild Verlag, 220 Seiten, ePub